故乡在黄昏中

佛刘 著

天津出版传媒集团
百花文艺出版社

图书在版编目（CIP）数据

故乡在黄昏中 / 佛刘著. -- 天津 : 百花文艺出版社, 2023.6
ISBN 978-7-5306-8504-4

Ⅰ. ①故… Ⅱ. ①佛… Ⅲ. ①短篇小说一小说集一中国一当代 Ⅳ. ① I247.7

中国国家版本馆 CIP 数据核字（2023）第 044538 号

故乡在黄昏中

GUXIANG ZAI HUANGHUN ZHONG

佛刘 著

出 版 人： 薛印胜 **责任编辑：** 张 雪
装帧设计： 谢蔓玉 **特约编辑：** 唐婷婷
出版发行： 百花文艺出版社
地址： 天津市和平区西康路 35 号 **邮编：** 300051
电话传真： +86-22-23332651（发行部）
+86-22-23332656（总编室）
+86-22-23332478（邮购部）
网址： http://www.baihuawenyi.com
印刷： 三河市元兴印务有限公司
开本： 880 毫米 ×1230 毫米 1/32
字数： 241 千字
印张： 9
版次： 2023 年 6 月第 1 版
印次： 2023 年 6 月第 1 次印刷
定价： 59.80 元

如有印装质量问题，请与三河市元兴印务有限公司联系调换
地址：河北省廊坊市三河市黄土庄镇尚庄子村
电话：0316-3180002
邮编：065200

都说写作是一个人的事，有时候我也这样认为，但是没有读者的写作往往是寂寞和缺乏动力的。真诚地期望我的这本小说集能给您带来美的阅读享受和对人生的思考，这是我写作的初衷。

佛刘

自序：给自己找点事做

1985年11月7日，是我难忘的日子，因为这一天我辍学了。十六岁的年龄，刚刚能被别人称作“花季”，而我却抱着书包恋恋不舍地走出那座破旧的校园。那天下着大雪，北方的大雪加剧了我对那个冬天的印象。

两年后，我终于在他乡有了一份属于自己的工作——一个变电站的值班电工。

工作是轻松的，现实却是残酷的，每天看着身边那些同龄的孩子们背着书包去上学，我的心在悄悄地流泪。我又拿出崭新的课本，打算把没有学习的知识学完。

一个人的学习时光是很难持久的，看过那些课本后，我又想练书法，也想跟别人学点武术，但终因个人的原因而没有坚持下来。生活一下子陷入了盲目之中。

在一个月光皎洁的夜晚，我跟同事去一个张姓朋友家串门。闲聊中我忽然在他的桌子上看到很多信封，好奇心让我拿起了那些信封，在寄信人一栏，我看到的都是一些杂志社的名字和地址。我问他从哪里弄到的这么多信封。他没说话，示意我拿出信封里的东西，里面都是稿件，方格纸，钢笔字，还有编辑的勾画和留言。长到十八岁，那时我才知道普通人也是可以写作投稿的。而在这之前，我对写作还茫然不知。

给自己找点事做就是那时候定下的目标，尽管写作不一定能成功，但总比虚度时光对生活有意义。

我开始练笔，当年上学的时候，我对作文是最头疼的，可是现在却为了不让自己闲着而对文学有了一份猎奇之心。

最早接触的文学杂志是《小说月报》，我不知道怎么会在报亭那么多的期刊中选中了它，直到今天我也没有放弃对这本杂志的喜欢，可以说它是我的文学启蒙。

我不断地练笔，投稿，现在看来那么幼稚的稿件都敢往外投，真是不知天高地厚。好在慢慢地有了一点点的收获。最早的一篇短文发表在《河北电力报》上，挣了8元的稿酬。后来，有了网络之后，我流连于各个文学论坛，对文学的认知开始加深。

在创作的路上，每个人都会遇到自己的“贵人”。那些尊敬的编辑，他们每一次的回信，每一次的修改，每一次的建议和帮助都让我铭记在心。直到现在，我也承认，自己每一个小小的进步都有他们的心血和汗水。

对于出书，一直是我想都不敢想的事情，但出书又是每个文学爱好者梦寐以求的。好在，我已拥有了两本属于自己的书。

去年的某一天，在我们单位的食堂，我忽然和多年不见的张姓朋友相遇。我问他，写作的梦想实现得怎么样了？他苦笑着说，没有时间写，早就放弃了。他说得平平淡淡，我却有些惋惜。岁月掩盖了他当年的书生意气，留给他的是时光的痕迹：头发蓬乱，胡子很长，眼睛里还有一些红的血丝。我没有再说下去，既没说自己在写作方面已经有了小小的收获，也没劝他重操旧业。其实埋怨两句也未尝不可，只是在他沧桑的面孔前再多说什么都显得多余了。

写作，是一个人的事情，它需要坚持，需要不停地向前、向前、再向前。

给自己找点事做，既是我的一个借口，也是我对文学的痴迷所在。

CONTENTS · 目录

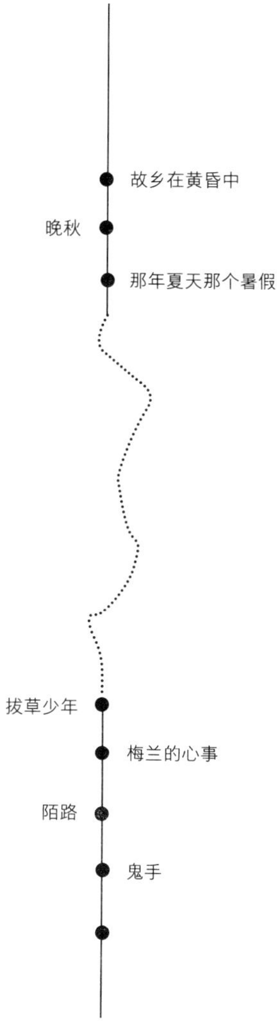
故乡在黄昏中
晚秋
那年夏天那个暑假
拔草少年
梅兰的心事
陌路
鬼手

故乡在黄昏中

接近黄昏的时候，赵明辉终于在离村庄不远的那个路口下了汽车，他抬眼看了看黄昏中的村庄，一种亲切感油然而生。

路过自己家那块玉米地的时候，赵明辉特意放缓了脚步。这块地应该是赵明辉最喜欢的一块地了，一来离家不是很远，二来土壤最为肥沃。早些年，赵明辉曾因为有这样一块土地而自豪。但现在映入赵明辉眼中的玉米地却是一幅荒芜的景象：杂草无边地蔓延，仿佛雨后的春笋，更让赵明辉失望的是那些玉米秧子，枯黄无力，一副萎靡不振的样子。

父亲说的应该就是这了。一周前，父亲曾在电话里有些生气地对赵明辉说，你要是不想种地，就及早把地让给别人，要种就好好地种，这样半死不活的样子，我看着难受。

赵明辉理解父亲话里的意思，一个和土地打了一辈子交道的老人，对土地的那种关心已经深入骨髓。虽然自从母亲去世，赵明辉就生硬地剥夺了父亲继续劳作的权利，但是他无法剥夺一个老人对土地的关注。赵明辉在电话里惶惶地说，爹别着急，我最近就回去看看。

回家看看是赵明辉前几天就计划好了的，原因是儿子庆华的亲事。老婆红叶说，对方已经催了好几次了，要求这个月把亲事定下来，要不就各奔东西。赵明辉知道对方的意思，这事庆华已经拖了一年了，不是庆华不喜欢那个女孩，而是庆华不愿意回家来，但是女孩的父母又不愿意把唯一的孩子放出去。女孩的父亲开了一个水果采摘园，家境还算殷实，僵来僵去，也没有一个定论，看来对方拖不下去了。

看着那一片衰败的玉米地，赵明辉的血一下子就涌向了脑门。在这之前，赵明辉也曾多次给红叶打电话，询问家里庄稼的情况，红叶都说好着呢。赵明辉没想到，这就是红叶嘴里的好庄稼。

院门虚掩着，铁质的大门还是两年前赵明辉特意安装的，一来气派，二来也防人，老婆一个人在家，不得不替老婆着想啊。

放下行李，赵明辉里里外外几个屋子看了看，都没有红叶的影子。正犹疑时，大铁门却响了，红叶和玉敏有说有笑地走了进来。看到赵明辉，她们都惊讶了一下，但马上又都恢复了原来的模样。红叶嗔了赵明辉一眼，笑着说，回来也不说一声。赵明辉说，不是你让我回来的吗？还怪我。红叶说，怪我，都怪我，你先歇会儿，我做饭。

玉敏说，我就不打扰你们了，久别胜新婚呢。

红叶说，去你的，都多大年纪了，还新婚，不要个脸。

玉敏说，辉哥，有空去我们家坐坐，建伟也回来了。

看着玉敏一扭一扭的屁股，赵明辉脑门的血也慢慢地流了回来，不管怎么说，老婆一个人在家里，也不容易。

晚饭是烙饼、疙瘩汤，赵明辉最爱吃的饭食。话题很自然就转到那片庄稼地上。红叶瞅了几眼赵明辉阴沉的脸色，才说，反正不管那块地长势是好还是坏，都不影响咱家的收入。赵明辉说，为什么？红叶说，马志勇说了，只要收秋后把土地承包给他，他都按最高的价钱补偿。赵明辉说，我怎么不知道这事儿。红叶说，你回来不就知道了，又不是什么要紧的事儿。赵明辉说，怎么是不要紧的事儿呢，这是庄稼人的脸面。红叶说，现在说也不晚，又不是咱一家，再说了马志勇是村支书，谁能不给他面子。

赵明辉放下饭碗，他忽然觉得这次回来好像与往日不同了，常年在外打工，这个村庄对他来说已经多少有点陌生了。

心里虽然不怎么痛快，但赵明辉依旧没有放弃和红叶的温存。久别不一定胜新婚，要交公粮却是赵明辉心里最清楚的事情。

红叶表现得似乎很配合，从她身上散发出来的异样的味道让赵明辉似曾熟悉。后来赵明辉禁不住问，你喷香水了？红叶羞了脸不说话。赵明辉说，跟谁学的这些道道？红叶把头埋在赵明辉的怀里依旧没吭声。赵明辉说，是不是跟玉敏学的？红叶说，你管那么多干什么，还不是让你喜欢。

这样的话红叶以前也说过，但现在的感觉却与以前大不相同了。毕竟都是五十岁以上的人了，那些浪漫也好，情调也好，已经不适合他们的心境了。

红叶也去打工了，是村支书马志勇的蔬菜加工厂。这倒有些出乎赵明辉的意料，他没想到马志勇会办企业，也没想到红叶竟然在家门口就可以打工了。怪不得那些庄稼都顾不上收拾了。

红叶说，马志勇招了很多女工呢，她一报名，马志勇就批准了。

话题接着转到庆华的亲事上。红叶有些忧郁地说，庆华也不小了，跟他一般大的小青年都当爹了，庆华怎么就不能让咱们省点心？错过这个村，就没有这个店了。

赵明辉叹口气，其实他和红叶是一样的心情，他也曾想过，一旦有了孙子，他就回归故里，一边看孩子，一边照顾老爹。可是庆华根本不跟他们沟通这些，每次问起，总是说还没玩够呢。都二十五岁的人了，还能玩到什么时候？都说儿大不由娘，尤其远离父母，还不知道会疯到什么程度。

在红叶的怂恿下，赵明辉拨通了庆华的电话，那边很嘈杂，男男女女的声音夹杂在一起。庆华有些不耐烦地说，爸，怎么了？赵明辉说，不怎么，爸爸就不能给你打个电话吗？

庆华说，我这边很忙。赵明辉说，忙也得听我把话说完。庆华说，你快说。赵明辉说，定亲的事你想得怎么样了？庆华说，怎么又是这事？赵明辉说，人家那边一直催呢。庆华说，我不想回去，我不想重复你们的人生。赵明辉说，什么叫重复我们的人生，我们的人生怎么了？庆华说，我不想现在跟你们探讨这个问题，我有自己的打算。那对方怎么回复？你们自己看着办吧。

电话忽然就断了。赵明辉看看红叶，红叶也正在看着他，两个人不约而同地把头转向一边。良久，红叶才说，当初让他出去闯荡就是错误的。赵明辉说，错误倒也说不上，人各有命，他爱怎么就怎么吧？

你说得轻巧？红叶把后背甩给了赵明辉。

睡觉。屋子里一时黑下来，仿佛给这样的气氛寻找一个掩饰的借口。

似睡非睡的时候，赵明辉听到大铁门似乎响了三下，他问红叶，红叶说，风吹的吧，我怎么没听到。

吃罢早饭，红叶去上班了，赵明辉提着两瓶“汾酒”去看父亲。

父亲的住处离他家不远，在村子的中间，也就是老房子比较集中的地方。这些年，大家盖房子都喜欢往村外挪，挪来挪去，村庄似乎变大了，可是中间的那些老房子却空了。有一次赵明辉看报纸，上面说某个城市即将成为鬼城，赵明辉想，这些村庄以后难说不成为鬼村，可是被关注度却差远了。这几年各乡各村都在积极地改造，也曾传说村庄要撤村建镇，当初赵明辉还很抵触，他觉得还是这些散落在各处的村庄才有乡村的味道，这些年一些地方的乡村改造已经把乡村的味道改没了。赵明辉觉得很可惜，好在自己的村庄还没有动静，让赵明辉多多少少有一点点的庆幸。

父亲在打扫院子，看见赵明辉进来马上停下手，说，你回来了？

嗯，赵明辉认真地打量了一下父亲的表情。虽然已是七十多岁的人了，但是父亲这几年并没有迅速地衰老下去，在精神头上甚至比母亲在世的时候还要好一些。

那块地看了吗？

看了。

脸上挂得住吗？咱老赵家种地这么多年，还没让别人笑话过。

也不是红叶不好好打理，是秋后那块地就要承包给马志勇了。

为什么？父亲忽然怔住了。

我也说不清楚，可能是大势所趋吧。

什么意思？

这个，爹，我常年不在家，红叶现在又上班，再说了，靠种地，什么时候也富不了。

谁说的，早些年，你老爷爷那一辈子不就是靠种地才富甲一方的。

时代不同了，不一样了。

有什么不一样了？我看是你们的心浮了。

赵明辉低了头。

你们要是真种不了，还有我这把老骨头呢，两亩三亩也没问题。

不是这个意思。赵明辉随着父亲走进屋子，把酒放在桌子上。自从母亲去世，赵明辉就下定决心不让父亲下地了。他怕父亲寂寞，就把房子东边原来是猪圈的地方填平了，然后交给父亲打理。父亲也很认真地对待那一小片土地，每年的瓜果蔬菜都吃不完。现在那片小菜地依旧旺盛着。用父亲的话说，地旺，人就旺。

话虽这样说，如今家里只剩下父亲和老婆，哪里还有旺盛的迹象？

我总觉得吧，万变不离其宗。父亲坐在炕沿上，点起一根烟，然后说，你爷爷就跟我说过，社会再怎么改变，土地还是需要人来耕种的，有一块自己的地，日子就过得踏实。

赵明辉在心里笑笑，却并不反驳，父亲的老脑筋，他可是早就领教过了。

父亲继续说，每次路过东头那块玉米地，我的脸就烧得慌。

我下午就去把地里的草都拔掉。

拔一时不能拔一世啊。

赵明辉看着父亲花白的胡子，一时竟然不知道该如何回答。

庆华还好吗？也不知道给我打个电话，这孩子。父亲接着说。

还可以吧，回头我说说他。

就是啊，不能看到外面的大世界，就把爷爷忘了。

越来越不像话。赵明辉附和道。

以后回来看看就可以了，就别买什么酒了，有那两个闲钱，给我孙子买房吧。

不差这一点。

那些地你们是真的想承包出去？父亲问。

只要价钱合适，总比荒着好一些吧。

马志勇那小子有野心呢。

就村里这点小天地，他能有什么野心？

不说他了，父亲沉默了一下，又说，老让你媳妇自己在家，我看也不合适，土地承包出去，你就带她一起出去打工吧。

有她在家里，不是还能照顾一下您吗？

我不用照顾，我的意见你自己想想。

知道了，爹。

午饭红叶也没回来吃，赵明辉打了一个电话，红叶说，蔬菜厂管饭，能省一顿算一顿吧，并嘱咐赵明辉一定要吃点热的。红叶虽然这样说，赵明辉还是觉得有些百无聊赖，他简单地热了一下馒头，又从咸菜缸里捞了块芥菜疙瘩，切成块，便大口嚼起来。

从红叶的口气里，赵明辉可以感觉到，马志勇的蔬菜加工厂可能还不错。在赵明辉的心里，他从来也没真正看得起过马志勇。小时候他们是同学，虽然最后殊途同归，都没有走出村庄这个圈子，但是后来当赵明辉在外面一个月也能挣几千块的时候，他马志勇却还是待在家里研究庄稼。两年前，大队的老支书退下来，马志勇才有了当支书的机会。当时他曾来赵明辉这里拉票，说他当上村支书要如何如何，但是两年过去，他承诺的自来水工程还没有一点影子，更别说硬化村里大街小巷的路面了，倒是自己的蔬菜加工厂像模像样了。现在的人，从来都是说一套做一套，现在赵明辉多少有些后悔投给马志勇的那一票了。

吃过午饭，赵明辉小憩了一会儿，后来他还是决定去把村东头那块玉米地的草拔了。都说以地看人，他赵明辉无论从哪一方面讲也不是一个懒惰的人。

赵明辉找了草帽，又拿了镰刀，走出家门的时候，又觉得应该戴上一副手套。这些年在外打工，他知道戴着手套对付那些野草更容易一些。

找了半天，也没找到那些用过的旧手套。赵明辉想，不在家里待着就是不行，连家里的东西放在哪里都摸不着门道了。他打开衣柜，拿出一个鼓鼓囊囊的包袱，那里面有赵明辉以前从单位拿回来的劳保手套。他打开包袱，抽出一副崭新的手套。跟着手套一起弹出来的还有一团塑料东西，开始赵明辉并没有注意，当他把那团东西放回包袱的时候却怔住了——竟然是几个叠加在一起的避孕套。避孕套的包装很陌生，赵明辉和红叶以前也用过这些东西，还都是赵明辉从外面免费的地方拿回来的。很显然，这些避孕套不是赵明辉拿回来的。

赵明辉一下子坐在炕头，他觉得自己的身体里好像忽然间出现了许多的热线，先是一根，接着便是两根、三根、无数根，很快赵明辉头上的汗水就开始往下流。赵明辉觉得自己可能很快就要燃烧了。

等前心后背的汗水湿透上衣时，赵明辉也清醒过来。赵明辉自言道，不会吧？

赵明辉想起昨夜红叶的香水味，以前的确是没有的，看来自己没在家的这些日子，自己在变，红叶也在变，只是红叶的变化如果是真的，那是自己所没想到的。

赵明辉决定不戴新手套了，他把包袱又恢复原状，他想用事实来证明自己的猜测。

不戴手套，拔草果然就吃了不少苦头。那些草因为生长的时间长了，根茎都有了劲道。赵明辉也想用镰刀，可是用镰刀不能斩草除根，最好的办法就是用手拔。好几次，都因为草勒得手疼而不得不停下来。

接近黄昏的时候，赵明辉把玉米地里的草也拔了一半了。看着被拔掉草的那一半玉米地，赵明辉觉得，不仅自己舒服了，连那些玉米们肯定也舒服了。赵明辉想，这才是庄稼地应该有的样子，要不父亲也不会看不过眼去。

回家的路上，一辆桑塔纳轿车忽然停在赵明辉的身边。赵明辉正迟疑着，却有人将车窗摇下来，赵明辉看到一张熟悉的笑脸，是建伟。

走，上车。建伟说。

两步道，别脏了你的车。

看你说的哪里话，你等着。建伟把汽车停在路边，然后从车上走下来。

赵明辉和建伟象征性地握了一下手。当年，他和建伟是最早出去打工的两个人，虽然没有什么惊天动地的成绩，但是在外面能站稳脚跟，也说明了两个人的能力。

建伟掏出一盒“芙蓉”说，来一根吧。

赵明辉摆摆手，他已经戒烟多年了。

两个人在马路边蹲下来，黄昏的田野中依旧热乎乎的，一些蚊虫开始有意无意地靠过来。

我听玉敏说你回来了，怎么，不出去了？赵明辉问。

我原来的那个单位黄了。建伟说。

怎么会呢？

你还不知道现在的市场，很多人都重新找工作去了。

当初你们那个单位多么红火。

也是呢，可是说不行也快。本来我还想再去其他单位找个合适的工作，可是马志勇请我回来帮他经营蔬菜厂，我考虑了一下就回来了。

还可以吧？

还行，待遇和以前差不多，离家也近了。

马志勇真想大干一场了？

我看他有这个打算，其实这些年马志勇一直也没闲着，他去过很多村庄，他说要改变农村的面貌，没有实体根本不行。建伟说。

他看得很准。

他说先把蔬菜加工厂办好，然后以点带面。他说，发展乡村经济，首要的就是要用好村里的土地，那种单兵作战的种植模式已经不适应现在的发展趋势了。

他的胃口好大。

我也感觉他好像变了一个人似的，你没打算回来吗？

我还没想过。

有时候想一想，在哪里不是一样活着。

是这个道理。

我先回去了，哪天去我家吃顿饭，我们再好好唠唠。

也好，回头再定。

那我先走了。

看着桑塔纳轿车摇摇晃晃地驶去，一种失落忽然涌上赵明辉的心头，他知道每个人都在变化，只是不知道有些人变化会这么大。

黄昏快要包围整个村庄的时候，红叶才骑着自行车回到家里。

饭菜已经做好了，看着摆好的饭菜，红叶故作惊喜，我也能吃上现成的饭菜了。

赵明辉笑笑说，快坐下吃吧。其实红叶说得没有错，这么多年，赵明辉做饭的时候还真不多。看红叶坐下，赵明辉又说，跟我说说蔬菜加工厂的事吧。

红叶说，那有什么可说的？咱就是干活。

你们都干什么活儿？

我负责包装。

那些咸菜真能卖出去？

我看拉货的车不少。

马志勇还真有两下子。

可不是嘛，村里人都夸他呢。说到这里，赵明辉看到红叶的眼里发出了抑制不住的亮光。

都夸他什么？

夸他心里有数，能带大家伙一起致富。

他承包土地的打算也是想扩大种菜的规模？

可能是吧，他那么精明的人，谁知道他脑子里想什么高招。

好像你们都很喜欢他？

也不是喜欢，你自己可以看看咱村里的变化啊，他刚当村支书没两年，蔬菜加工厂就起来了，他曾经跟我们说，要让那些在外打工的人都回来跟他干呢。

如果是这样的话，我也回来跟他干吧？赵明辉试探着红叶。

你，红叶抬头看了赵明辉一眼，你恐怕不行。

为什么？

就你那脾气，不服输的劲头。

这么多年，我的脾气早都没有了。

我看一点也没变，说瞪眼珠子就瞪眼珠子，我怕呢。

看你说的，我有那么恐怖？

红叶笑笑继续吃饭。

赵明辉说，我也想了，再过两年，等给庆华买了房子，成了家，我们也搬到城里去住。

红叶说，别做梦了，我可不想去，我觉得咱村里就挺好的。

让你一个人在家，还真有点担心你。

有什么可担心的？小偷到咱家里，都得空着手走。

就怕把你偷走了。

偷走就偷走呗，你不正想换个年轻的吗？

看你说的，口无遮拦。赵明辉看着红叶的脸色，似乎觉得红叶比以前有些伶牙俐齿了。你猜，我下午干什么去了？

猜不到。

赵明辉伸出手，你看。

赵明辉的手虽然洗了好几遍，但上面的草汁似乎很难洗净，况且有几个手指头上还留着草勒出来的红印子。

你拔草去了？红叶问。

是的，赵明辉点点头，爹说咱的地让他脸红，我闲着又没事，就干脆去拔草了。

我不是告诉过你，那块地无论收成如何，马志勇给的钱都一样嘛，你真傻。红叶拉过赵明辉的手看了几眼，为什么不戴手套呢？

出门的时候没想到，拔草的时候再想起来就晚了。

笨。红叶嗔怪了赵明辉一眼。

你今晚上给我找一副手套出来，明天我还要拔那一半地的草。

算了，不拔了，受那个累。

已经拔了一半了，不全部拔掉也不好看。

闲得你。红叶开始收拾碗筷。

我遇到建伟了。

他啊，现在是蔬菜厂的厂长，牛着呢。

我觉得他回来很可惜。

有什么可惜不可惜的，在哪里不是挣钱养家。

毕竟在外面闯荡了这么多年。

老皇历了，蔬菜厂有很多建伟这样的人呢，都很吃香。

哦，社会真的变了吗？

这不是咱老百姓该操的心。

我出去转一圈儿。

黑灯瞎火的，有什么可转的。

我想闻闻夜色的味道。话说出来，连赵明辉自己都伸了伸舌头，臭拽。

乡村的夜色的确是不同于都市的，天空澄净，安详，空气里弥漫着草腥的味道，湿润而使人难以忘怀。

对于村庄，赵明辉再熟悉不过了，可是现在面对着那些胡同和街道，赵明辉第一次感到有些陌生起来。时代更迭，岁月流逝，一种近乎乡愁的东西正慢慢地涌入他的脑海。

走在村外的马路上，赵明辉把村里适龄的男性都排除了一下。其实范围也不大，在家的男性，比他赵明辉强的，红叶能看上眼的，除了马志勇，还能有谁呢？可是如果是马志勇，他喜欢红叶什么呢？半老徐娘，风韵都不存了。

在一个路口，赵明辉拿出手机拨通了庆华的电话，他觉得有必要把村里的变化跟庆华说一下，也许这样会让庆华把亲事定下来。

电话里的庆华似乎有些不耐烦，未等赵明辉把话说完，就打断了赵明辉的话茬。庆华说，爸，你说的情况我都知道，可是让我回家跟那个女人过日子，我目前真的做不到。你告诉对方别等我了。

可是你爷爷还想抱重孙子呢。赵明辉说。

哎呀，你们别给我压力好不好，人生就这么短短的几年，我们不留遗憾就可以了。

你小毛孩子，懂什么叫遗憾！

哎呀，跟你没法沟通。

那你告诉我，你什么时候成家？

三十岁以前，我肯定会给你们一个满意的答案。

说得好。赵明辉未等庆华回话就气呼呼地挂断了电话，都说有其父必有其子，自己当初哪让父亲给自己操这么多的心了。

默默地回到家里的时候，赵明辉没有忘记查看院门的门闩，一切似乎都是正常的。他想起昨夜大铁门疑似的声响，如果是那个人来，一定是觉察到了什么。赵明辉想，如果这几晚，大铁门不再响，那他的猜测就是对的。

一夜无话，赵明辉睡得很香。早晨起来的时候，赵明辉看到了放在桌子上的那副雪白的线手套。

红叶给他做了早饭，两个鸡蛋，外加油炸馒头片。

这娘儿们还是不错的。吃着馒头片，赵明辉想，看样子也不是想离开我的样子啊。

父亲来的时候，赵明辉刚刚收拾完毕。父亲一副心事重重的样子。

爹，你有事？赵明辉有点心虚。

也没什么大事？我就想问问你，那土地承包的合同签了吗？

还没呢，不过也就是这几天的事了。

我在想，你说咱庄户人家，把土地都交到马志勇手里，那以后他不就成地主了吗？

爹，没你想象的那么严重，现在跟以前不一样了。

你看，能不能给我留个一亩两亩的。

爹，你就别添乱了，就你这年纪，好好轻松几年吧，要不别人也会骂我不孝顺。

我能行的。

这不是你行不行的问题，这是村庄的大规划，我虽然不怎么喜欢马志勇，但我觉得他的思路还是对的。

反正这事要慎重。

我知道了，爹。

送走父亲，赵明辉坐在椅子上一时无语。他理解父亲的心思，但是时代不同了，对他而言，别说土地，连村庄都想弃之而后快呢。

出家门之前，赵明辉没有忘记打开柜子里的那个包袱，正如他所想的，那几个叠加在一起的避孕套不见了。无论赵明辉怎么翻，也没有找到。

尽管想象了很多的可能性，可是一旦真的成为事实，赵明辉还是有些无法接受。红叶她，一个已经五十多岁的老女人竟然还红杏出墙。这一刻，赵明辉忽然想起爹昨天说过的话，莫非爹已经听到了什么风声，或者在暗示他什么？

赵明辉不想再去拔草了，他觉得这个样子再去拔草，即便不中暑，自己也会没有力气。

赵明辉没有火冒三丈，昨天他就想了，即便真的是事实，他也不会像年轻人那样大吵大闹，或者痛打红叶，如果那样，就不是在外历练多年的赵明辉了。

其实赵明辉在外面也曾遇到过向他表示好感的女人，但是都被他拒绝了，他觉得红叶一个人在家里不容易，他不能做对不起红叶的事情。还有在外面打工，就是为了挣钱，都乱花掉了，他回去后怎么向红叶交代，所以这么多年，无论什么样的艳遇，他都是躲得远远的，对一个男人来说，已经相当的不错了，只是他没有想到红叶，竟然变得有些陌生了。

想了半天，赵明辉也没想出一个完美的办法，这种事说破就得分道扬镳，而保持沉默，只能让别人笑话他戴了绿帽子还蒙在鼓里。

赵明辉觉得自己的脑袋都要炸了。红叶的香水味，玉敏一扭一扭的屁股，这个世界，连一点干净的地方都没有了吗？

赵明辉决定去马志勇的蔬菜加工厂看看，建伟回来当厂长，红叶口口声声说那里好，见鬼了。

马志勇的蔬菜加工厂离村庄不近，鬼才知道他怎么会把厂址选在那块无人耕作的盐碱地上。如今那里已经竖起了彩涂板厂房，周围也种上了一些花草和树木。

站在大门口，赵明辉没有进去，他也没打算进去，他只是那么瞄上一眼就知道这个厂子是不是有发展前途。看得出门卫很正规，厂房内外也很干净、很有序的样子。

赵明辉不得不佩服马志勇的眼光，在他们村庄，除了地多，还真找不出有特色的东西来，发展蔬菜，然后深加工，的确是一条不错的发展之路。说不定几年之后，村庄真的像红叶说的有巨变呢。

回来的路上，赵明辉多少有些惆怅，自己在外面混了这么多年，除了给家里增加了一点财富之外，给这个村庄带来了什么呢？不仅没有带来什么，还把老婆赔了出去。这日子混得！

按照红叶的意见，赵明辉找到了媒人。听完赵明辉的感谢，媒人有些惋惜地说，你家庆华会后悔的。这么好的人家，你家庆华还想找个什么样的？

儿大不由爷，我们也没有办法啊。赵明辉说。

现在的年轻人，真让人想不通。媒人一边摇头，一边说，我再给你们一个月的时间，人家那边也喜欢庆华呢。

好，好。赵明辉千恩万谢地说，心里却想着，人生或许本就难免残缺吧。

夜里，赵明辉和红叶又温存了一次，不过这次赵明辉显得心事重重又力不从心，直到红叶问他是不是累了时，赵明辉才说了父亲的事。红叶说，老人的思想就是保守，这么大年纪了，安安静静地过几年轻松日子有什么不好？赵明辉说，我也这么说呢。你说，咱的地还承包给马志勇吗？红叶说，都说好了的，中途变卦合适吗？赵明辉说，要不咱就像父亲说的留两亩地。

谁种？你回来种，反正我不种。红叶说道。

你也知道，我回不来。当然要是回来，也只有像马志勇那样要承包很多土地来种才行。

那不成了和马志勇竞争了吗？

好像是这样。

你别没事找事了，你没有人家的实力和脑筋。

我也不笨。

你是不笨，但是没用对地方。

你说，用在哪里才算用对地方？

你自己想吧。

此一时彼一次，马志勇不也就这两年刚刚显山露水。

人家那叫卧薪尝胆。

你总是偏向他。

不是偏向，我是实事求是。

算了，不说马志勇了。如果没事的话，那我后天就回去了。

合同你不签了？

你签就可以了，你办事我放心。

别说得这么好听，是外面有人催你回去吧？

瞧你的小心眼，就你老头这个笨样，谁能看得上？

别以为我不知道，我不过是睁一只眼睛闭一只眼睛罢了。

说得跟真的似的。

玉敏都跟我说了，好多民工都在外面搭伙过日子，要不是她一心要建伟回来，建伟能舍得外面的世界？

建伟的厂子黄了，是他自己想回来的。赵明辉解释道。

话是这么说，其实还是玉敏发现了建伟的蛛丝马迹，现在的男人啊，有几个让人放心的？

她可以跟建伟一起去城里啊。

你说得那么容易，老人怎么办，孩子怎么办，吃喝拉撒睡怎么办？

没你说得这么严重，要不这次咱们一起走，你看看容易不。

我过不惯那种日子，我喜欢清静。

那就别胡思乱想。

谁胡思乱想了，还不是你刚来就想走？

我也是没办法嘛。

那你走吧，明天一早就走。红叶侧了身子，甩给赵明辉一个后背。

看着红叶的后背，赵明辉觉得红叶挺会表演的，似真似假，连他自己都难以分辨了。看来红叶跟着玉敏，没学到什么好东西。她竟然先入为主，试探起自己在外面的私生活了，莫非她听到了什么谣言？

尽管赵明辉说转天就走，但他还是打算等到签完合同那天才返城。这两天，赵明辉想了很多，在这个村庄，马志勇已经把空间都占满了，他赵明辉几乎已没有发展的余地了，在外面动动脑子，说不定还可以闹出点动静来。

红叶也没再挽留，她给赵明辉准备了路上吃的喝的，然后送他到路口等公共汽车。依旧是分别，依旧有一种难舍的情绪，但是赵明辉却觉得这一切都是在为一种结果储备能量。

上车之前，父亲也赶来了。看着年迈的父亲，赵明辉忽然想起那句话，“父母在，不远游。”当初母亲去世的时候，他就没守在母亲的身边，等他知道消息匆匆忙忙赶回的时候，母亲已经咽气了。那时候，赵明辉好后悔。他曾想，千万不能在父亲身上重演那一幕了。而现实又常常无法把握，每一次和父亲的离别，赵明辉都会想起母亲，心里就无由地增加了几分内疚。

父亲说，庆华的婚事重要，你们要想想办法。

赵明辉点头，他看看父亲全白的头发，然后转身离去。

到了火车站，赵明辉并没有买票，而是等到天黑的时候，又坐上了返村的最后一班公共汽车，在离村庄不远的那个路口下了汽车。此时的村庄，淹没在莫大的黑暗之中。无论是那些庄稼，还是道路，都被厚厚的雾岚包围着。赵明辉深深地吸了一口气，他知道自己的返回，其实是冒着莫大的风险的。

在自己家的门口，他从柴火垛里拿出早就准备好的绳子，然后搭上院墙外的那棵枣树，三两下就爬上了厢房的房顶，在那里，可以清楚地看到正屋里的一切。

屋子里亮着灯，还没有挂上窗帘，赵明辉第一眼便看到了红叶和她身边的那个人。然而让赵明辉惊讶的是那个人并不是马志勇，而是玉敏。赵明辉屏住呼吸，屋子里的声音若有若无，赵明辉还一时不知道她们在说什么。

赵明辉干脆在屋顶上躺下来，他望着漆黑的夜空，一种失落感正慢慢地袭来。莫非自己猜错了？莫非那个人还没有出现？

正胡思乱想的时候，正屋的门忽然响了，红叶和玉敏一前一后从屋子里走出来，玉敏似乎并没有马上离去的意思，而是停在院子里又和红叶说起话来：我刚才跟你说的那些话别跟别人乱说，男人啊，就知道寻找刺激。

红叶说，怎么会？

玉敏说，我送你的那些避孕套用过了吗？

红叶说，我扔了。

玉敏说，真可惜，要是明辉哥知道你这么浪漫，不知道该多么喜欢你呢。

红叶说，你不了解他，他那人一直多疑呢。

玉敏说，好东西呢，美国货。

黑暗中，赵明辉看不到两个人的表情，可是这悄悄话却让赵明辉的身体有了反应。

红叶和玉敏边说边走，直到后来响起了大铁门的声音，红叶才一个人走回来。赵明辉看着红叶单薄的背影，慢慢冷静下来。

真是冤枉了红叶呢。

屋里的窗帘拉上了，接着灯也灭了。赵明辉无聊地在房顶上躺了一会儿，然后悄悄地顺着枣树又溜到院外。

赵明辉想马上离开，可是一想到遥远的路途，却又有些怵头，正在他犹豫不决的时候，忽然有脚步声传过来。

赵明辉赶紧躲到柴火垛后面。是两个身影，其中一个说，明辉走了？

另一个说，上午走的。

怎么不多住几天？

他们都忙，咱也管不了。

忙着也好，别闲着就行。

赵明辉听出来了，是父亲和住在村西的马婶，这么晚他们这是去哪里呢？赵明辉悄悄地跟在他们身后，直到他们走进父亲家的大门，又把门关好之后，赵明辉似乎才明白了什么。怪不得父亲气色那么好呢，原来是“金屋藏娇”啊。

对于那个马婶，赵明辉一直就抱有好感，那样的好感来源于以前马婶一家对自己一家人的照顾。当初，在赵明辉一家最困难的时候，马婶一家曾给他们家接济过粮食。父亲常说困难时候见真情。但赵明辉真的没想过，父亲和马婶两个人会“暗渡陈仓”，但好在马叔也没有了，两个孤寡老人生活在一起似乎也顺理成章。

站在那里呆愣了片刻，赵明辉有点后悔回来了，都是自己的小心眼，“旧恨未去，又添新愁”啊。看来还是红叶说得没错，自己不笨，但没有用对地方。

赵明辉有些留恋地看了村庄一眼，然后毅然地背起行李包，大踏步地向村外走去。

港湾

他把车靠在路边，然后熄了火。他没有下车，而是坐在车里安安静静地看着眼前暮色中的村庄。

是的，他需要安静。这样的安静是不同于都市里的安静的。都市里的安静是人去楼空之后的空虚；而乡村，给他的则是一种心灵上的休憩。

他点燃了一支烟，然后把车窗打开。车外的夜色一下子涌进来，潮湿、甘润，甚至有那么一股子草腥味儿。他深深地吸一口气，然后闭上眼睛。他有一些些的困倦，要不是家近在咫尺，他真想在车里这么睡上一觉。

他又启动了汽车，车窗外缓缓地闪过那些熟悉的树木、房屋、胡同和模模糊糊的人影。这一切都让他有一种莫名的冲动。故乡，是不是每一个远离它的人回来时都有这样一种急迫的心情？

在自家门口，他停好车，刚刚跨出车门，就看到了一个熟悉的身影。他揉揉眼睛，似乎不相信那就是父亲。

夜色中他看不清父亲的面目，可是他知道父亲肯定不会像他这样惊讶。

爸爸，他喊一声。

我等你有一会儿了，黑暗中父亲说。

你怎么知道我要回来？

我今天一整天都心神不宁的，总觉得要发生点什么事，可能就是你要回来吧。

他鼻子一酸，心里忽然涌上一股暖流。都说父子连心，恐怕就是这样吧。

走进院子里，凑着灯光，他发现父亲好像老了很多，胡子老长，人也黑瘦了。

她听到声音也迎出来。她是父亲的老伴，却不是他的母亲。

快进屋里，她很热情地招呼道。

他点点头，虽然在心里他一直抵触着她，可是此刻他并不想给父亲难堪。

赶快炒几个鸡蛋，再做两个菜，我和大明喝两口。父亲一边吩咐着她，一边观察着他的脸色。

家还是原来的家，甚至屋子里还有母亲的气息。他看着那些母亲曾用过的家具，泪水禁不住地流下来。

父亲没有劝他，只是看看他，又看看别处，最后把目光对准自己的两脚。

这样的沉默有些难熬，他知道自己回来不是当着父亲的面流泪的，所以及时地控制住了自己的情绪。

菜都端上来，虽然只是简单的几道农家菜，可是他却闻到了一股久违的菜香。

他打开行李包，从里面拿出两瓶五粮液。酒是别人送的，他一直都没舍得喝。几年前，要不是父亲坚持着要娶后老伴，这酒恐怕早就拿给父亲了。

喝这么好的酒？

他看到父亲眼里闪过一道亮光。也许对于父亲的一生来说，五粮液只是一个遥远的梦。

他给父亲倒上酒，屋子里一下子充满了酒香。父亲深深吸了一下鼻子，很陶醉的样子。父亲的模样有些好笑，要是在以往，他早就和父亲嘻嘻哈哈了。

她上完菜，就坐在远离饭桌的床角，默默地看着他们父子俩。

你也来喝点吧？他对她说。

她有些受宠若惊地摆摆手，我不会，你们喝，你们喝。

和父亲比起来，她显得年轻了许多，不过皱纹也是如蒿草遍地了。

那你就一起来吃点，他依旧客气地谦让。

我吃过了，她依旧受宠若惊地摆摆手。

她的谦恭倒让他有些不好意思起来。也许是当初留下的印象，让彼此都在小心翼翼地保持着距离。他冲着父亲说，一起来吧。

父亲当然明白他的所指，赶紧对她说，大明让你来，你就一起来吧，又不是外人。

父亲把“外人”两个字说得很重，也许是故意说给他和她听的。

她坐过来，三个人，一个饭桌，冒着热气的饭菜。

他有一些恍惚，曾经他和父母就是这样的啊，而今，一切都不复从前。

说实话，她的手艺很不错，他很久没有吃到这样的饭菜了。

是出差吧？父亲开始寻找话题。

是，他点点头。

一个人出门开车要多注意安全。父亲说。

嗯，他应道。

怎么没把惠芳和虎子一起带回来？她忽然插话道。

他怔了怔，其实一路上他都在想这个问题。他说，虎子上幼儿园，还离不开大人。

哦，那就下次吧，下次一定要带回来，你爸他想孩子呢，她说。

好的，下次找机会，他说。

酒真不错，父亲说。

那就多喝点，这酒不上头，他说。

显然大家都在小心翼翼的，好像都在尽力维护着什么。可他还是觉得这种场面很温馨，这种温馨是他需要的，可能也是父亲需要的。

他还记得和父亲的最后一餐。那是母亲去世一年之后的某一天，当父亲磕磕巴巴地告诉他想再娶个后老伴时，他表示了反对。当父亲再说时，他便站起来拂袖而去。虽然在内心，他并不反对老年人再婚，可是他接受不了父亲这样的迫不及待，何况，父亲要娶的那个她，竟然是很早以前就和父亲有过风言风语的女人。他拂袖而去，就再也没回来过。虽然父亲给他打过几次电话，说他需要人照顾，说自己内心的孤独，他都没有松口。他觉得父亲太对不起母亲了。

现在，一切都成了事实，他什么都没有改变。

看上去，父亲和她的生活还不错。父亲健康的身体似乎说明了这一切。原来父亲不是这疼，就是那疼的。这几年，他虽然很少跟父亲联系，可是他一直牵挂着父亲的身体。现在他可以放心了，父亲过得比他想象得要好得多。看来她起到了一定的作用。

整个吃饭的过程，她一直都在赔着笑脸，甚至在观察着他神色的每一次变化。他感觉到了她的这种小心，不禁对自己以前的行为有些赧然。

夜晚，他睡在母亲曾经睡过的土炕上。这个土炕是他坚持不让父亲拆的。父亲尊重了他的意见，只是把另一间屋的炕改成了床，他和她睡在那边。

她给他铺好了被褥，都是崭新的。她还说，要是不舒服，就再换一套。

他觉得她的热心有些过了，就说，挺好的。

夜里，他睡不着，虽然很累，可是思绪总在脑海里飘着不肯散去。

母亲是车祸死的。那年他刚刚有了稳定的工作，他一直想等自己有钱了，就把父母接出来过几天城里人的生活，可是还未等他实现目标，母亲却在一次赶集的路上发生了车祸。等他赶回来的时候，母亲已经走了，他抱着母亲的尸体哇哇大哭。他觉得没有什么比突然失去亲人更让人难以承受了，更何况母亲还没享上他的一天福。

也许是这种负疚心太重了，所以当父亲说再婚的时候，他断然拒绝了，甚至在自己结婚时都没告诉父亲。

他没带着老婆和孩子回来过，只是在一次电话中父亲说想孙子了，他才给父亲寄了一张儿子的照片。现在儿子的照片被父亲放大了，就挂在土炕对面的墙上。他感觉到了父亲的这种用心。父亲知道他早晚会回来的，即便是不为自己，还有母亲呢。

他仔细地看着儿子的照片，那是儿子刚满一周岁时的照片，儿子虎头虎脑，属于人见人爱的那种小可爱。他曾经是那样的离不开儿子，可是现在，他长叹一口气，一切都物是人非了。

尽管睡得很晚，可是一大早他就醒了。他爬起来走出屋门，想去看看这几年村庄的变化。

一出门，正好遇到父亲回来。父亲看他一眼，然后笑了一下说，不睡了？

他看出了父亲眼神里的讨好，就说，睡不着了。

昨晚的酒真好，父亲讪讪地说。

他说，我出去看看。

父亲说，早点回来，她去后村买老豆腐了。

哎呀，他吃了一惊，没必要的。他知道后村离这里很远呢。

我说你喜欢吃家乡的老豆腐，她就一定要去。父亲顿了一下，又说，去就去吧。

他心里动了一下，为了他的这次回归，父亲和她都在千方百计地讨好他。

他不再说话，而是一个人走出胡同。村庄这几年的变化不是很大，虽然又起了几座新房，可是根本改变不了落后的事实。

他记得刚考上大学的时候，曾对父亲说，我一定要让你们过上城里人的生活。可是现在他有钱了，也有房子了，却不曾再对父亲这样说过。他忽然觉得有些内疚，这些年他的确漠视父亲的存在了，要不是这次的家庭变故，他真不知道自己什么时候才能回来。

他离婚了，儿子归了老婆。虽然他曾极力地挽留婚姻，可是每个破裂的家庭都是有很多充分的理由的。他爱老婆，可是老婆已经不爱他了。他舍不得儿子，可是儿子还小，他争抚养权，法院不支持。那时他连死的心都有了。

其实他这次回来就是想去坟上看看母亲，然后找个无人的地方一了百了。他觉得生活真是辜负了他，母亲没了，老婆孩子走了，父亲跟别人过了，他不知道再继续活着是为了谁。

老豆腐很好吃，他吃了一碗，她就又给他盛了一碗。父亲说，别老吃那玩意儿，也吃点别的。

他点点头说，你们上午有事吗？

父亲和她都凝住神看着他。

他说，要是没事，我带你们去县城看看吧。

父亲说，那敢情好，我还没坐过大明的汽车呢。

他看着有些欢欣鼓舞的父亲，差一点笑了。

一上午，父亲和她都很高兴，看得出父亲有一种解放的感觉，可能父亲已经感觉到了他亲情的回归。而她，也一定感觉到他对他们在一起生活的默许了。

中午，他把他们带到一家有些档次的饭店。父亲说，不活了？她也说，一辈子也没想过有一天能进到这地方吃饭。

那顿饭花得并不多，三个人还不到两百元。可是看着父亲和她小心翼翼地吃那些稀罕的菜肴，他还是有了一种久违的快乐。

傍晚的时候，他去给母亲上坟。虽然不是什么上坟的节日，可是家里讲究上坟的时辰，他只好傍晚去。父亲想跟他一起去，他拒绝了，他想一个人默默地跟母亲待一会儿。

母亲的坟上没有多少草，还刚刚培了土。看得出父亲并没有忽略母亲的存在。他跪在那里，给母亲烧了纸，又磕了三个头，然后就坐在那里，开始默默地流眼泪。男儿有泪不轻弹，只是未到伤心处。他是真的伤心，多年的委屈和伤痛在那一刻都涌上来，他放出了悲声。

夜幕降下来的时候，他擦了擦眼睛。哭过了，也就释放了。他觉得自己在这里哭并不是一件多么丢人的事情，那是儿子对母亲的倾诉。

转过一片庄稼地，他蓦地发现了站在路边的她。他惊疑地看着她，不明就里。

她说，你爸爸放心不下，让我过来接接你。

可能她在这里站了很久了吧，想着刚才自己的一切都被她看在眼里，他忽然有些不好意思起来。

他说，走吧。

她说好，却并不挪脚。

他又惊疑地看看她，似乎觉得她有话要说。

果然，在沉默了片刻之后，她有些吞吐地说，大明，不管你接受我好，还是不接受我好，这几年，我都极力地想融入你们的大家庭，我不是个坏女人。

他嗫嚅着，不知道该怎样回答。

当年你爸爸对我好，是因为他看在战友的面子上，我们之间什么事都没有。

依旧是沉默。

你放心好了，我会照顾好你父亲的，她说。

他叹了口气说，一切都过去了，我们从头开始。

一夜无话，转天，他要走了，父亲和她都送他出来。尤其是她，给他准备了一大堆的土特产，她说，自己种的，吃着放心。

谢谢你了，姨。话是随口出的，他自己吃了一惊，而她更是呆住了。

父亲打圆场说，走吧，路上要小心，下次把我孙子带回来。

他点点头，缓缓地开动汽车，他实在不知道下一次会不会满足父亲的愿望。可是，有了愿望，就有了继续生活下去的理由。

车开出很远，从反光镜里，他看到父亲还愣愣地站在那里，而她，还在一个劲儿地抹着眼睛。

卖房

放下电话，海明心里悬着的石头一下子放下来。大哥在电话里说，三弟，那是你的房子，你想怎样处置就怎样处置，大哥没意见。大哥虽然这样说，但海明还是听出了大哥话语之外的留恋和无奈。大哥，对不住了，海明在心里说，如果不是你侄子要结婚买房子，我也不至于打老房子的主意啊。

老房子是父母留下来的，有三套，兄弟三个一人一套。当第三套房子盖起来的时候，老爹曾两手掐着腰对海明说，这下我就可以放心地走了。那时候海明还没有成家，他对老爹的话不置可否，爹，你累不累啊？老爹盯着海明看了半天，才说，当你活到爹这个年纪的时候，你就知道累不累了。话似乎还在耳边，海明就到爹的年纪了。前些年他一个人出来打工，靠汗水挣了点钱，就在城市买了一套相对便宜的房子，然后把老婆和两个儿子都接了过来。那时候孩子还小，还看不出房子的拥挤，可是等到两个儿子都到了谈婚论嫁的时候，海明才知道，自己远远还没达到可以放手不管的地步。海明这才想起老爹曾说过的话，累不累啊？真是谁累谁知道。

大儿子结婚的时候，海明带着老婆和二儿子从那套房子里搬出来，在距离那里不远的地方租了一套房子。老婆说，实在不行咱就搬回老家去住。海明说，那不得让人笑话死，好马哪有吃回头草的。话既是说给老婆听的，也是说给自己的。海明知道接下来还有二儿子的一套房子，当然还有自己和老婆的房子，要走的路还长着呢。

前几天，二儿子看中了市郊刚开盘的一套两居室，虽然二儿子并没有着急的样子，但是看着已经二十四岁的儿子，海明知道这都是早晚的事情，他和老婆盘算了半天，家里的储蓄还不够交首付的。海明向大儿子说了要买房的打算，说白了就是要钱，大儿子表现得还不错，答应可以出三万块钱。但是还差两三万呢？正在老两口打算四处借钱的时候，老婆说，不行，咱就把老家的房子卖了吧。海明说，卖了老家的房子，咱可就真的没有落脚之地了。老婆说，你不是不想回那个地方去吗？海明说，那是从前，你看看现在的楼市，我们还能买得起第三套房子吗？老婆说，那怎么办？儿子的事总比咱们的事重要吧。海明看着老婆疑问的眼神，一时无话可说。其实海明是有难言之隐的，从老家搬出来之后，海明就把老房子交给大哥照看了。其实市里离老家也不是太远，每年回去一两次照看一下老房也不是不行，但是这些年，海明除了给父母上坟，还真懒得回去一趟。在把房子交给大哥照看之后，海明就更懒得回去了。前几年，大哥的儿子结婚，大哥盖不起房子，就把自己的老房子粉刷装修了一下，做了儿子的新房，而老两口则搬到了海明的房子里。当初大哥跟海明商量时，海明很干脆，说只要房子不倒，大哥和嫂子就尽管住。可是现在，要卖房子，这不是赶大哥和嫂子走吗？

从家里出来，时间尚早，老婆说，快去快回，别黏糊的时间太长了。海明点点头，说实话，这么多年离家在外，海明对老家已经没有太多的感情了。人们都说，故乡是自己的根，可是有多少人愿意回到贫穷落后的根上去啊。在汽车站，海明给大哥买了两瓶酒，又买了一些水果，这才坐上汽车。五月的乡村公路，两旁都是绿油油的麦田，间或有一些老农弯腰其间，充满了诗意。可是海明一点也没有心思去看那些美好的景致，他烦躁地把头垂下来，随着汽车摇晃着。

还没进村，海明就看见了自己的老房子。在三套老房子中间，海明的房子是最老的一套，在海明还没出生的时候就有了，算起来也有七十多年的历史了。老爹给他们兄弟三个分家的时候，没有具体的重新分房子，只是说，现在谁住着的房子就是谁的了。大哥没意见，二哥也没意见，海明更没意见。那时候他还没成家，还跟着爹娘住在老房子里。老房子虽然没哥哥们的房子新，但有古建筑的气息，看来当初建房的时候是下了很大功夫的，海明很喜欢。后来爹娘没了之后，海明里里外外重新收拾了一番，也有了新房子的模样。只是没住几年，全家就都搬到城里来。海明常常想，要不是大哥在老房子里住着，老房子肯定要荒了，说不定还会倒塌。但是直到现在，老房子依然屹立着，一点倒塌的迹象都没有，这不得不让人佩服那时候盖房人的手艺。

刚进家门，大哥大嫂就迎了出来。海明喊了声大哥，就把手里的东西递了过去。大哥客气了一下，说，还买什么东西啊，回来看看就好。这几年大哥明显老了，不但胡子白了，连眉毛都白了。大哥比他年长八岁，算起来也是快七十岁的人了，从大哥的身上，海明好像看到了老爹的影子。

老房子被收拾得井井有条，有的东西还装了纸箱打了包。海明说，你们这是干吗啊？

大嫂说，那天你一打电话，你哥就坐不住了，这不准备搬出去。

地方找好了？海明问。

大嫂说，还没有，你还不知道你哥的脾气，有点事就坐不住。

海明看看大哥，大哥躲了海明的目光，然后从口袋里掏出一盒“钻石”烟。抽一根吗？大哥把烟递过来。

早戒了，海明摇摇手，哥，你也戒了吧。

大哥看看他说，也活不了几年了，怎么快乐怎么来吧。咱爹不是常说嘛，不在吃喝，在心态。

海明笑了笑，要不是大哥说，他还真记不起来老爹曾说过的这些话。这么多年，大哥虽然是老了不少，但身体依然很硬朗，一年到头很少得病，真的可能和心态有关呢。

大哥又说，我跟你联系的买主下午来，你也别着急。中午我把你二哥，还有侄子们都喊过来，咱们多年都没有好好聚一下了，卖了房子，以后聚会的机会就更少了。人这一老吧，就怕哪一天闭眼，谁都看不到了。大哥的话让海明心里酸酸的，他似乎有些后悔卖房了。

趁着大哥大嫂做饭的空间，海明一个人走出来，在胡同里，他看看那些曾经熟悉的门扉、树木，情不自禁地长叹一声。

有些东西，越是在失去的时候，就越会感觉到它的珍贵。现在海明就是这样的一种心态。他围着老房子转了两圈，越转心情就越复杂。他想起了小时候的很多时光，那时候的欢乐和忧伤，那时候的淘气和顽皮，这一切都将随着老房子的卖出而离去。海明这才发现，维系自己与老家的纽带都是因为老房子的存在，老房子没有了，就什么都没有了。别说自己这一代人，就是儿子那一代人，数年后，谁还会记得这里曾是他们生命开始的地方？海明闭上眼睛，他发现卖房远比买房复杂得多。

午饭很丰盛，二哥来了，几个在家的侄子也都来了，一种久违了的亲情弥漫上来，海明有些应接不暇。

大哥打开了海明带回来的那两瓶酒，还专门说了一句，是海明带回来的好酒，大家一起尝尝。海明惭愧地笑了一下，其实那酒并不怎么好，三十块钱一瓶。他知道大哥的意思，也没有解释。海明先敬了大哥二哥，然后又和侄子们一一碰过，气氛就慢慢地热闹起来了。大嫂埋怨道，你应该让弟妹一起回来，光你们男人聚了，我们女人好像就没有份儿似的。海明说，下次一定带她回来，她在家看孙子，离不开啊。又说，以后你们也可以去城里，看看我们的新房子。说到房子，气氛忽然就冷清下来，一个侄子说，我看三叔和婶子还是回来住吧，咱这里多好啊，虽然没有大城市那么繁华，可是空气好，粮食蔬菜也好啊。海明说，我也这样想呢，可是你们看现在的情况，要看孩子，还要帮他们还贷，哪里有这样的自由呢？二哥说，那都是你自找的，你看看我现在，不就是自由多了吗？海明笑了笑，二哥虽然一家人都在老家，可是二哥的孩子有出息，靠种菜也有了点钱，盖了新房子，不像大哥，还要借住他的老房子。海明说，人和人不能比啊，我是上了贼船，下不来了。大家一起笑了起来。几个侄子轮番敬酒，海明似乎有些高了，他一边推脱一边说，一会儿还有正事呢，还是少喝一点吧。其中一个侄子说，什么正事啊，大不了明天再说。其他几个侄子也随声道，明天再说，明天再说。

海明不知道自己是什么时候睡着的，等他醒过来口干舌燥的时候，天色已经黑下来。他一骨碌爬起来，看大哥还在屋里，就说，买房的人呢？

大哥看了他一眼说，看你都六十岁的人了还这么冒失，买房的人走了，但人家把钱留下了，这不，一万五千块。大哥说着把厚厚的一沓钱递过来。

不是说好了一万块钱吗？海明问。

我又跟人家说了说，人家也很通情达理，剩下的事你就别管了，有大哥呢。

海明拿过那厚厚的一沓钱，酒好像清醒了很多。

今晚别走了，好好睡一觉，大哥说。

现在想走也走不了了，没车了，海明打个哈欠。

从屋子里走出来，海明努力地回忆着中午喝酒时的情景，却怎么也想不起来自己是怎么喝多了又是怎么睡着的。他拍拍脑袋，真是老了。

从厕所出来，海明并没有急着回到屋子里，而是站在院子里看了看遥远的夜空。他想人生就是这么短暂，好像刚刚才过了几天，人就老了。

为了儿女，为了衣食住行，真累啊。正在海明胡思乱想的时候，大哥和大嫂的对话就悄悄地传出来，你说，把家底都搭上了，买这么一座老房子，你真是老糊涂了。大哥说，还不是想留个念想吗？房子在，爹娘的气息就在，海明就可以常回来看看啊。

海明呆呆地愣了一下，胃里的东西忽然涌上来，他蹲在地上，大口地呕吐起来。

八年之约

一

那个夏天，似乎注定要让我揭开一段家族的秘密。

应该是在暑假，本来我计划好了要去一趟延安。那一段时间，不知道为什么，我忽然喜欢上了中国近代史，尤其是红色历史这一部分，延安无疑是最具有代表性的一个地方。就在我打算订票北上的时候，却忽然接到了母亲的一个电话。母亲说，自己的身体这一段时间有些吃不消，如果你有空，就过来替我陪陪外婆。母亲的话不容拒绝，毕竟延安什么时候都可以去，可是对于已经九十岁高龄的外婆来说，也许见一面就少一面了，我欣然答应。

我向爱人交代了几句，他一点也没有反对。他说，去吧，也不是太远，想回来我就开车去接你，孩子你不用操心，我可以给他联系一个夏令营，你就好好地度假去吧。

对于爱人的大度，我一点也不意外。夫妻两人，在一起生活久了，反而会生出一种厌倦感，尤其对我的唠叨，爱人早就不耐烦了，他倒巴不得过几天清静几日。我知道他的想法，却也不点破，两全其美的事情，何乐而不为。

从邯郸到涉县，路途不是很远，以前没有高速的时候，走 309 国道大概需要两个多小时的时间，现在通了高速，一个半小时就足够了。爱人说开车去送我，我也没有拒绝，找一个礼拜六，便踏上了路途。

对于涉县，我并不陌生，从小我便跟外婆长大，后来随着父母去天津，然后又转回邯郸，期间不知道在涉县生活了多少时光。即便是我在邯郸当了一个中学老师之后，依旧时不时地要去涉县开会、瞻仰八路军129师纪念馆等。虽然不至于每一次都去看外婆，但是一年中见几面的机会总是有的。何况这些年，涉县的面貌在一天天变化，爱人就曾说有朝一日要到涉县来养老。从发展的角度看，涉县有山有水，的确是一个益于居住的好地方。

外婆的家在一个叫岳良村的小山庄，对于村庄名字的来历，我曾在我的小说《古村人物志》中做过简短的介绍。一个版本是岳良村原来叫月亮村，后来因为大部分村民都姓岳，慢慢就改叫岳良村了。另一个版本则是说，抗日战争的时候村里曾出过一个叫“岳良”的战斗英雄，他牺牲后，村人为了纪念他，就改叫岳良村了。其实不管怎样的说法，这样的村庄听起来就充满了历史纵深感。我以前没怎么理会这些村庄的历史，现在从红色历史的角度去想，却也是让人浮想联翩。

走在石头铺砌的胡同里，看着两边古风依旧的院墙，爱人说，就喜欢乡村的这种味道。他的感觉与我不谋而合。这些年，不知道什么原因，在喜欢上红色文化之后，我对那些古村落也产生了浓厚的兴趣，这也是我欣然来照顾外婆原因之一。

外婆居住的也是一个古老的院落，据母亲说，应该有一百多年的历史了。虽然院落狭小了些，但是有那些青砖条石木格格窗户，却也充满了古朴的意味。很早以前，外婆曾到邯郸跟我的父母生活过一段时间，后来说什么也要回到这里，说在邯郸心总是悬着，至于为什么悬着，只有她自己知道。

回到岳良村的外婆就一直跟舅舅生活在一起，舅舅一家人照顾得还算不错，要不外婆也不会活到这么大的年纪还耳不聋眼不花。母亲退休后，就隔三岔五地回来照顾一下外婆，说是要减轻一下舅舅一家的负担。

外婆是负担吗？外婆以前就曾对我说，都这么老了，还不死，尽给孩子们添负担了。我知道，外婆能说出这样的话来，说明外婆还不糊涂。

二

爱人只住了一夜，就拉上母亲回邯郸了。我对母亲的交代字字记在心里，比如外婆早点吃什么，一天喝多少水，晚上几点睡，看得出母亲照顾外婆很用心。但是于我，却觉得母亲有点小题大做，外婆还能自理，还能交流，她需要什么自然会跟我提出来，有什么可担心的。

外婆的牙齿几乎都掉光了，这是她晚年生活中最欠缺的一个部分。因为没有牙齿，外婆整个嘴都深陷了下去，显得越发的老迈。我曾建议给外婆安上一口假牙，舅舅他们也这么做了，但大部分的时间里，外婆依旧愿意瘪着嘴，用她自己的话说，我不嫌难看。

外婆的确不难看，看她年轻时的照片，外婆也应该是回头率很高的那种女性了，当然在乡村，没有人会注意回头率这样的概念，但外婆的美是放在那里的。以前我曾问外婆，年轻时追她的小伙子是不是很多，外婆总是羞涩地摇摇头说，那时候都是父母做主，哪有自己选择的余地？我说，外公是怎么认识的？外婆半晌儿不说话，后来看我问急了，才慢吞吞地说，年龄大了，就稀里糊涂地嫁了。你爱外公吗？我继续穷追不舍。外婆看着我，依旧是不说话，也许在她的心里，是没有我们现在这些恩恩爱爱的，他们拥有的只是平淡的家庭生活而已。但外婆还是回答了我，那时候就是一块过日子，哪有什么爱不爱的，人生，怎么都是一辈子。

这倒是让我觉得小看了外婆，怎么都是一辈子，从她的嘴里说出来，显然有了不同的内涵。

对外公，外婆应该是爱的，在外公还没去世之前，那种相濡以沫的生活曾让我羡慕。没处对象以前，我还曾梦想着就要找一个像外公那样的男人。外婆说我傻，母亲也说我傻，其实傻不傻我自然知道，我要找的不过是一种家庭生活方式而已，有时候想想，找一个相爱的人能平平淡淡地生活到老，未尝不是一种最美好的选择。

所以，在和爱人的家庭生活中，我无形中就有了外婆外公的影子，连爱人也说，你有时候挺让人无奈的。我说，此话怎讲。他说，本来想发脾气的，可是一看你那受气包的样子，就什么话也说不出来了。我心里想，他哪里懂得，家庭生活中的忍让是多么重要。

印象最深的一次是外公的深夜晚归。看样子外公是去打牌了。本来进门时他还笑眯眯的，可是一碰上外婆那生气的眼神，笑容一下子就没了。外公自知理亏，想赶紧找点事来做，我见他眼睛转了两圈，忽然拿起笤帚，大概是想扫一下屋子的地面。但外婆没等外公弯腰，就一把打掉他手里的笤帚，紧接着暴风骤雨就迎面而至：有本事就别回来，你心里还有这个家吗？你以为扫扫地就没事了，有本事接着玩去……在外婆劈头盖脸的训斥中，外公竟然一声不吭，遇到我惊恐的目光时，还冲我吐吐舌头。然后他一个人闷声不吭地扫完了地，坐在板凳上，刚拿出烟袋，就被外婆一把夺走了。就那样外婆还愤愤不平：做错了事，还想享受，今晚别想抽烟。以我那时候的性子，可能早就跟外婆吵起来，现在想想真佩服外公的涵养。烟袋被夺走了，外公就坐在那里打哈欠，一声接一声的。再看外婆，灭灯睡觉，把外公干晾在那里。很久，外公才挪到我身边，示意我去外婆那边睡，然后自己在我的位置躺下来。

一夜无话，天亮时，已经不见了外公的身影，后来外婆悄悄地问我，你外公夜里睡着了吗？我睡得那么死，哪里知道外公的情况，只好摇摇头。外婆说，真是废物。外公下地干活去了，直到八点院子里才有了脚步声，外公说，回来了，有饭吗？外婆白一眼外公说，自己没长眼睛。

其实我知道那饭菜外婆已经热过一遍了。小时候跟外婆生活那么多年，学到的就是这些。人们都说，夫妻吵架，一个巴掌拍不响，如果一个肯默不作声，那这架肯定吵不起来。我母亲在这一点上似乎就学到了外公的真谛，遇上父亲发火，母亲就一声不吭，时间长了，父亲的火气似乎都没有了。这过日子之道，的确需要大家来借鉴，看着简单，操作起来并不容易。为这，我认为外公外婆的生活是美好的，当然有一些事情我并不知道，这需要我在后面一点点讲来。

三

外婆对我的到来其实是很喜欢的，她那天一见到我就说，娟子啊，你就一点都不想外婆吗？我笑笑说，哪敢。外婆说，你再不来看看外婆，就看不到了，我可是活一天少一天了。我赶紧打断外婆的话，九十加还年轻呢，一百岁才正当年。

啥九十加？外婆皱起眉头，她当然不明白这些现代化的词语。

我不跟她解释，只是说要好好地活着，她这棵大树不能倒。

的确，虽然外婆只有舅舅和妈妈两个孩子，但是下一代开花结果又有了一堆的后人，舅舅两个儿子一个女儿，母亲一儿一女，而第三代的孩子就更多。我不知道如果没有了外婆，这个家还有什么回来的意义？尽管那天舅舅曾动情地说，娟子，这里是你永远的家。可是，我知道，我的家不在这里。

闲暇的时候，我会沿着岳良村的胡同，从这个胡同走到那个胡同。我是在捡拾童年的记忆，也是想寻觅一下村庄的历史，毕竟涉县是当年八路军 129 师抗战的根据地。据说沿清漳河两岸，每个村庄都有当年八路军的驻地和抗战故事，那个叫岳良的英雄又是怎么回事呢？

我先是从网上搜，但毕竟岳良不像黄继光、董存瑞那样知名，虽然我在网上也搜到了关于他的只言片语，但对于我想知道的内容，显然还不够。

舅舅告诉我，村子后山好像有一块岳良的墓碑，后来又指指外婆，那里有一个活记录啊。

看着一脸沧桑的外婆，我这才恍然大悟，有外婆在，还有什么不知道的呢？

但是外婆却不知道关于岳良的故事。外婆说，我嫁到岳良村的时候，他已经牺牲了，只是知道，如果他活着，也应该有九十多岁了。

我说，就没听别的老人讲过吗？

外婆说，听过，说要不是他冒着生命危险送信，当年的八路军会死伤更多的人。

我说，能更详细地说说吗？

我凝视着外婆。我知道在她这一代人身上，可能藏着太多太多不为人知的秘密，只可惜，以前我不懂得记录。

外婆叹口气说，那日子没法回忆，到处是烧杀抢掠，日本鬼子不是人啊。

外婆的话忽然勾起我浓厚的想象和兴趣，我赶忙把手机的视频打开，然后对准了外婆，我知道，这些活生生的资料，也许几年后再想得到就很难了。

外婆却不说了，她摇摇头，眼角一亮，似乎有泪水渗出来。

我知道这事不能急，反正有一个暑假的时间呢，只要外婆有兴趣讲，我就能够把那些内容全部记录下来。真是意外的收获啊。

我又找了岳良村一些年纪大的老人，其中一个叫岳志飞的老人答应带我去找岳良的墓碑。

其实岳良村里就有一座烈士室，但因为管理得不太好，里面的资料并没有多少，倒是烈士室门口的一块烈士纪念碑，刻了很多烈士的名字，其中就有岳良，但是他的事迹并没有多少记录。

岳志飞一点也不嫌麻烦，他带着我七绕八绕，终于在后山一块略为平坦的地方找到了岳良的墓碑。墓碑的后面是这样记录的：1942年春，日本大扫荡，在送信的路上，岳良被鬼子抓获，他佯装带路，在被鬼子捅了一刺刀后跳崖逃脱，忍着剧痛把信送到八路军总部之后，壮烈牺牲。

看这样的文字是很疼的，没想到在那个年代，脚下的这片土地还曾发生过这样惨烈的战争故事。我用手机拍下了那些文字，并和岳志飞一起，对着岳良的墓碑三鞠躬。

岳志飞说，日本鬼子就是那样残暴，岳良村死了几十口老百姓呢，我二叔，还有我堂哥就是那时候被日本鬼子杀死的。

我咬紧了嘴唇，我知道，那些往事细究起来都是一笔笔血债。

下山的时候，我忽然接到一个涉县文友的电话，她问我，明天她们要去一个村庄探寻一个老八路的故事，问我有没有兴趣一起去。我答应了她们。

四

这些年，在教学的同时，我也写了一些不像样的文字，并在一些报刊发出来，因此结交了很多文友，文小暖便是其中一个。

来涉县之前，我跟文小暖打了招呼，相约有时间就见个面，没想到却是以这样的方式。

起因是文小暖在帮那个村庄写村志的时候，村委忽然收到一封来自南京的书信，信中详细地介绍了那个村一个叫赵岳峰的老八路活不见人死不见尸的事情，文小暖觉得很有价值，便想去那个村庄实地考察一下，也好写在村志里。

我跟舅舅打了招呼，并告诉外婆要去办的事情，只是说到那个村庄的时候，外婆重复了一下，哪个村？我说赵家庄。

赵家庄在涉县的知名度很高，名气仅次于八路军 129 师驻地赤岸村，它是八路军 129 师到达涉县后驻扎的第一个村落，也是发展了第一个党员的村落，有很多可供挖掘的红色故事，可以说是一个红色的村庄。

文小暖和另一个文友接了我，然后一路驱车前行。前几天刚好下了一场大雨，曾经干涸的清漳河里有了水的流动，看上去生动了许多。文小暖说，越写村志越觉得村庄的深度挖掘力度不够，你不知道在那些平平常常的胡同里埋藏着多少动人的故事。我提到了九十岁的外婆，文小暖吓了一跳：哇，肯定有故事，娟子老师好好挖掘一下。想起外婆平淡的一生，我赶紧打断文小暖，谁有故事，我外婆也不会有故事。

赵家庄离岳良村直线距离不是很远，但因为在山区，曲里拐弯的，走起来就觉得有些远。好在我们一路有说不完的话，感觉还没走多久，就到了。

村向导老赵早就在村大队门口等我们了，他是整个村志的负责人，也是文小暖的联系人。我们寒暄了几句，就一起向赵岳峰的旧居走去。

说是旧居，其实早就没有了旧居的样子了。你想想，一个 1942 年以前就参军抗战的年轻人，他的房子经过这么多年的风吹雨打，还能保留原来的样子吗？对于赵岳峰的情况，老赵也不是很清楚，毕竟隔了一代人。他自己也说，所有关于赵岳峰的情况都是听村里的长者们说的，至于是不是真实的，谁也不好说。

经过老赵的介绍，我们大概摸清了赵岳峰的基本情况。他 1942 年以前就参加了八路军 129 师，参军以前已经成家。他最后一次回来，应该是在 1942 年鬼子的那次“大扫荡”以前，据说还带了一名警卫员回来，看样子应该是个干部了。那次回来，赵岳峰的主要任务便是和妻子离婚，当然这不是他自愿的，而是部队上的要求。那个年代的情况我们也说不清，只是觉得这样的命令有些奇怪，但从个人生命的角度考虑，却也是没有办法的事情。赵岳峰的妻子坚决不离，说生是赵家的人，死是赵家的鬼，不怕鬼子汉奸报复。在妻子这样的态度面前，赵岳峰一时也没了主意，做了两天工作，最后两个人达成合约，妻子等赵岳峰八年，八年后如果赵岳峰不回来，就不要再等了。

老赵说，赵岳峰临走时，给父母各磕了一个头，然后又给妻子跪下了，一家人抱头痛哭之后，赵岳峰扭头离去。有村人发现，赵岳峰在走了很远之后，又一次对着村庄的方向磕了三个头，然后和警卫员一步步远去。

我们都听得很动容，开车的那个文友眼泪都下来了。当年，在山河破碎面前，该有多少这样的生死离别啊，只是没想到，那么遥远的故事竟然就发生在我们的身边，怎能不让我们唏嘘。

赵岳峰走后，便如黄鹤一般，没有了一点点的音讯。我们的军队打跑了日本鬼子，又打跑了蒋介石，八年很快就过去了，却没有赵岳峰的任何消息。一家人去政府打听，又找昔日一起参军的战友问，没有人能说清赵岳峰的踪迹，不知道他是活着，还是已经不在人世了。当然最难受的是赵岳峰的妻子，她攥着那一纸合约望穿秋水，不知道该怎样继续以后的生活。

最后赵岳峰的妻子选择了再嫁，因为公婆生病相继离世，儿子又未成年，生活实在艰难，不得已再做他人妇。

至今，依旧没有赵岳峰的任何消息。

如果不是写村志，谁还会旧事重提；如果不是我们这些好事者，谁还会重提那个年代的悲欢离合？斯人已去，空留这谜一样的无法破解的故事。

五

回到岳良村，我忽然有一些坐卧不安，我的眼前老是闪现着赵岳峰对着妻子的那一跪的场景。都说男儿膝下有黄金，跪天跪地跪父母，赵岳峰对妻子的那一跪里包含着多少的无奈和感谢呢？我很想知道赵岳峰妻子的下落，可是茫茫人海，又时过境迁，去哪里能满足这样的心愿？

对于我情绪的变化，先是舅舅发现了。舅舅说，娟子，你要是累了，就回邯郸歇几天再来，外婆这里有我，你就放心吧。面对着将近七十岁的舅舅，我摇摇头。后来外婆也发现了端倪，她仰起头，认真地端详着我，我不知道她那双眼睛能看出什么来。

外婆说，娟子一定是遇到什么事情了。

舅舅说，娟子想儿子了。

我摇摇头，他们怎么能知道我此刻内心的纠结。

我决定把那天对赵岳峰的走访写下来，这样好的题材，我不能放过。

在电脑上敲字的时候，外婆不时地走过来，我知道她不认字，但她那样长久地看着我敲字，让我觉得浑身不自在。

文章很快就写好了。那个夜晚，我决定把我写的故事念给一家人听。

我不知道舅舅以前是否看过我写的文章，但这一次他很认真，还给我准备了一杯水。外婆斜躺在我身边的炕角里，我感觉他们似乎都有一种期待，好像知道我写了什么内容。

我没有虚构，而是用了真实的姓名，当我读到赵岳峰那一跪的时候，自己都哽咽了。我不敢去看舅舅，更不敢去看外婆，只觉得整个屋子都安静得像一片太空，只有我写的赵岳峰站在那里，向每一个人招手。

很久，舅舅默默地离开了，而我转头看外婆时，她竟然在背后直勾勾地看着我。

外婆不说话，我也不开口，就那样静静地对视了良久，直到我拉起她的手，安静才被打破。

外婆说，孩子，你写得很不错，连外婆都感动了。

我擦擦眼睛，不置可否。说实话，我还沉浸在那一场生离死别的情境之中。

外婆又说，你不是想知道赵岳峰的妻子去哪里了吗？我可以告诉你。

我吃惊地站起来，望着年迈的外婆，几乎不相信自己的耳朵。

外婆说，扶我起来，外婆给你看点东西。

外婆慢腾腾地下了炕，从墙角破旧的木箱子里翻找了半天，然后才拿出一个老旧的手绢。她颤抖着手慢慢地打开，里面竟然是一张发黄的纸和一张照片。

照片上的青年略显青涩，军帽下的目光却炯炯有神，一身军装有些偏大，最显眼的是斜挎在他身上的手枪。

我说，他是赵岳峰？

你已经猜到了？他就是赵岳峰，你的前外公。

怎么可能？这次该轮到我惊疑了，天底下竟然有这样的巧合？

我又打开那张发黄的纸，里面的字迹歪歪斜斜，一看就不是有文化的人写的：兹有赵岳峰、李秀华约定，如八年之后，赵岳峰不返家，李秀华可以再嫁他人，赵岳峰不予追究。后面是两个人的手印，再看年月日，果然是 1942 年的春天。看来赵家庄里关于赵岳峰的传说基本不假。

李秀华，我第一次知道外婆的名字竟然是这样的三个字。

从赵家庄到岳良村，外婆这一走就是大半个人生，距离掩盖了所有的故事，甚至连我这样的至亲都不知道外婆曾经的人生际遇。

拿着那张约定，我的手忽然沉重起来，我认真地捋了一下家里所有人的身份，舅舅是赵岳峰的儿子，而母亲是外公的女儿，舅舅和母亲是同母异父的兄妹，而我和赵岳峰竟然没有一点点血缘上的关系。

舅舅是知道的，母亲知道吗？他们为什么不告诉我这一切？

我是有权知道一个家族深埋的秘密的。

舅舅进来时，外婆已经躺下睡了。舅舅说，这是咱们家的秘密，别告诉外人，文章也别发了，有些东西是不堪回首的。

我轻轻地点点头，随手关了电脑。是的，往事不堪回首，我不会告诉任何人，包括爱人和儿子。

外婆可能睡着了，她轻轻的呼吸像暗夜里的长梯，让我的思绪无法安静下来。我想起她曾经历过的那些岁月，眼泪禁不住又一次掉下来。

我曾经以为，她和外公过着令人羡慕的平淡生活，没想到却是用大风大浪换来的；曾经以为，她九十年平凡的人生路，没想到却有两个男人的支撑。

赵岳峰去哪里了呢？大地知道吗？山川知道吗？

其实，类似的事情有多少呢？那样的年代，有些战士牺牲了只能随地一埋，即便是留下一些记号，可是随着一些知情人的离去和风沙的侵袭，也大都变成了无名的英雄。我想，赵岳峰一定是牺牲在哪个战场了，可谓青山处处埋忠骨，何须马革裹尸还。只是对于外婆和舅舅，却是无法填补的缺憾。

八年之约，人的一辈子有几个八年呢？如果不是跟着文小暖去采访，如果不是我写了那篇文章和外婆的坦白，我如何才能知道在平凡的村庄背后，竟然埋藏着这么动人的故事呢？都说，不能忘记历史，可是当历史也无法给出我们答案的时候，我们应该去哪里寻找答案呢？

后记

前几天，我有幸读到了当年曾在涉县战斗过的杨国宇将军的女儿杨兆蓉写的一文《太行山，我的奶娘》，文中声情并茂地描述了她多年后回到涉县看望奶娘的经历，文章不乏感人之处，推而广之，我忽然想到在涉县这片土地上，有多少妇女为了国家的解放事业献出了青春和生命，真的，不可胜数。赵岳峰的故事是我在涉县的一个乡村采风时听到的，当时就震撼了我，于是虚构了这篇小说。直到现在，赵岳峰依旧是音讯皆无，没有人知道他长眠何处，但再想想在共和国的创建中有那么多的无名英雄，也就释然了。就让那些英雄长眠于祖国的山山水水吧，有他们镇守四方，祖国便会长久的安宁。

外婆的沧州

一

那一年冬天，祖母去世了。祖母的去世对于我们五六岁的孩子们来说，并没有太多的悲伤，倒是爸爸常常会莫名地悲泣起来。那时候，妈妈已经怀了弟弟，她常常红肿着眼睛，一边照看着我们这些小孩子，一边做着一些力所能及的杂活儿。

埋葬了祖母，爸爸要回他工作的沧州了。妈妈说，你走了，虎子谁来看？爸爸有些烦躁地皱起眉说，你也知道我天天上班，根本带不了孩子。妈妈说，你带不了，我就能带得了吗？我这样的身子，外面还有那么多的庄稼。你说怎么办？爸爸依旧皱着眉头。他们的谈话让我觉得自己似乎成了一个多余的人。不是还有外婆吗？爸爸忽然间想起了什么。那你去说？妈妈反问道。半天，爸爸才吞吞吐吐地说，还是你去说吧，你也知道，我说不了的。

从我家到外婆家，大概有三十多分钟的路程。妈妈借了一辆自行车，然后把我放在自行车前面的横梁上。那天的风很大，吹在脸上疼疼的，像有什么东西在刮。灰蒙蒙的天空，灰蒙蒙的田野，自行车在泥土路上孤独地颠簸，从妈妈嘴里呼出来的热气在我的头顶盘旋、消散。因为路不好走，再加上她身体不便，妈妈几次停下来。冷风把她的脸吹得通红，从她的眼神里我看到了些许的茫然和未知。

在这之前，我曾跟着妈妈去过很多次外婆家。但现在和那时，已经是不一样的心境了。

妈妈说，到了外婆家一定要听外婆的话。

嗯，我应着。

妈妈说，不要乱跑，不要淘气。

嗯。

都怪你那个不负责的爸爸。

我扭头看妈妈，她的眼眶里埋着浅浅的忧伤。

妈妈过两天就来看你，一定要听话。妈妈温热的呼吸喷到我的脸上，让我忐忑的心稍稍安静下来。

走进外婆家的小院，风声一下子就小了。

听到动静，外婆迎了出来，她瘦小的身体因为穿了棉衣显得臃肿和笨拙。还没进屋，妈妈的眼圈先红了。

她说，我的身子不方便，他又带不了，家里还有地，只好让妈妈先帮着照看一些日子吧。

他就知道享清闲，都是你惯出来的毛病。外婆哼了一声，她冷峻的面孔仿佛含了极大的怨气。孩子先放这儿吧，你自己也要照顾好自己，能干多少就干多少。

妈妈点点头，然后从怀里掏出一把零钱说，家里也没多少钱了，这些你先用着。

外婆看看妈妈，又看看那些钱，许久才接过来，拿了一半，又把另一半还给妈妈，说，我知道你的情况，算了，好在我还能养活他。

妈妈没再客气，说，过几天我再来看他。

吃完午饭，妈妈要回去了，她推了自行车，又停下来，帮我紧紧衣领，说，好好听外婆的话，不要淘气。

那一刻，不知道为什么，我忽然哇的一声哭了出来。妈妈不要离开我，我要和妈妈在一起！

妈妈抱住我，她的眼泪无声地流下来。走吧，快走吧，外婆一边拉起妈妈，一边催促道。妈妈抱着我依旧不忍离去。外婆说，看看你，就这优柔寡断的样子，到哪里能不受气？

妈妈松开我流着眼泪走了，我坐在地上哇哇地大哭，一副天要塌下来的样子。外婆开始不理我，后来大概是被我吵得心烦了，她一把拽起我，恶狠狠地说，再哭，就送你去沧州。

我看着外婆陌生的面孔，忽然就停住了哭声。如果外婆真的把我送到沧州，我去哪里找妈妈啊。

二

前几年，外婆把地都交给舅舅以后，就很少下地了。她自己独门独院，虽说当初妈妈和舅舅都不同意，但外婆说愿意一个人清静，舅舅只好让表哥晚上来陪她。

表哥比我大四岁，那时已是三年级的小学生了，我很羡慕他每天背着书包去上学的样子。表哥说，别看现在羡慕这羡慕那的，等你上了学，有你烦恼的时候。晚上，我们睡在一个炕上，睡觉前往往因为嬉戏滚成一团，直到外婆听到声音赶过来训斥。

说心里话，我不怎么喜欢外婆。她虽然个子不高，嗓门却很大，无论是妈妈，还是舅舅，好像都很怕她的样子。她的头发都白了，在脑后盘成了一个很大的疙瘩。她的左眼据说在很小的时候就失明了，着急的时候，右眼瞪起来，很是让人害怕。

除了刚来的那一天，外婆再也没有对我发过脾气。每天早晨，她打发走表哥，才会把我从被窝里拎出来。如果我赖在被窝里不起来，她就会挠我的胳肢窝，直到我乖乖地爬起来。这一点她和我的祖母不同。祖母带我的时候，任我睡到太阳晒了屁股都不会喊我起床。每当我说给外婆听，她就板起脸，说，有本事回你的刘家庄找你奶奶去。外婆的话常常让我想起祖母的万般好处，有时候被外婆说急了，就会眼泪汪汪的。

我很想妈妈，也想爸爸。自从妈妈走了以后，都很长时间了，也没有来看过我一次。爸爸呢，就更别说了，他在沧州工作，上次外婆说送我去沧州，难道是让我去找爸爸吗？

每次我一说起想爸爸，外婆就是一副厌烦的样子。外婆说，你想他干什么，你都长这么大了，他看过你几天，没良心的。

看着越说越气愤的外婆，我不知道爸爸做错了什么事，会让外婆这样厌恶他。

在外婆家，我一直有一种感觉，好像缺少了什么。直到有一天，外婆拿了一封信让表哥给她念，我才忽然意识到，我还从来没见过外公。

那样的时光应该是我们最安宁的夜晚了。表哥的字认的不是很全，中间往往要停顿下来去翻字典。那时候外婆一声不吭，很安静地等待，直到表哥把信念完，她才会把信拿过去，一个人再默默地看上半天。我知道外婆不认字，她看信纯属消磨时光。有时候，外婆会让表哥把信再念上一遍，那时她的神情是专注认真的。那些信大都是外公写给舅舅的，只有在末尾，才会提上几句关于外婆的内容。

有一次，我问表哥，你见过外公吗？

表哥说，见过啊，墙上有他的照片，你可以看一看。

你知道外公在哪里吗？

好像是在沧州吧，原来我和爸爸去过几次，后来就不怎么去了。

为什么啊？

大人的事咱哪知道啊，表哥像大人那样叹口气，让我羡慕得不行。

我也学着表哥的样子叹口气，然后站在墙边，看墙上镜框里那些灰暗的照片。墙上的照片很多，大大小小的，布满了好几个镜框。我找了半天，才在一张稍大些的照片中看到了一个留着胡子的陌生老男人。那是一家人的合影，前面坐着的是外婆和那个老男人，后面是舅舅和妈妈。我指着那个老男人说，这个人就是外公吧。表哥看了一会儿说，是吧。

为了更清楚地看看外公，有一次我趁外婆不在的时候，一个人悄悄地爬上靠墙的大立柜。不知道是镜框挂得不牢，还是我用力不均，那个镜框竟然在我毫无防备的情况下掉了下来。随着一声巨响，镜框掉在地上，玻璃被摔了个粉碎。外婆听到声音闯了进来，她的脸色随着看到地上的碎玻璃黑了下来，她一把把我从大立柜上提下来，怒气冲冲地说，谁让你乱动的，不要命了是吧！她严厉的口气把我吓得一下子哭起来。外婆一边捡那些碎玻璃，一边说，就知道哭、哭、哭，你动它干什么？

我抹一把眼泪说，我想看一看外公。

外公？外婆停下手里的动作，抬起头凝视着我。

我为什么没见过外公呢？

外婆的脸色在那一刻有些苍白，她一把揽过我，说，他在离我们很远的地方。

是沧州吗？

沧州？外婆泄气般地坐在了地上，那一刻，她看上去，竟然那么苍老。

三

那几天，外婆重新整理好了那个镜框，不过那张“全家照”被她藏起来了。我想，外婆也真够小气的，一张照片，至于嘛。

我开始注意起所有带“沧州”的东西来。无论是谁，只要一说到沧州，我就把耳朵竖起来。有一次表哥带回一本名为《风雪山神庙》的小人书，我随意翻看了一下，没想到竟在里面看到了关于沧州的内容。说是一个叫林冲的好汉因为犯法，被发配到沧州，在一个风雪之夜，他放了一把火，烧了关押他的草料场，然后就奔梁山当好汉去了。

我如获至宝，央求了表哥半天，他才送给我了。

快过元旦的时候，妈妈终于来看我了。两个月不见，妈妈似乎变了个样子，她的脸色没有原来那样红润了，肚子也更大了。她一见外婆的面就哭了起来，她耸动着双肩似乎很伤心。我抱了她的双腿，不知道如何是好。

外婆一边听妈妈的哭诉一边脸色就阴下来。后来外婆说，他不想过就不过了，他想怎么样就怎么样？还反了他了。你只要不松口，就没事，有本事让他来找我，看我不把他打出去。

妈妈不说话，只顾一个人默默地哭。

你都这个样子了，他还敢胡来，男人没有一个好东西，现在是新社会了，他要是不讲理，我们就去告他。

看着哭泣的妈妈，我的眼泪也不知不觉地流下来。

我说，妈妈不哭。妈妈把我紧紧地抱在怀里，好像怕我飞走似的。

外婆说，就让孩子在我这里待着，他想见一面，没那么简单，想带走，根本没门。

我不知道个子矮小的外婆是怎样拥有了这样大的气势，我想，即便是爸爸来，也不一定是外婆的对手。

好在爸爸并没有来。

妈妈说，我就快要生了，好长时间都不能过来了，虎子还需要妈妈再带一段时间。

外婆说，都怨你，你都快生了他还敢说离婚，当初听我的话把孩子打掉多么好，纯粹自作自受，怨不得别人。

妈妈说，毕竟是一个生命，他有错，孩子没错啊。

外婆说，孩子没错，那你自己养着啊，送我这里来干什么？不知道你什么时候能够硬气起来。

妈妈低了头，不再说话。我看着她的大肚子，也许用不了多久，妈妈就会给我生下一个小弟弟，到那时，我能回到妈妈身边吗？

妈妈在外婆家住了两天，那两天是我最高兴的时候了，无论是喂鸡，还是晚上和妈妈睡一个被窝，妈妈都夸我长大了。第三天妈妈要走的时候，我悄悄地拉了她的衣襟，说，妈妈，我看到了外公。

什么时候？妈妈惊讶得嘴半天都没有合上。

就是前几天。我说。

你外公回来了？妈妈诧异地看着我。

没有，是外公的照片。

哦，妈妈闭上了嘴巴，吓我一跳，我还以为他回来了呢。

你知道外公在哪里吗？我凑近妈妈的耳边，我告诉你，他在沧州。

是吗？妈妈故作不知。

前几天墙上还有外公的照片呢，后来让外婆收走了。

妈妈把目光转向墙上的镜框，看了半天，说，还真是没有了啊。

为什么外婆不让看呢？

谁知道呢，妈妈抚摸了一下我的脑袋说，好好听外婆的话，不要让外婆生气。

我点点头，又问，爸爸是和外公在一起吗？

妈妈摇摇头，那怎么可能？

四

爸爸是在一个风雪交加的夜晚赶回来的。那时候妈妈已经生下弟弟好几天了，为了照顾妈妈，外婆带着我也一起回到了刘家庄。

看着肉团一样娇小的弟弟，我感觉自己忽然间长大了许多。外婆说，看见了吗，你小时候就是这个样子，你妈妈把你养这么大，容易吗？

我傻笑笑，却不知道该怎么回答。

从踏进家门，爸爸就表现得很积极，他抢着洗弟弟的尿布，做饭的时候也不闲着，一直做着外婆的帮手，但即便这样，外婆也很少对他笑一笑。

间歇的时候，爸爸会一把揽过我，把他长满胡子的脸贴过来。可想死爸爸了，然后又说，虎子想爸爸吗？虽然爸爸的行为有些陌生，但我还是很喜欢这样的亲昵。

现在知道亲了，早干什么去了？每次爸爸和我亲昵的时候，外婆总会冷冷地说上一句。那时候爸爸往往停止了和我的亲昵，有些干涩地看着外婆。

我知道你想说什么，人心都是肉长的，清闲谁不会享，可是自己的孩子得自己抱。外婆的话咄咄逼人。

爸爸的脸色很窘，面对外婆，我发现一向跟妈妈很能吵的爸爸竟然变得笨拙起来。妈，爸爸终于说话了，有些事我做得的确不是很好，可是好多事也不是你想象的那样的。

我想象什么了，我不过是想让我的女儿过上幸福的生活，要不然，我会这把年纪了还来受这个罪？

我知道，这几年，孩子没少让你操心。

如果只是看看孩子倒也罢了，我就听不得那些乱七八糟的东西，我的闺女我知道，天底下没有比她好的女人了。

爸爸低着头，一时竟然无语。

现在她又给你生第二个儿子了，你可以放心大胆地走了，你有你的事业，有你的幸福，可是我闺女的幸福谁又想过，孩子们的幸福谁又想过，人都得有个良心。

妈，爸爸有些难堪地抬起头，感情上的事情有时候是不能勉强的。

什么勉强不勉强，我只知道有本事生儿子就有本事自己养。

妈妈，就别再难为他了，他一个人在外面也不容易。妈妈打断了外婆的话语。

那你说谁容易！你就知道护着他，以后你自己的事情少跟我说。外婆有些懊恼地端起洗脸盆，又拿了一些尿布说，我这辈子，就是受罪的命，伺候了这个，又伺候那个，可是有谁能想到我！我就是命苦！

妈妈，我来洗吧。爸爸似乎找到了台阶，赶紧从外婆的手里抢过洗脸盆，又忽然想起什么似的说，我回来的时候，孩子的外公还让我带了一些东西给你。

哼，我才不要他的东西。外婆忽然愤愤地说，忘恩负义的东西，天下的男人，都一个德性！

爸爸有些尴尬地站在那里，不知道如何是好。

我说，爸爸，你也见过外公吗？

爸爸点点头。

我说，我见过外公的照片呢。

爸爸怔了怔，似乎没反应过来。

爸爸，什么时候也带我去沧州吧，我要去看外公。

不许去！外婆忽然大声地说。

五

知道要去沧州的消息，我兴奋得连饭都不好好吃了。外婆说，你再这样，就不要去沧州了。

我乖乖地吃饭，听外婆的话。沧州，那可是我梦寐以求的地方啊。

出发前，外婆特意叮嘱我说，到了沧州不准乱跑，对人要讲礼貌，不要任性，要做个听话的好孩子。不知道为什么，那一刻我的心里忽然涌上一种难舍的滋味，似乎这一去就不回来了。

我坐了一路的火车，下车的时候，已经是一个截然不同的世界了。

我看见了他，曾经在照片上看过的那个老男人，只是没有照片上那样年轻了。他躺在床上，面色苍白，消瘦的脸庞上，依稀有舅舅的轮廓。他不断地咳嗽着，看见妈妈和我，眼睛忽然亮起来，他摸索着要爬起来，可是却失败了。爸，妈妈喊了一声，眼泪就悄悄地落下来。我有些茫然地看看妈妈，又看看他。妈妈说，快喊外公。我张张嘴，却什么也喊不出来。外公向我伸出手，喘着气说，来，让外公看看。他干瘦的手指抚上我的脸颊，刚要说什么，却又被剧烈的咳嗽打断了。许久，他才说，本以为再也看不见你们了，没想到孩子都这么大了。眼泪从他的眼窝里淌出来。片刻的沉默之后，他长长地喘口气说，你妈她还好吧？

妈妈扭过脸去，我看不到她脸上的表情。妈妈说，还那样吧。

一个白头发的老太太，笑容可掬地给我剥了橘子。妈妈说，快喊外婆。我懵懂地看着她，却怎么也无法把她和外公联系到一起。

但我很快就什么都明白了，面前的老太太是外婆，而老家的外婆也是外婆，在这样一个有些糊涂的世界里，我好像忽然间发现了一个很大的秘密。

一个干干净净，笑容可掬；而一个却左眼失明，每天都和泥土打着交道。这个世界，为什么会出现这样复杂的事情呢。

沧州，这就是外婆眼里的沧州吗？我想起她曾经对我的恐吓：再哭，就送你去沧州。可是沧州，并没有她所想象得那么可怕。

外公很喜欢我，他的手常常会情不自禁地抚上我的脸颊，那时候，我会很专注地看着他的表情。他老了，曾经的黑胡子中已经有大部分白了，他的皱纹，如果仔细去看，甚至会给人一种恐惧感。我喜欢依偎在他身边的感觉，这种感觉是不同于外婆，也不同于妈妈的，在他的抚摸下，我能感受到他对我的那种依恋。有一次他对我说，别回去了，留下来陪外公吧。我看着他的眼睛，却摇了摇头。他说，为什么呢。我说，我留下来，那谁去陪外婆呢？外公沉默在那里，他阴郁的脸色在那一刻似乎更加阴郁，半晌，他问我，外婆对你好吗？当然对我好了，我说。哦，外公回应一声，长大了要好好疼你的外婆。我点点头说，外公你也跟我们回去吧，外婆想你呢。回不去了，外公扬起头，你看看外公的身体，外公何曾不想回去呢？

那几天，爸爸带着我在沧州繁华的大街上走了好几趟，我第一次感受到了在爸爸身边的快乐。我常常想，如果一直待在沧州，该是多么美好的事情啊。

六

从沧州返回外婆家的时候，天已经黑了。外婆没有想到我们回来得这么快，她焦灼的表情告诉我们，她似乎更关心沧州那边的情况。

妈妈说，他病情稳定了，可能不会有危险了。

哦，外婆轻轻地舒了一口气，那个女人呢？

妈妈说，还可以吧，也老了，头发都白了呢。

都是快七十岁的人了，她比我小几岁，外婆叹口气。

他让我给你带了一些东西，你看看，都在这里，妈妈打开包裹，除了一些衣服，便是食品。

外婆看着那些东西，她的脸色在阴暗的灯光下似乎有一些变化，又花了不少钱吧？

花就花吧，还不应该花吗？你总是这样，恨他，还老为他着想。

外婆叹了一口气，咱们女人呐，有时候心就是硬不起来。

妈妈端了热水，然后帮外婆把脚放进水盆里。我还是第一次看见外婆的双脚，尖尖的小脚，五个脚指头紧紧地挤在一起，像一个线穗子。

我说，外婆，你的脚疼吗？外婆摇摇头，她的左眼在暗夜里显得更加突兀。

沧州好吗？外婆忽然揽过我的肩头，告诉外婆，沧州到底好不好？

我看着外婆的脸庞，她有些凌乱的白发似乎不适合这样的黑夜。

我摇摇头说，没有想象的好。

她又问，那外公好吗？

好是好，可是他太老了，也不好看。

年轻的时候他很好看呢。外婆出神地看着墙壁上的镜框，可是那上面已经没有外公的照片了。

我想起那张一家人的合影，也许那时候，还没有沧州的外婆，可是后来呢？为什么都变了呢？

你知道吗？外婆忽然说，你都去过一次沧州了，可是外婆，连一次都没去过呢。

我说，下一次我陪你一起去。

真的吗？外婆笑了笑，等你有出息了，一定要带外婆去一次沧州啊。

来，拉钩。我伸出手指，然后和外婆手指紧紧地拉在一起。

…………

八岁那年的春天，爸爸、妈妈还有弟弟忽然一起出现在外婆的家里。那天爸爸妈妈一点也没有争吵的痕迹，妈妈的面孔上还有了久违的笑容。爸爸给外婆买了很多的东西，看得我都有些眼花缭乱了。外婆那天也很高兴，她忙里忙外地做了一大桌好吃的饭菜，对我来说，仿佛就像过年一样。

爸爸妈妈是来接我去上学的，爸爸说，要不就错过机会了。

外婆没有阻拦，只是对我说，一定要好好读书，长大了，外婆还要你带我去沧州呢。

我不愿意离开，就像我当初不愿意来一样，我执拗地蹲在外婆家的门口一个人抹眼泪。妈妈哭了，爸爸的眼圈也红了，只有外婆没有哭，她轻轻地拉我起来，拥我在怀里。外婆说，别忘了，我们还拉过钩呢，外婆等着去沧州的那一天呢。

我紧紧地攥住外婆的手，说，等着我来接你。

在一个晴朗的午后，我跟着爸爸踏上了去沧州的火车。爸爸说，我们先去沧州，然后再把妈妈和弟弟接过来，到那时，我们一家人就团圆了。我说，还有外婆呢？爸爸说，对，把外婆也带上，一家人，一个也不能少。

我们的秘密

一

周日吃晚饭的时候，我的手机忽然响了，来电显示是一个山西长治的手机号码。我惊讶了一下，但马上就释然了，因为我写作投稿，常常会接到一些稿件留用的电话。于是，我期待地按了接听键。

短暂的等待以后，对方说话了，您好。

我赶紧回应，您好。

请问您是莫秋风吗？

我说，是的。

我是《世海文学》的编辑吕新，您的稿件我看了。

果然是关于稿件的电话，我心里的石头落了地，但随之又升起一种期待。您的文笔很好，很适合我们刊物的风格。他说话的节奏不紧不慢，我的手心里却要出汗了。不过，他停顿了一下说，就是有些短了，如果人物再丰满一下，结构再紧凑一些就更好了。我不知道该怎样回应，只好听他继续说下去。这样吧，你修改一下，修改之后再发给我。

悬着的心放了下来，我说，谢谢您了，吕老师。他说，不客气。本以为电话到此就结束了，没想到他忽然转移了话题，看您留的地址是定县钢铁集团的，您是那里的吗？我说，是的。他紧接着又问，是钢铁集团的吗？我说，是的。他说，那太好了。停顿之后他又说，我有个事情想麻烦您，不知道您是否可以帮帮忙？我说，当然可以，凡是我能做到的。

他说，是这样的，我的父母原来也是你们那里的，不过 1975 年就调来山西了，可是我有个姐姐还在你们那里。我说，她叫什么名字？在哪个部门？他说，要是知道这些就好了。我说，您的意思是？他说，我们都不知道她的名字，也不知道她现在还在不在你们那里。

我皱皱眉头说，我听不懂您的意思。他说，跟您直说了吧，我姐姐 1975 年生下来就送人了，但是现在我们想找到她。我说，哦，我明白了，有线索吗？比如送给谁了。他说，这些都不知道，只知道抱养她的那户人家是电修部的，那时候那户人家刚刚生了一个儿子，而且和我姐姐一个病房，那户人家后来以双胞胎的名义抱养了我的姐姐。

我说，是这样啊，我可以帮您找找看，但是不敢保证能找到那户人家。他说，我知道的，本来我也没抱多大的希望，可是我父母一直念念不忘，为了老人吧，我想试试。我说，好，我先去打听一下，有消息我打您这个电话。他说，真谢谢您了。我说，不客气。

放下电话，我半天无语，我知道遇到难题了，1975 年，我才多大啊，但是答应人家的事情怎么也得去试试吧。

老婆在一边看我发愣，就说，这是积德行善的事情，能找到更好，找不到我们也尽力了。我看看老婆，原来她在旁边都听明白了。我说，和我们生儿子时遇到的情况一个样，只是结果不同罢了。老婆说，当初要是答应那个老乡，就应该是现在的情况，做父母的，哪有不牵挂自己孩子的。我知道老婆说得对，直到现在闭上眼睛我还会看到那个老乡渴求的目光：你就当双胞胎养了吧，医院这边我去找人疏通。我摇摇头，其实从他的女儿还没降生，他就模棱两可地表达过这个意思，没想到生下来的果然是个女儿，他简直就把我当成了救命的稻草。那老乡说，只要我们不说，没有人会怀疑的。其实以我们的经济实力，当双胞胎来养不是不可以，只是老婆坚定地说，多一事不如少一事，我们管不了别人的事情。现在看来还是老婆有前瞻性。

我说，去哪里找呢？没头绪啊。

老婆说，你真笨，这不是有已知条件吗，那户人家是电修部的，是龙凤胎，还有医院的档案室。

我说，老婆你真行，可是那么多年的档案医院里还会有吗？

你不去找能有吗？就烦你这个样子。还有，你父亲过去不就是电修部的吗？

我怎么把这茬给忘记了？我拍拍脑袋，以我父亲的年纪推算，他应该知道 1975 年那时候的事情。我说，还是老婆聪明。

老婆说，祝你马到成功。

二

我给父亲打电话，让他周日在家里等我，不要再去上班了。

父亲退休后，又被一家电器修理厂请去了，当初我劝父亲别干了，父亲却说，我不干了你的房子什么时候能还清贷款？我说，我的事情我自己会办的。父亲说，得了吧，知子莫若父，我还不知道你那两下子。从小父亲就小看我，不是这个不放心，就是那个放不下，好像我离了他寸步难行似的。母亲就曾说，他就是操心的命，让他干去吧，要是闲下来，还不知道会出什么事情呢。

父亲应聘去了，继续干他的工程师，每月有四天休息日，自己随机安排。父亲在电话里说，你上周不是来过了，没事就别回来了，你妈挺好的，有时间带你儿子去逛逛公园。我说，没事谁回去啊，好像我多想你们似的。

从小我就跟父亲有些贫，这也是被父亲那套“多年父子成兄弟”的理论影响的。曾经的那些街坊邻居都说，老的不像老的，小的不像小的，这爷儿俩，真是世上难找。他们虽然这样说，但是我知道他们羡慕，我曾经的发小马良就不止一次地跟我说，我父亲要是能赶上你父亲一半我就烧高香了。

其实马良的父亲也不错，对我们一向很和蔼的，可是一到马良那里就没有了笑容，但我知道他是爱马良的。以前上学的时候，放学一晚了，马良的父亲就站在楼门口张望，但是我父亲就从来不这样。父亲说，我有顺风耳，我儿子走到哪里，我一听就知道了。有一次母亲揶揄他说，是谁站在窗户前坐立不安了？父亲说，你都看到了。母亲撇撇嘴说，我就烦这两面三刀的人。父亲脸一红，笑一笑，闭了嘴。

从我家到父母家走路的话需要一个小时，如果开车（当然我没汽车）就只有十分钟的路程。当初父亲给我把新房子买在这个小区，还犹豫了半天。父亲说，离那么远，万一有个头疼脑热的，儿子还能指望上吗？我说，你打个电话，我就飞回来了。父亲说，你小子说话算话，要是不回来，你就永远别回来了。我说，只要你舍得，我就永远不回来了。父亲说，人家都说养儿子是给别人家养的，看来不假。我说，未必，总有漏网之鱼吧。父亲哈哈地笑笑说，真拿你没办法。

现在，我就坐在父亲的面前，看着父亲日渐增多的皱纹，说，爸爸，我跟你打听个事儿。

父亲看看我，然后喝口茶，很浓的那种花茶。父亲说，别弄得这么严肃，我可是有心脏病啊。

我说，爸爸，这件事还真是严肃的事情，我是没办法才来找你的。

那你说说看，父亲说，事儿办成了有报酬吗？

我说，这事还真不好办，你有信心？

父亲拍拍胸脯说，天下有难倒我的事情吗？你还不相信我的能力。

我说，那我就说了。

父亲说，你说。

这事说来离现在很远了，大概是1975年吧，你单位有生龙凤胎的同事吗？

你问这个干吗？父亲一下子警惕起来。

我说，我要办的这个事儿呢，跟龙凤胎有关。

让我想想。父亲仰起头，他全白的头颅让我想起岁月的痕迹。1975年，那时候你还不到三岁，单位有这样的同事吗？父亲自言自语，我不敢打扰他，看着他陷入了沉思。良久，父亲才说，你先跟我说说，你打听这个干什么？

我知道不能跟他隐瞒了，只好把实情全盘托出。

父亲收敛了刚才的笑容，变得有些严肃起来。他说，儿子，你考虑过这事儿的后果吗？这涉及到两个家庭或者好几个家庭的幸福。

我说，这不是我要考虑的，我想既然答应人家，就要有个结果。

父亲说，你给我几天时间吧，我现在真想不起来了。

三

一连几天，父亲都没有给我打电话，不得已，我只好拨过去。父亲说，我想了，没有生龙凤胎的同事。

我说，爸爸，你再好好想想，人家说是电修部的呢？

电修部那么大，那时候消息又不像现在传得这样快，我记不起来了。

那谁能记起来，你的同事，你问问啊，要不你告诉我，我自己去问。

这事儿你最好别再继续下去了，父亲说，好好干你的工作。

我说，我答应的事儿就一定要去做。

父亲说，好儿子，我相信你的能力，你去做吧。父亲重重地放下了电话。

父亲好像不高兴了，这样的情况原来不多，到了晚年就更少了。我记得上次父亲不高兴还是因为我要辞职，父亲说，儿子，你远走高飞了，我和你妈怎么办啊？我说，我可以把你们接出去。父亲说，别开玩笑了，现在的工作不是挺好的吗？我说，憋闷。父亲说，哪里不憋闷，你现在年纪还小，天下乌鸦一般黑，到哪里都是这样。我说，换一个环境也许会好一些。父亲说，你别天真了，我当年也有你这样的想法呢，最后不还是坚持下来。我说，你那是坚持吗？是煎熬。我现在的感觉就是煎熬。父亲说，我说不过你，不过你要是辞职的话，你就别回来了。

我知道父亲的心思，现在的老人有哪一个愿意让儿女离开身边的，尤其他们这一代人，经历了生活的苦难，把儿女情长看得比什么都重要。父亲曾不知多少次地跟我说，儿子，要珍惜现在的生活，你看你们多幸福啊，要什么有什么，我们那时候有啥啊，吃了上顿就盼着下顿，不堪回首啊。

我以前听父亲念叨过他的过去，小时候在农村长大，后来跟民工团到处干工程，为的是能有口饭吃，后来赶上三线工程建设，工程完了，对方却把他们都挽留下来做了一个吃商品粮的工人。父亲每次说起他的经历时，都爱用“传奇”二字来形容。父亲说，人生的变数好大啊，连我自己都没想到能吃上商品粮，我知足了。当然他的知足并不能代表我，我是 70 后的现代青年，我有理想，有抱负，不想像他们那样按部就班地生活下去。

最后我没有辞职，而是父亲靠着他的老关系把我从一个单位调到了另一个单位。父亲说，这是我最后一次帮你了，如果还不行，你就辞职走人，好男儿志在四方，我也想明白了，不能老把你拴在身边。

看看日渐苍老的父亲，我知道他话里有话。其实别看他总那样说话，我要是一个礼拜不回去一趟，母亲的电话就一个一个地打过来；或者趁夜幕降临的时候，他们一起散步过来，说不上几句话，再散步而去，一个小时的路程啊，真不知道他们怎么想的。

父亲的拒绝让我帮吕新寻找姐姐的事情陷入了困境。老婆说，你还是去医院查一查吧，也许在那里能找到一些蛛丝马迹。

我说，医院是那么容易进的，人家认识你是谁啊。

老婆说，不是有马良吗？关键时候你怎么把他忘记了。

我说，他不过是一个小小的医生，况且那些档案有没有还是个问题。

老婆说，死马当活马医呗，要不你就放弃。

我看看老婆，觉得自己现在是越来越离不开她了，在一起生活了这么多年，她就像我肚子里的蛔虫，每次都能在关键的时候起到重要的作用。其实我上次不辞职跟老婆也有很大的关系。我们单位规定，辞职可以，但必须是老婆孩子一起走，这虽然在法理上是行不通的，但是一些企业就这个德性，你根本没地方说理去。我老婆不想辞职，她说，安逸惯了，不想再奔波了，实在不行，我们可以开个淘宝店什么的，兼职呗。

我说，好，我们兼职，不走了。

四

我给马良打了电话，马良说，你都多久没跟我联系了，亏你还记得我。

我说，大家都那么忙，心里有你就行了，你哪那么多事啊。

马良说，倒是我的不是了，有你这样的朋友真是悲哀。

我说，你先别悲哀了，先帮我查点东西。

马良说，我正在准备一个手术，一会儿我给你回电话。

我说，好的。

我和马良是发小，曾经一起光屁股，一起偷过苹果偷过梨。那时候我们两家是邻居，父亲又都在一个单位，关系自然很近，用马良父亲的话说：我又多了一个儿子。我是独子，马良上面还有两个姐姐，所以我们在家庭中都有很重要的位置。父亲对我溺爱有加，可是马良的父亲对马良却很严厉，动不动巴掌就打到马良屁股上了，小时候马良常常跑到我家里寻求我父亲的庇护，我父亲说，孩子哪有不淘气的？马良父亲说，我看不惯就要教训他。我和马良虽然是两种不同的教育方式，但结果却殊途同归，我们都没有去上大学，只是在本地上了中专后，就各自参加工作，至于马良后来改行当医生，是他自己努力的结果。

我决定去一趟医院，这么复杂的事情电话里怎么能说得清呢。我向领导请了假，领导说快去快回，路上注意安全。领导的话让人感觉很舒服，现在的领导们都成熟了，与其拒绝不如这样嘱咐更会收到良好的效果，领导们不也讲究干群关系吗？而且还有评议，他们内心很明白。

我骑了破五羊一路飞奔，其实路不是很远，半个小时的路程。

到了马良所在的外科，我没敢给他打电话，只是发了一个短信告诉他，我在走廊里等他。

医院里很嘈杂，人来人往的，病人、医生，每一个人的表情都很凝重，这里确实也不是一个让人高兴的地方。我知道，这座医院有很长的历史了，据说刚建厂那会儿就有了，推算一下，至少有五十年了。医院从小到大，现在已经是三甲医院了，我们这大部分的人都是从这里出生的，经历看病，死亡，它承载的东西太多了。

我坐着等马良的时候，忽然接到了老婆的一个短信。老婆说，母亲打电话来了，问你找人的事到什么程度了。我有点疑问，就回短信说，她关心这个做什么？老婆回：我怎么知道，她让你别太为难了，找不到就算了。我回信：知道。

虽然是母亲打来的电话，但我知道肯定是父亲让她打的，不帮助我，还关注我的进展情况，这老爷子，真让人难以捉摸。

正胡思乱想着，马良一脸汗水地走过来。我说，别急，先消消汗。马良说，这不怕你着急，看到短信就赶快赶过来了，一个小手术。病人没问题吧？我问道。没事，马良说，走，去我的办公室。

马良的办公室不大，但是能有个自己的私人空间已经相当不错了，直到现在，我还在为自己的私人空间而努力呢。

什么事，还亲自跑一趟？马良给我接了杯矿泉水。

事不大，但是很棘手。你能办就办，不能办也别勉强。

怎么这么说话呢？是谁病了？

没有。我喝口水，等我把事情的来龙去脉讲清楚，马良也沉默了，马良说，这事时间太长了，虽然我在医院工作，可还真不知道那些档案的事情呢。

我说，别着急，你先打听一下谁管这事，如果有的话能不能通过私人关系，咱跟人家保证，绝不会出娄子的。

马良说，也是呢，事关个人隐私的事，弄不好会触犯法律吧。

我说，我也不懂，你先问问看，尽量要稳妥，实在不行就放弃。

好吧，马良说，我问妥后给你回电话。

五

我和马良跟着那个李大夫七拐八拐，然后走进一个阴暗的地下室，李大夫开了门，说，小马，如果那些档案还存在的话，就都在这里了，你们自己进去找一找，我一会儿再过来。

马良说，谢谢您了，李大夫。

我可有话在先，你们只管看，可以记录，不能拍照，更不能带走，否则出了问题我承担不起。

我和马良都点点头，马良说，李大夫，您放心吧，我知道怎么做。

李大夫走了，我和马良则走进所谓的档案室。也许是好长时间都没有人来过了，档案室里散发着一股霉味，还有一种潮湿。马良说，如果那些档案还能保存到现在，真是一个奇迹了。

我说，什么叫奇迹啊，医院本来就有这个职能的，没有档案了只能说明医院管理不善。

马良说，你别那么多事，我们赶快找。

弯下身来，我和马良分头寻找，1975 年，好遥远的距离啊。

我们按图索骥，好在那些档案还算整齐，我们很快就找到了 1975 年的出生档案。吕新没有告诉我具体的出生日期，只能找双胞胎的记录，而且是龙凤胎，这就耗时间了。

翻看那些档案，就好像走进了一个个生命的通道，那些名字，那些记录，让我的心多少有些颤抖起来，恍惚间，我都想放弃了，寻找与否，对一个家庭有多大意义呢？

好在那时候出生的人不像现在这么多，我们很快就查到了在 1975 年，一共有五对龙凤胎，其中电修部的只有一对，我仔细地做了笔记，知道后面的工作更艰巨。

相对而坐，我和马良都长长地出了口气。对于这件事，马良是付出了心血的，他不仅仅说服了负责保管档案的李大夫，而且搭上了礼拜天的休息日。用马良的话说，值。

我说，走吧，马良，辛苦你了。

马良说，你什么时候变得这么客气了。

我说，这不是我的事儿，我是代表吕新和他的父母感谢你。

马良说，你说，医院统计过没有，这么多年，有多少人在这里出生过？

我说，肯定统计过吧，要不那些出生率是怎么计算出来的。

马良说，我们也是在这里出生的吧？

我说，当然。

马良说，不知道为什么，我现在特别想看看我的出生档案。

我说，那还不容易，我也想看。

那我们找找看。

我说，好。

因为有具体的出生日期，我们的档案比刚才好找多了，马良先找到了他的档案，上面详细记载了他的出生时辰和父母的姓名等等，而我的档案翻遍那个月份，也没有找到。

马良说，不会吧？

我说，我也纳闷呢。

马良和我继续翻找，翻完上下月的，又翻全年的，都没有。我和马良面面相觑，我的汗水都下来了。

莫不是给弄丢了？马良自言自语。

我说，肯定不会，怎么就把我的弄丢了？

马良说，这也说不定，年头这么久了，搬来搬去的，弄丢几份档案也是正常的。

我说，不会的，这里面肯定有问题。

能有什么问题？马良看着我，如果真的没有档案，只能说明你不是在这里出生的。

怎么会？我父母说过，我是在这里出生的。

那就怪了，马良说，你先别着急，回去问问父母吧。

这事怎么问？我似乎已经意识到了事情的严重性，说，马良，我的头有些晕。

可能是缺氧了吧，我们赶快出去。

直到我们锁上门，李大夫也没有来，马良说，我送你回家，这事我们慢慢再说。

我说，没经过我允许，档案的事只有你知我知，你要是随便乱说，可别怪我不认你这个朋友。

马良摸摸我的脑门，秋风，你怎么了？

没怎么，我只是有些头晕。

六

我拿着抄来的那个名字还是找了父亲。

父亲对我的到来似乎有所厌烦，他说，你从来就没有听过我的话。

我说，你不是从小就教育我要讲诚信吗？

父亲说，你别给我戴高帽，我不吃这一套。

我说，吃不吃这一套没关系，您先帮我看看您认识这个人吗？

父亲眯起了眼睛，他在找老花镜，他的行动说明他已经想帮我了。从哪里找到的名字？

医院的档案室。

你去医院了？父亲抬头看了我一眼，目光中充满了疑问。

马良带我去的。

你们真行。父亲没再问话，只是很认真地看着那个名字。我凑过去，一个字一个字地给他念出来。父亲的嘴巴也在动，他也在念那个名字。父亲说，这个郑志明，就是我们电修部的啊，我怎么不知道他有龙凤胎呢？父亲疑惑地看着我，你是不是把名字抄错了？我说，没错，我和马良一块儿抄的，肯定没错。父亲说，那就怪了。

我说，您能想一想以前的那些事吗？比如这个郑志明的家庭状况。

他啊，父亲拉长了声音。这时母亲也凑过来，母亲说，他和你爸爸都是工建队的。那时候生活都挺艰苦的，他上面本来已经有两儿一女了，何必再给自己增加负担啊。

父亲斜母亲一眼说，那时候的人能用现在的眼光去看吗？解危难于生死关头，不鲜见的。

母亲说，那倒是，老郑那个人还是很不错的。

父亲说，老郑那个人我不是太了解，但是龙凤胎的事好像真的没有。

我说，记录上清清楚楚的，你肯定忘记了。

不会，不会的。父亲摇摇头。

我说，那时候的孩子都是在这个医院出生的吗？

不在这里，还能去哪里？

我也是在这里出生的？我随口而问。

父亲忽然抬起头，他的眼神里有着一种不容置疑的坚定，儿子，你想在哪里出生？

我笑笑，我知道父亲肯定敏感了，这也正是我想看到的结果。我说，会不会郑志明把孩子偷偷地又送人了呢？

这有可能，母亲有些迷茫地说。

也许吧，难道真的不中用了吗？父亲摸摸头上的白发。

告别父母出来，我一个人站在楼道里镇静了片刻，我是在这个医院出生的，可是却没有出生档案，是父母说了谎话，还是档案弄丢了？真是莫名其妙的烦恼啊。

我给吕新回了一个电话，吕新说，莫老弟，真是麻烦您了。我说，麻烦是有一点，现在多少有一点眉目了，您最好找时间来一趟。吕新说，我会的，过几天我就会过去的。我说，我们等您。

其实查清楚郑志明是不是有龙凤胎是很容易的，只要到户籍管理处调出档案就会一目了然，可是人家会让我们去看档案吗？又是档案，真是烦人。

还得找马良，让他找找他岳父，也许问题会迎刃而解。

马良的岳父退休前是公安部门的领导，说大不大，说小也不小，如果凭着老关系，调一下户籍还是不难的。

马良对我的请求回答得很干脆，他说，你等我的电话。

很快马良的电话就过来了，马良说，老家伙挺热情，让我们明天去找他。

我说，不会触犯法律吧？

马良说，我最近感觉你的法律意识好像增强了啊？只要不干坏事，法律也会网开一面的。

我说，是你一厢情愿的理解吧。

马良说，想不想去是你的事，我还懒得参加呢。

我说，别啊，马良，我还有个事想麻烦你呢。

马良说，秋风，你把我当什么了，我是医生，只管救死扶伤。

我说，人家都说医生和护士是天使，天使是干什么的？

马良说，你说天使是干什么的，不就是为你服务的，有事快说。

我说，你能帮我查一查我父母的血型吗？

七

转天我和马良如约而至。马良的岳父是个很健谈的老头，老头气色不错，说话还大嗓门：我都听马良说了，你们这是做好事，既然是好事，老汉我就帮你们一把。

我说，谢谢老伯了。

嗨，还客气上了。老头摆摆手，举手之劳，不过你们可要保密啊。

我点点头，我早就意识到了事情的严重性，不到关键时候，有些事情必须守口如瓶。

郑志明的户籍上只有他们老两口，孩子们的户口都迁走了。我们有些失望地看着电脑屏幕，知道下一步的追查可能会更麻烦。

马良的岳父也有些愣怔，不过他很快就反应过来，他说，别急，我再想想办法。也许以前的书面记录上会有的。

我们只好等着马良岳父的追查结果。

马良说，要不就算了。

我说，都到这时候了，怎么能结束呢？

马良说，你真行。

我说，我也没有办法，当初答应了人家，总得有个回音吧，做人要厚道啊。

马良笑笑，你这一点很可爱。

我说，没办法，家传啊。

呵呵，马良又笑起来，你父母的血型我已经查出来了。

我紧张地看着马良，心都快跳出来了。

其实我很不想告诉你，可我们是朋友，马良停顿了一下。

快说，别卖关子了。

从你父母最初的体检记录中，你父母都是 A 型血，你的血型还用我告诉你吗？

我摇摇头，汗一下冒出来。这两天，我一直在查看血型的遗传信息，我知道自己遇到麻烦了。

马良继续说，我的意思是说，两个 A 型血的父母是生不出 B 型血的子女的，秋风。

我蹲下来，抱住头，眼前一片黑暗。

秋风，你没事吧？马良也蹲下来，拍拍我的肩膀。

让我安静一会儿，安静。我几乎语无伦次。

他妈的这到底是怎么回事啊，我竟然不是父母的亲生儿子，那我是谁的孩子。吕新，你为什么要我帮你找姐姐，如果没有这个开头，我怎么会知道自己的身世。

我不知道是怎么回到家的，老婆看着面色灰土的我一脸的惊讶，秋风，你病了吗？我闭上眼，一点也不想说话。

老婆替我请了假，我就躺在床上，一连两天都不说话，我觉得我的世界全变了，好像已经不是原来的自己了。

父母来了，是我老婆把他们喊来的，老婆说，你们看看，从前天开始，就像中了邪一样，不吃不喝还不说话，都要把人吓死了。

母亲抓住我的手，轻轻地摇了摇。母亲的手很温暖，让我产生了一种想扑进她怀抱的冲动。儿子，你怎么了？

我知道不能让父母觉察到什么，只好笑了一下，那天摔了一下，有些晕。

在哪里摔倒的？老婆忽然大声说，要是在单位，这就是工伤。

我白了老婆一眼，没有应声。

这么大的人了，还这么不知轻重，晕倒也不至于不吃不喝啊。母亲关爱地抚摸着我的脑门。要吃点东西。

我点点头。

父亲一直不说话，他的眼神里流露出了一种烦躁和不安，也许他觉察到了什么？

我说，没事了。

那就吃点东西。父亲说，我知道我儿子很坚强的。

我看着父亲，这个曾把我养大的人，一直以“多年父子成兄弟”自居的老人，这一刻，我发现他是这么的苍老、慈祥、可爱。我好想抱抱父亲，听听他血液流动的声音。

没有过不去的火焰山，儿子，有话就说出来，我知道你有事瞒着我们。父亲说。

我说，真没事的，你们多虑了。

既然没事，那就起来吃点东西。母亲说。

我说，好的。我站起来，窗外一片阳光灿烂。

八

马良岳父的调查出来了，在很早以前的户籍资料上，郑志明的确有个龙凤胎。

我说，这就怪了，我父亲说从来没听说过的。

马良说，人老了，记忆力肯定不像从前了，很正常的事。

我说，不对，我父亲的记忆力很好的。

马良说，我们先不管这些了，事情到此为止，再接着查下去，那就应该是吕新自己的事情了。

我点点头，事到如此，也只能这样了。

你找时间让吕新来一趟，我们可以帮他做下面的工作。

我说，好的。

马良说，秋风，你做了一件大好事。

我说，什么大好事啊，只是性格使然。

马良说，要是我就做不到。

我们不一样。

是的，是不一样。马良叹口气，看看我，欲言又止。

我说，你有事就说吧。

你父亲找我了。

我知道他会找你的。

可是我什么也没说，秋风，你知道的，我从小就喜欢你父亲那样的老人，我不想伤害他。

谢谢你，马良。

他现在只是怀疑，所以你以后的表现很重要。

我知道，我会跟原来一样的。

他们对你那么好，连我都羡慕呢。

他们就是我的父母。

你还想找找他们吗？

谁？

生父母。

不知道。

其实找到了又能怎么样呢？不过是给自己增加烦恼而已。

我看看马良，我知道他的心情肯定跟我是一样的矛盾和茫然。

让他们都过去吧。马良忽然紧紧地握住我的手，让我们一起闯过去。

我的眼圈湿润了。

茫茫人海，有多少不为人知的秘密啊？

我给吕新打了电话，刚把情况简单地说完，吕新就说，莫老弟，这些日子麻烦你了，可是我想了想，我的父母已经老了，经不起任何的风吹草动了，所以我们不打算再找下去了，真是不好意思。

我的脑子里一片空白。

吕新继续说，欢迎你有时间来长治玩，还有你的小说修改完之后，抓紧时间传给我。

不知道手机是什么时候挂断的，我站在那里，怅然若失。

旧事重提

一

在五婶车祸去世后的第八个月，我五叔就要再婚了。

五叔的选择无异于晴天霹雳，把整个村庄都震动了。村子里到处流传着对五叔的不利之词，说什么五叔怎么能够这样做？刚没老婆几天就憋不住了。还说，五叔这样的选择，对得起谁？

听到这样的消息我马上就坐不住了。我婆家与我娘家的村庄距离不远，别说像五叔再婚这么大的事情，就是早晨这村谁家放个屁，那个村傍晚就知道了。我心中为五叔着急，觉得五叔也太沉不住气，在大是大非面前怎么就把握不住方向呢。

看我收拾东西，大树的眉头又耸了起来。我说，你不能把眉头放平了？大树说，你管我平不平呢。我知道大树反对我回娘家，每次我回娘家大树都像防贼似的。我说，我五叔的事，你知道的。大树说，咸吃萝卜淡操心，自己的事儿还管不好呢，还管别人。我虎下脸，要不你跟我一块儿去？大树白我一眼，转身走了。我看着大树的背影，恨不得上去踹他两脚。

两个村庄虽然相隔不远，但每次回娘家，我的心都像插上了翅膀，哪个嫁出去的闺女不喜欢回娘家啊。

娘见我回家，自然高兴得很。也许是年纪越来越大的缘故，我娘巴不得我一个星期回来两三次。但是我爹反对，我爹总说，嫁出去的姑娘泼出去的水，不是你的家就少待。娘说，别听那老东西的，我的家就是闺女的家，什么时候想回来就回来。

这次，爹娘显然没料到我是为五叔的事情来的。我爹说，你一个嫁出去的闺女，这事跟你有关系吗？乱操心！我低了头，尽量躲开我爹的目光。我娘说，问问也没什么？孩子这不是关心她五叔吗？我爹说，她自己的事情还处理不好呢，还关心别人，没事了就赶快回去，省得大树天天疑神疑鬼的。

爹白我一眼，转身出去了。我这才长长地喘口气，悄悄地跟我娘说，我们村里都嚷嚷开了，都说我五叔的不是呢。

娘说，谁说不是呢，你五叔也有点太着急了，哪怕过个三年五载呢。

我说，小亮他们的意见呢？

你说呢？娘反问我一句，孩子们能接受吗？放在我身上也接受不了。

那五叔就这么一意孤行？

娘摇摇头说，也不是，昨天他还来找你爹，想让你爹出头，其实他一个人也挺可怜的。

我说，是啊，五叔可比原来显老了，身体也不好，其实再找个老伴挺好的。

我就知道你支持他，我娘叹口气说，你知道你五叔要找的那个女人是谁吗？

我说，是刘兰芝吧。

你已经知道了？娘疑问道。

我一猜就猜到了，当年五叔跟刘兰芝可是好过的，要不是爷爷奶奶管得严，刘兰芝恐怕早就是我的五婶了。

不要这样说，刘兰芝跟你五婶可没法比，你爷爷奶奶当年的做法是对的。我娘沉默了一会儿，又说，其实那个刘兰芝也挺可怜的，男人早年工亡，就一直单身到现在。

是在等我五叔吗？我问。

谁知道呢？我娘又叹口气，你五婶好好的一个人，说没有就没有了，想起来我就要掉眼泪。我知道娘和五婶的关系，自从成为妯娌的那一天开始，两个人就像姐妹似的，五婶的车祸对我娘的打击很大，好长的时间里都一蹶不振。

我娘说，你五叔也没什么错，我们活人总得为活人着想吧，时代不同了，人们也想得开了，就是着急了点。

我说，我去看看五叔。

我娘说，你愿意去就去吧，没事了就赶快回去，别让你爹生气。

我点点头，转身去看五叔。

二

在我们家族的长辈中，五叔跟我的关系最好，这不仅仅是因为他没有闺女，还因为我最对他的脾气。比如小时候我淘气，每次遭到我爹惩罚的时候，就跑到五叔那里，五叔一护着，我爹就没了脾气。在我爹的兄弟当中，五叔最小，年龄跟我爹差了十五岁，人小，大家就都让着他，这一点，连我爷爷奶奶也不能免俗。小时候，我最喜欢五叔骑车带着我兜风了，他骑车的技术常常吓得我大呼小叫。后来他成家立业，我也长大了。在他接连有了两个儿子之后，五婶的肚子就再也没有鼓起来。在他们五兄弟当中，其他四个兄弟都是儿女双全，唯有五叔，没有女儿成了他人生中最大的遗憾。我记得小时候，他常常会把我揽在怀里，一边摸着我的小辫一边说，跟五叔过吧。我说，我不是一直跟着你吗？五叔说，不一样的，五叔没有小棉袄啊。我说，我长大了给你做啊。五叔笑了笑说，还是凤丫头疼叔叔。

我和五叔的这种感情一直维持到我找婆家嫁人。那年我定亲的时候，五叔还喝高了，他抓住我男人大树的衣领说，凤丫头可是我们家的好姑娘，你要好好对待她，谁要是敢欺负她，我这个做叔叔的首先不答应！大树红了脸说，请五叔放心，小凤到了我们家，吃香的喝辣的都依着她。五叔说，这样我就放心了，来，跟五叔干一杯。大树和五叔碰了一下酒杯，然后两个人一饮而尽。五叔说，这才像个爷们儿。事后，大树曾悄悄地对我说，你五叔那个人有些怕人，我要是亏待了你，你五叔非打我的耳光不可。我说，你知道就好，我们家族人多势众，有什么事可都一呼百应。大树吐吐舌头说，这么说，我是上贼船了。我拧了一下大树的耳朵，大树佯装害怕大叫一声跑开了。

后来发生在我身上的一系列的事情还真证明了五叔没有食言。我的第一胎是女儿，遭了公婆很多白眼，有一次大树耍酒疯，还打了我，我一气之下跑回了娘家。这一下可捅了马蜂窝。我五叔带了几个侄子气势汹汹地赶到我公婆家，扬言要打断大树的腿脚，要不没完。大树看那阵势，早就躲开了，只留下我公婆好言相劝。我五叔拿起一把铁锨当场就铲断了一截枣树的枝干，那气势，真吓人啊。五叔说，女孩怎么了？不想要是吗？我抱走，你们别后悔。我公公一看那架势，看来不说软话是不行了，赶紧把五叔他们拉进屋子里，一边赔不是，一边说等大树那兔崽子回来了一定要给大凤赔礼道歉。我五叔也没恋战，适时地鸣金收兵。但经过这一次五叔的“复仇”，我和大树有了矛盾却再也不敢回娘家了，直到去年，才又有了一次风波。

三

推开五叔家的院门，映入我眼帘的是一派狼藉的景象。因为秋天还没过去，院子里落满了树叶和其他零碎的东西，看来院子好长时间也没有清扫了。如果五婶还活着，我知道院子断不会是这样狼藉的。自从五叔的两个儿子成家立业，五叔和五婶就一直住在这所老房子里。这所老房子是爷爷奶奶留给我们晚辈最后的遗产，因为五叔最后一个成家，老房子理所当然地给了五叔，这一点，我爹那哥儿几个谁也没争。最近这几年，在打发完两个儿子的婚姻大事之后，五叔也对老房子进行了简单的改造，有了铝合金的窗户，给地板铺了瓷砖，看上去多少有了现代化的气息。

我站在院子里喊了声“五叔”。半天屋子里也没有回应。我刚想推开里屋的门，却听到五叔说，我在这里呢。我转身看去，五叔正提着裤子从茅房里走出来。是小凤啊？五叔的脸上露出我熟悉的笑容。我说，五叔，你怎么老成这样了？我上次回娘家看他时，他虽然还处在失去五婶的伤心之中，但还没有这么落魄。

五叔都六十多岁了，能不老吗？屋里坐吧。五叔前面带路，我后面跟着他走进里屋。

里屋也很乱，一看就是没人收拾的样子。脏衣服堆在炕角里，被子也团成一团摊在炕上。

太乱了吧？五叔不好意思地笑笑。

我知道五叔这人多少有些懒，原来五婶在世的时候，他的生活起居都是五婶一手操办，而现在五婶这一没，再加上五叔就要再婚了，处在反对方的两个儿子自然不会过来帮他收拾一下。

我说，五叔啊，你这是过的什么日子啊？我弯下腰，开始帮他整理屋子。

我一个人习惯了。五叔摆摆手，示意我停手。我要是有个你这样的女儿该多好。

我看看五叔，他阴暗的面孔上，表露出来的是一种无奈。

我说，她来过吗？

谁？五叔警觉地反问道。

刘兰芝啊。我说，五叔，我都知道了。

唉，五叔叹口气，你知道了也好，家里没有一个人支持我。

我说，五叔你太着急了，你得想想别人的感受。

话是这样说，你也看到了，你五叔现在的样子。你不知道，一到晚上，我一个人面对着空旷的屋子，脑子里都是你五婶的影子。孤单啊，寂寞啊，没人理解我的心情。尤其小亮、小军他们，跟我就像仇人似的。

你没有把事情好好跟他们解释一下吗？

解释什么，老子的事他们还想反对吗？

这就是五叔你的不对了，你的事也是孩子们的事，你肯定是哪些方面没有做好，所以……

所以大家都反对我，可是大家越反对我，我就越要去做！

看着一脸怒气的五叔，我知道他的倔脾气又上来了，这也许就是我爹不想帮他出头的原因。我说，五叔，你先冷静一下，这事肯定能成的，关键是你要改变方法。

怎么个改法？小凤，你可得帮帮五叔，五叔原来没少疼你。

五叔，我知道的，只要刘兰芝没意见，这事肯定能成。

她能有什么意见？她早就想搬过来一起住了。

看着迫不及待的五叔，我笑笑，这个刘兰芝，果真还恋着五叔呢。

四

关于刘兰芝，在很早以前，她就曾经出现在我们的视线里。

那时候我还在朱家镇上初中。朱家镇离我们刘庄不远，二十来里地的样子，骑自行车快的话半个小时就到了。那里有方圆几十里最大的一个供销社。

事情的起因源于一次无意中的闲聊，闲聊者是我娘和嫁到朱家镇的我二姨。

那时，我五叔就在朱家镇的供销社里当售货员，这样的差事在那时是很让人羡慕的。不下地劳动，还拿工资，吃商品粮，即便是在我爹的五个兄弟当中，也是蝎子粑粑——独一份。所以我的其他几个叔叔时不时地就说我爷爷奶奶偏心眼。为此爷爷苦恼了很多年。

说起来，五叔的售货员还真是误打误撞去的。有一年，因为公社要修水利工程，每个村都摊派了劳力的名额，当然对于这样的苦力是没人愿意去的。那时我的叔爷爷是大队支书，无奈之中就找到了爷爷，为此我们一家人都对叔爷爷横眉冷对，认为他是故意为难我们。但是爷爷没有推辞，他把五个儿子都找了过来，说，你们要是不愿意去，我就去，反正也不是什么大不了的事情。我爹沉默，因为那时候我娘正怀着我弟弟，一时离不了人。几个叔叔也都保持沉默，都拖家带口的，谁愿意去受那个洋罪啊。最后爷爷无奈地说，算了，还是我去吧，我这把老骨头，还能刨个土推个车的，你们几个在家里照顾好你娘。爷爷的话有些悲壮，又有些失望，毕竟家里有这么多的大劳力啊。爷爷的话音刚落，我五叔就说，爹，我去吧，我刚成家，还没孩子，家里也没什么好牵挂的，我去。五叔的话让所有的人都松了一口气，五叔不仅解了爷爷的围，也解了几个哥哥的围。

但让所有人都没有想到的是，因为在工地上表现出色，五叔那几个人最后都被留了下来，又跟着水利大军南北征战了几年，混来混去，竟然转成了商品粮户口。真是什么人就有什么命。有时连我爹也禁不住对着我弟弟发脾气：要不是因为你，我何至于一辈子做农民。

牢骚归牢骚，但每个人的心里肯定都会失衡的。有时候，我爷爷就会对着说他偏心眼的几个儿子说，谁也别埋怨我，人的命，天注定，老天爷总是关照那些有心人的，有本事你们也自己闯去。

爷爷的话并不是没起作用，我三叔就一气之下背井离乡了，先是自己闯荡社会，在外面站稳了脚跟之后，又把全家人都带了出去，现在几年才回来一次，很是有模有样了。

话题扯远了，回到我二姨和我娘的闲聊上来。

因为同在朱家镇住，毕竟还有一层亲戚的因素，二姨自然就认识了五叔。

关于五叔和刘兰芝的事情就是二姨悄悄地跟我娘说的。要不说拉老婆舌头遭人恨呢，如果没有二姨的闲话，也就没有后面的风波了。

听了二姨的话，我娘就坐不住了。这样的事情在那时可是丑闻，往小了说，是五叔自己的事，往大了说就是整个家族的事。为了验证事情的真伪，我娘首先就想到了我。

这事说来也怪，我第一次去，就遇到了刘兰芝。论相貌，刘兰芝还是有一些姿色的。不知道是天生的原因，还是保养得好，她比一般女人的皮肤都白一些，再加上爱收拾，看上去并不让人厌烦。

对于我的到来，五叔当然不知道我的目的，还主动跟刘兰芝介绍说，这是我侄女。刘兰芝对我笑笑，然后对五叔说，五哥，你们先忙，我回去了。刘兰芝的话很甜，起码对我来说，她的“五哥”就让我起腻。第一次去，我就大获而归，看出了苗头。

第二次，第三次，以及后面的若干次，刘兰芝总会间歇地出现在我的视线里。每次她都不买东西，就是跟五叔在那里闲说话，我把情况都如实地汇报给了我娘。其实那时候我并不知道我娘她们的目的，对大人们的事根本没那么敏感。

经过总结分析，我娘断定，二姨说得没错，也许在朱家镇，五叔和刘凤芝的事情早就满城风雨了，只是还没传到刘庄。我娘说，必须把这件事消灭在萌芽之中。

为了验证我情报的准确性，我娘和五婶还专门去了两趟朱家镇。第一次我娘和五婶失望而归，因为刘兰芝没有出现在供销社里。而第二次，我娘她们就有了新发现。

那次五叔因为感冒，请了假在宿舍里休息。当她们敲门而入的时候，却在五叔的宿舍里看到了刘兰芝。那次我娘啥也没说，把五婶留下陪五叔，就一个人回刘庄了。

回来后，我娘就坐不住了，她说这事必须得管。我爹说，你有证据吗？我娘说，这还不是证据吗，都跑到老五的宿舍里了，还不说明一切。我爹说，这能说明什么？也许是有别的事情呢？有什么事？你说，老五的病需要谁照顾也轮不到她刘兰芝！我娘咄咄逼人。人家她五婶都不着急，你急什么？多管闲事，我爹当仁不让。她五叔的事我就要管，不但我管，你也要管，他爷爷奶奶也要管，这是关系到整个家族名誉的大事。

要不说，人要是失去理智，什么事情都是可以做出来的，尽管有些事与自己的关系不大。

我娘就是这样的一个人。

五

把五叔喊回来面谈是一个星期之后的事情了，在这之前，我娘曾和五婶做了沟通。其实凭女人的敏感，未等我娘做出结论，五婶早已把心里的疑问抛了出来。五婶说，大嫂，你说那个女人为什么要去照顾我家老五啊？我娘看时候已到，便添油加醋：你说凭什么，得问你家老五啊，苍蝇不叮无缝的蛋，我看那个刘兰芝就不是正经人。经我娘这么一说，五婶的脸色已经有些挂不住了。五婶说，他要真有那事儿，我就跟他离婚。我娘说，赶紧打住吧，婚是千万不能离的，吃商品粮的男人是随便能找到的？我们是敲山震虎，防患于未然，只要老五悬崖勒马，咱们的目的就达到了。五婶说，可是这事我怎么张嘴啊？母亲说，你别急，这事让咱爹娘出面。

那次面谈的具体经过我不得而知，只知道最后的结果是五叔坚决不承认。爷爷为此还拍了桌子。还知道为了说服五叔，爷爷奶奶竟然把我也出卖了。转天五叔专门找到我说，凤丫头，五叔哪里对不住你了？我不敢看五叔的眼睛，“做贼心虚”这个词的滋味我算是真切地体会到了。我说，五叔，我什么也不知道。五叔不再理我，一个人扬长而去。

很长一段时间里，五叔拒绝回家，这样的情况倒是出乎我们的意料。五婶一个劲儿地哭天抹泪，这可怎么办呢？这可怎么办呢？

能怎么办？你带着孩子去找他，还无法无天了。我娘愤愤不平。

五婶果真就带了孩子去找五叔，当然是吃了闭门羹。用五叔的话说，是家里人伤了他的心。五婶对此一筹莫展。我娘说，到他单位领导那里闹，还怕没人管他了。五婶说，那不坏了他的名声吗？要说五婶这人，什么都好，就是关键时候顶不上劲儿。她这点和我母亲就差远了。这么多年，我爹在我娘面前一直唯唯诺诺地做人做事，就和母亲的狠劲有关。每次两个人吵架，我娘一说，大不了让全村人都知道你的德行，我爹就不吭声了。家丑不可外扬啊，大概五婶也是这样想的吧。反正最后的结果是五叔回来了，而且是以胜利者的姿态回来的。我娘一直说五婶窝囊废，怎么能就这样便宜了他！

不过事情也没有白闹，那个刘兰芝后来很少再去找五叔了。每次我去供销社，五叔就揶揄我，是不是又搞侦查来了？我无话可说，只好低了头回避。

后来的岁月，五婶跟着五叔过了三十多年安稳的日子，给五叔留下两个儿子，虽然走得早了些，可是也算守住了自己的这一亩三分地。

六

从五叔家出来，已经快中午了，我想我爹再撵我走，我也不走了，况且我下午还想去一趟朱家镇。

正这样想着，就差一点和一个人撞个满怀，未等我说话，那个人先说话了，凤丫头回来了？

我站住脚，才看清楚要撞到的这个人原来是我二婶。我扶住二婶的肩膀，笑了起来，吓死我了！

二婶也笑了笑，都多大年龄的人了，还这样冒冒失失的。

没事吧，二婶。二婶虽然也是七十来岁的人了，但看上去却比实际年龄要小一些。

有事还能讹我的侄女，去家里坐会儿吧。

不坐了二婶，我还没跟我娘说会儿话呢。

那就有空再来二婶家。二婶拉住我，前后左右看看，然后把脸凑过来有些神秘地说，去你五叔家了？

我点点头。

看看你五叔那个样子，你五婶死了还没一年，他就要当新郎了，亏他做得出。

他也挺可怜的。我说。

他可怜，我呢，要不是当年他老五极力反对，我至于守寡到现在吗？不管别人怎么看，他老五要再婚，我第一个反对。二婶已经变了脸色。

我看着二婶皱起来的眉头，仿佛怒气正在蔓延。

在我们家族里，第一个去世的人既不是我爷爷奶奶，也不是五婶，而是我二叔。那时我还没有出生，关于二叔的故事都是我娘说的。据我娘说，二叔是累死的。那年的水利工程，二叔并不是不去，而是没办法去。那时他在一家医院里给人家做饭，别看活不叫个什么，可是挣来的钱却能减轻我爷爷奶奶的一大部分负担。我娘说，那时候需要吃饭的人太多了。你二叔除了给人家做饭，有空了还要去帮人家盖房、拉砖，凡是能挣钱的活儿他都去，在外面累了一天，回家还要照顾老人孩子，天底下我就没见过那样的好男人。我说，比我爹还要好吗？你爹？我娘斜我一眼，两个你爹也比不上你一个二叔。我闭上眼睛，满脑子都是比我爹强两倍的二叔，那样的一个人，为什么不等我出生就走了呢。

二叔是在四十岁上得癌症不治而亡的，给二婶留下两儿两女，一家人一下子没了头绪。那时候爷爷奶奶怕二婶再嫁苦了四个孩子，就千方百计想把二婶留下来。刚开始二婶也没有再嫁的念头，可是后来随着时间的推移，一来农村生活的清苦，二来二婶也正当年，所以就有了再嫁的打算。

我记得那是一个夜晚，二婶家那边忽然有了争吵，我爬起来跑过去，一看爷爷奶奶我爹五叔还有其他的家人都在。大家把二婶和一个不熟悉的男人围在中间，二婶不说话，那个男人刚争辩了几句，五叔上去就揪住了那个男人的脖领子，扬起手就是一巴掌，那个男人想反抗，却被大家按住了。我五叔说，你以为我老刘家没人了是不是？谁想欺负我二嫂，从我这儿就过不去。那个男人很狼狈地待了一会儿，就被赶走了。后来我才知道，那是别人刚给二婶介绍的对象，事儿没成，还让人家挨了打。二婶为此大病一场，后来五叔还曾放出话来，这个家不是谁想走就走谁想来就来的。

因为这个事情，我后来还专门问了一下五叔。五叔解释说，当年我们做的是不太好，可是那个年代，没办法啊，孩子谁管，你二叔不能没伴啊。

我理解那个年代人们的做法，只是没想到时过境迁，五叔和二婶的境遇变换了角色，我理解二婶的怒气，憋了这么多年，也该释放一下了。

七

吃午饭的时候，我爹没少给我脸色，我知道他想什么，也就少去看他。

吃过午饭，我跟娘说要去朱家镇看我的一个同学。我娘说，快去快回，晚上早点回家。

我说知道了，就悄悄地推着自行车走出来。

正是吃午饭的时间，村庄里静悄悄的，我一边骑上自行车，一边想，自己是不是太冒险了，可是不去，心里却又空落落的。

犹豫再三，我还是踏上了通往朱家镇的道路。我想他在干什么呢？是不是还没有吃饭？我用围巾围住了整张脸，只留下两个眼睛。说实在的，我怕遇到熟人，更不想让家里知道我和他还藕断丝连。

他不是我的同学，是我当年的语文老师。我年少的时候，曾经暗恋过他，甚至给他写过几封信，可是他不为所动，甚至有一次还专门把我喊到他的办公室说，你还小，还不是谈情说爱的时候。但那时候在我的心目里，没有哪一个男人比他更风趣更幽默了，每次上他的课，都是我最快乐的时光。语文课上，我的目光就没离开过他的身影，他的一颦一笑，一举一动都是那样的迷人。我觉得他是最有魅力的男人，尽管他比我要大上十几岁。

也许是他为了摆脱我的纠缠，也许是其他的原因，在一个学期之后，他调离了我们的学校。高中毕业时我没有考上大学，干脆就不复读了，为此他还给我写过一封信说，可惜了。

去年，我在一个集市上与他偶然相逢，想不到，当年风流倜傥的语文老师竟然变成一个糟老头子了。我惊讶于他的变化，后来才知道他老婆死了，孩子们成家了，只剩下他自己过日子了。

怜悯就是那时候升起来的，也不知是否还有当年爱慕的成分，以后每次去朱家镇，我都要去看他一眼。但我只是照顾他，给他洗洗衣服做做饭菜，并没有什么其他的想法。我不想给他带来什么麻烦，更不想给自己的家庭带来什么裂痕。

虽然我每次去都小心翼翼的，但还是被大树捕捉到了风声，有一次大树跟踪而至，我无话可说。

大树说，我对你不好吗？

我摇摇头，在我生了儿子以后，不管是大树还是公婆，对我都无可挑剔。

那是为什么？你要给我一个答案。

我说，我们之间什么也没有，我只是可怜他，他是我的老师。

我知道你们那些事，什么也别想瞒住我！

你想怎么做，大不了离婚。我的气也上来了。

这是你说的！大树恨恨的，别说我对你不客气。

我不再搭理大树，我想与其争辩不如什么也不说。

但是大树把我爹娘、五叔都喊了过来，那一刻，我无话可说。

爹娘当然都是暴风骤雨，把我骂了一通，而五叔却冷静得出奇。五叔曾偷偷地问我，你喜欢他吗？我沉默了半晌，摇了摇头。五叔说，你现在有孩子有家了，自己多考虑考虑，人言可畏啊。在那种时候，五叔这样的话是很令人温暖的。

八

推开虚掩的房门，一股中药味扑鼻而来。

我说，老师。

半晌儿，才有微弱的声音传出来，谁呀？

我掀帘而进，屋子里的状况让我吃了一惊。

我的语文老师半卧在床头，面容消瘦而无力。

我说，老师，你怎么了？

哮喘，喘不上气来。

孩子们没来吗？

刚走，他们都有工作，耽搁不起。

那也不能没人照顾啊？

你怎么又来了？赶快走吧，别再给自己添乱了。

我没再言语，拿了毛巾，浇了热水，拧干，然后给他轻轻地擦去脸上的污垢。我的语文老师，曾经那么漂亮的一张脸，此刻却被时光侵蚀得失去了原来的模样。

再找个老伴吧。我说道。

谁会喜欢我这样的糟老头子？

可是你这样下去，怎么能叫人放心。

没事，过几天就好了。老师叹口气，你赶快走吧，别再来看我了。

我摇摇头，我坚定要做的事，谁也拦不住我。

从老师家里出来，我故意拐了几个弯，虽说我并未做什么亏心事，可内心还是有一种担心。

我从一个胡同拐出来的时候，背后忽然传过来一个声音：是小凤吧？

我停住车，扭头看去，却是一个陌生的老女人。

我是刘兰芝，你应该认识我。

啊，我吃惊地睁大了眼睛。这就是在我们家里引起轩然大波的刘兰芝啊，我早就没她的印象了。

我早就看到你了，一直在这里等你。

鬼才相信她的话。我说，你有事？

当然啊，到我家里坐会儿吧？

不用了，我还有事。虽然我心里支持她和我五叔的婚事，可是猛一看见她，还是有了微微的抵触。

我和你五叔的事儿你知道了吧？

我点点头。

我知道你和你五叔关系最好，你要多帮帮你五叔。

我说，你们是不是有点太着急了？

不是我着急，是你五叔着急，你看你五叔，现在都成什么样子了，你不心疼吗？

我不说话。

她又说，以后我们就是一家人了，你还要喊我五婶呢。

我说，你只是我的婶子，我的五婶早就死了。

她脸色变了一下，不管怎么说，婶子需要你帮忙，你五叔也需要你帮忙。

我说，你们是死灰复燃吧？

她怔怔地看着我，好一会儿才说，不是复燃，是旧梦重温。

九

旧梦重温，多好的词汇啊。我想我五婶活着的时候，五叔和刘兰芝就没想过旧梦重温吗？一切都是个谜，每个人都有谜一样的私人世界。

走在路上，我想当年，五叔和刘兰芝之间肯定是有过暧昧关系的，现在即便是刘兰芝不主动找上门，我五叔也会去找她的。难怪刘兰芝这么多年一直一个人带着两个孩子不再嫁人，原来她是心有所属啊。

现在的五叔，光棍一条，虽然生活在农村，可却是有退休金的人啊，每月两千多元的退休金，这样的老头去哪里找啊。何况五叔也喜欢刘兰芝呢，这事儿，谁也拦不住，该来的早晚要来。

接近村庄的时候，我远远地就看见了大树，他站在村口张望的样子有些孤单。我知道他肯定是在等我，可是离天黑还早着呢。

我说，你站在这里干什么？

你说呢？大树皱起眉头，怎么这么晚才回来？

多么晚？天黑了，还是该睡觉了？不知道为了什么，自从去年和语文老师的不期而遇，我对大树就越来越看不顺眼了。我不知道自己当初怎么会嫁给他，要文化没文化，要本事没本事，天天就知道喝两口酒，到大街上和小媳妇们打情骂俏。

你爹说你早回来了？

干吗，还跟踪我啊？老娘想去哪里就去哪里！我把自行车甩给大树。

你发什么火啊？我不过是问问。

有什么可问的，我去看我老师了，不行吗？

看你，大树停下脚，你可是说过，不再和他来往了。

我斜大树一眼，看他认真的样子，忽然觉得自己多少有些过火，就说，我说看他就看他去了，你还有没有脑子？

这几年，可能是随着年龄的增大，大树对我的依赖性也越来越重了。虽然去年因为语文老师，我和大树第一次出现感情危机，可是大树并不想真正离开我。他喊去我的爹娘、五叔，也不过是想证明我的不对。我娘还说，好好过日子，千万别有什么非分之想，大树那人还是不错的。

我知道我娘说得没错，我问她，你说我爹有什么好？

我娘白我一眼说，女人家，不就是嫁人过日子吗？谁好，谁坏，哪有那么称自己心的，跟谁过不是一辈子。

听上去娘的理论似乎没错，可是在我的心里却有了一些别的想法。我觉得我有点明白当年五叔为什么拒不认错，也许在他的心里，真正喜欢的人才是他生活中真正需要的人。

可是我的心中已没有了年少时的冲动了，看看两个孩子，女人家，好好地相夫教子，或许就是最好的归宿。放眼整个农村，有多少人是有真正爱情的。一代又一代，不都是随波逐流，闭着眼睛生活吗？我觉得刘兰芝和五叔现在一点错也没有，人生苦短，就要及时享受人生。

十

小亮来找我的时候，已经是半个月之后的事儿了。这期间，我虽然也往爹娘那边打过几个电话，但是他们都寥寥几句，显然不愿意让我多参与此事。我想即便是小亮不来，我可能也会去找他的。

小亮一进家门，话还没说，眼圈先红了。

我说，小亮，别着急，有话慢慢说。

小亮擦擦眼睛，缓和了半天，才说，姐，你说我爹他还让家里安静吗？那个老太婆不仅搬来住了，还带来一个女儿，说什么要认祖归宗，这不明摆着看上我爹的那点退休金了。

我吃了一惊，莫非这一切是真的吗？

我想起在我五婶的葬礼上，我五叔曾一个人站在五婶的棺材面前，流着泪说，我还有个秘密没告诉你，你怎么就走了啊？说实话，这么多年五叔和五婶虽然前半生磕磕绊绊，但后半生两个人的感情还是不错的，关键是我五婶那人脾气好，把我五叔照顾得很周到。如果不是我五叔自己在那里说，谁知道他还有什么秘密？在那么多人的注视下，我担心五叔会说出什么过分的话来，就赶紧打断了他。我说，你的秘密大家早就知道了，别说了。

也许五叔意识到了自己的失言，也许是我的打断提醒了他，他一边擦眼泪，一边退到厢屋里，一个人默默地伤心。现在想来，莫不是私生女就是五叔要说出来的秘密？

五叔突然多出的私生女多少让我有些嫉妒，都说人生没有圆满的时候，也许私生女的出现就是来弥补五婶突然离去的缺憾的。

我说，小亮，你敢肯定那是你爸的女儿？

小亮说，那个老太婆是这样说的，谁知道是真是假？我娘前脚刚走，我爸就不让我们安生。

我说，我们应该理解他，你看他苍老的样子。

理解，我们不理解吗？好吃好喝地照顾着他，可他却来这一套。姐，你赶快回去劝劝他吧，大家都知道我爹最喜欢你，要不这日子没法过了。

我理解小亮的心情，我们所有的堂兄妹当中，小亮和我的关系最近，有什么话都想跟我说，这可能得益于我从小带他玩的缘故吧。

我说，我想听听你们兄弟的意见，你爹这事到底能不能成？

沉默了一会儿，小亮说，看他那样子也怪可怜的，我们也不是不同意，可是他总得给我们兄弟一个说法，这日子以后该怎么过？

我说，你想怎么过？

这不明摆着的事情吗？他的存款，房子，还有其他的，莫不是都给那两个女人？

哦，看着激动的小亮，我一下子明白了。我说，这事好办，只要你有想法，这事就能撮合好。先喝点水，我拿点东西咱们就走。

正整理着我要带的东西，大树就凑过来，你这是晚上不回来了？

我斜了大树一眼，你说呢？要不你跟我一块去。

我去干啥？那是你们家的事情。

知道就好，我又剜了大树一眼，该干啥干啥去，别在这儿腻歪我！

大树讪讪地笑笑，看着我和小亮走出家门。

十一

我和小亮刚走进胡同，就遇上了二婶。

二婶说，小凤，你可回来了，你看看你五叔和刘兰芝那个样儿，真让人恶心。

我看看小亮，他扭过头去，似乎并不在意二婶的说辞。

我知道二婶的心结，一时也不好说什么，只是说，让我去看看。

走进五叔的屋子，刘兰芝果然也在。她和五叔坐在炕角的两边，显然是没料到我的出现。

我冲刘兰芝点点头，其实从那天遇到她，她托付给我的事儿我一句也没跟大家说，其实内心还是有一种抵触的，现在看来，光抵触是不行了。

我说，刘姨，你过来了。喊她姨，真的是不情愿的，但是为了安慰五叔，我还是强迫自己喊了出来。

听到我的称呼，刘兰芝显然很惊讶，她犹豫了一下，眼圈一下子就红了。大侄女，你说，大家为什么就是容不下我？我只不过想好好地照顾你五叔，难道还错了？

我说，这一点没有错，感谢你还来不及呢。

一个个像仇人似的，我招谁惹谁了？刘兰芝依旧愤愤不平。

我说，其实挺好的事情，就是没把过程走好。这个家的确是像我五叔原来说过的，不是谁想来就来，谁想走就走的。关键是看你怎么来，怎么走。

你说怎么走？五叔和刘兰芝一齐把目光对准我。

我说，刘姨来了，最起码要有个仪式，让所有的家人都认识一下吧？

这话在理儿，五叔说。

像你们这样偷偷摸摸地搬到一块住，别说小亮他们，我就有意见。再说了，我五婶刚走还没一年，你们是不是应该照顾一下我五婶呢？

五叔和刘兰芝面面相觑。

我说，这事需要我爹娘出头，我爷爷奶奶没了，我爹娘就是家里的老大，说话有分量啊。

五叔说，是啊，可是你爹不想管我的事情。

我说，我爹那里我去做工作，五叔你放心。

五叔点点头。

然后呢，五叔，把你的财产跟两个儿子都明分了，刘姨又不是贪恋你的钱财，够你们吃喝就可以了。你说是吗，刘姨？

刘兰芝点点头。

就他们那态度，我一点都不想给他们！五叔愤愤地说。

这怎么行？原来好好的一家人，为什么成了现在这样子？还不是因你而起。我说。

我，还都是我的不是了？

本来嘛，解铃还需系铃人。还有二婶那边，你也要做做工作。

她怎么了，跟着添什么乱？五叔疑惑道。

还不是你当年反对人家再嫁，现在可是你再婚啊。

这不是时代不同了吗？

是啊，时代不同了，也需要你有不同的表现啊。

哦，这倒是我没想过的事情。

看他们情绪稳定下来，我转向刘兰芝，你女儿的事，是真的？

这得问你五叔？刘兰芝把目光转向五叔。

我怎么知道？五叔低下头，你现在突然说出来，我怎么知道孩子是谁的？

你看看她的眉眼，是不是你们老刘家的样子。保密了这么多年，还不是为了你！

五叔低下头，显然，这样的事情很让他窘迫。

我说，这事也好办，现在科学技术这么发达，验一下DNA，什么都知道了。

对，验一下，刘兰芝附和道，看我是不是说了假话？

十二

经过我的劝说，我爹终于答应主持五叔的再婚大事了。

我爹说，一想这事就头疼，这个老五，纯粹是自找麻烦。

我娘说，谁让你是老大呢？你要是不嫌给老刘家丢人，我就去出头露面。

行了行了，女人家头发长见识短的，还嫌家里不乱吗？

我爹主持的家庭会议我也参加了，这是我爹要求的。我爹还嘱咐我说，要是我哪里说得不周到，你就补充一下。我点点头，自从发生了我和语文老师之间的事情之后，我爹就没给过我正眼，现在好了，我成了他的坚强后盾。

那次家庭会议我爹主持得很不错，那是我见过的我爹做得最漂亮的一件事。根据我列出来的几条，我爹侃侃而谈，首先让我五叔亮出了他的家底，然后二一添作五，除了留下自己的生活需要之外，都分给了两个儿子。然后又把房子的所有权也留给了小亮兄弟。至于那个认祖归宗的女儿，等确定了以后再说，但刘兰芝的女儿当场就很淡定地否了，她说，我什么也不要，只要我爹娘幸福。这话说的，真让我们惭愧。最后我爹又说，即便刘兰芝搬过来，也要等到五婶周年之后。五叔和刘兰芝当场表示没问题。那次的家庭会议开得相当成功，即便是二婶，一句话也没说，尽管她一直在那里隐忍着。

后来五叔对我说，凤丫头，五叔真没白疼你，要不是你，这事还真不知道要乱成什么样子呢。

我笑笑说，五叔，你可以告诉我你曾经想告诉我五婶的那个秘密吗？

五叔怔了一下，说，我只是想告诉她，那年我和刘兰芝的事是真的。

我说，想不到我的五叔也这么多情。

五叔说，她是我当年工友的老婆，工友因工死亡后，我就受工友之托一直照顾她，没想到她会爱上我。哎，往事不堪回首啊，好在你做了侦探，挽救了一个家庭。

我笑笑说，五叔不怪我就好。

五叔说，五叔早就忘记了。

一年后，在五叔和刘兰芝的简单婚礼上，发生了两起不大不小的事情。先是小亮忽然放声大哭，弄得气氛相当的尴尬。再是我二婶，不小心摔了一个碗，但明白人都知道她是故意的。连我娘都说，给老五个警告也没啥不对的。

从五叔的婚礼回去的路上，大树一直心事重重的，似乎一直想说什么，但又不那么痛快。我说，你有话就说有屁就放，干什么像个娘儿们似的！

大树说，我说出来你别着急啊。

我说，我着什么急，我今天很高兴呢。

大树说，我前天去朱家镇办事，听人们说你的语文老师去世了。

我停住脚，眼睛一眨不眨地盯着大树，直到大树有些慌乱地说，你没事吧？

我能有什么事，你给我走开！我骑上自行车，抛下大树，疯狂地蹬起来。

在一个无人的庄稼地里，我放声大哭，我知道，从此我再也不会牵挂那个人了。

跟我进城的兄弟

一

说起来，水生还是我从老家带出来的。

那时的水生还不到二十岁，站在我面前，一脸的阳光和生涩。水生的母亲说，让水生跟你到外面闯一闯吧。

我说，他能吃得起苦吗？

水生母亲说，咱村里的孩子，哪有不能吃苦的，只要你当哥的能行，他就行。

我相信水生母亲的话，乡村里的孩子要说优点的话，除了淳朴善良，最大的优点便是能够吃苦了。

我答应带水生闯一闯，不过前提是他必须听话。

水生欢天喜地地答应了。他说，你就把我当弟弟好了。

水生的话让我很舒服，觉得他很乖巧。

开始水生只是做建筑小工，挣钱不多，但比起在老家务农还是好了很多。每次我问他，能行吗？水生都龇牙一笑说，这点苦叫什么。水生很有眼力见儿，每次看到老师傅们的杯子里没水了，就赶紧悄悄地倒上，所以他很快就获得了大家的好感。

偶尔，晚饭之后，有好事者说，水生，给我们唱首歌吧。水生也不推辞，大大方方地往那里一站，张口就是一首《走西口》。水生的嗓音不是太好，可是他认真，又投入，那些歌往往就有了一种生命力。大家听完了，就冲水生竖大拇指，也冲我竖大拇指。有人说，强将手下无弱兵。我说，小菜。然后就悄悄地对水生说，一定要好好干，好好干。水生使劲地点头，满眼的真诚。

说实话，我很喜欢水生，我觉得把他带出来真是对了，要不，窝在我们那个小山村，他只能面朝黄土背朝天，重复父辈的命运。现在好了，说不定在不久的将来，水生会闯出自己的一片天地来。

水生的收入没我们高，但每月开工资的时候，水生的脸上都笑开了花。水生说，不知道能挣这么多的钱呢。我说，这叫什么啊，你看看那些在高楼大厦工作的人，人家一个月就顶咱干一年，好好干吧，兄弟。水生点点头说，这样就很好了。

水生一直想请我吃饭，但都被我拒绝了。倒不是我不喜欢，而是为了给他省点钱。在外面混日子，尤其像我们这些靠身体打天下的人，更不能随随便便地花掉每一块钱。水生很听话，不再请我吃饭了，但他会帮我打饭，帮我买点生活用品什么的。水生常说，我一辈子都不会忘记你。我说，兄弟言重了，我们心里互相有对方就足够了。水生很虔诚地点了点头。

就这样干了两年的建筑小工，有一天，我偶然在大街上看到一则钢铁公司的招工广告，就问水生想不想试试。水生说，你行，我没文化，恐怕不行。我说，还是试试吧，如果进了钢铁厂，就不用天天和这些砖瓦打交道了。水生说，大羽哥，听你的。

我拉着水生报了名，因为一百块钱的报名费，水生还心疼了半天。水生说，要是失败了，这钱不是白花了？我说，那肯定是。水生说，一百块钱可以吃一星期的饭呢。我说，不能那样比较，万一成功了，我们的收入可能就是现在的两倍。水生咂咂嘴，很惋惜的样子。

招工考试那天，水生又有些胆怯地说，大羽哥，我们能行吗？我看着他慌乱的眼神说，大不了再去干建筑小工，有什么行不行的。话虽这样说，其实我心里也没有把握。

好在那天的考试并不严，考题也出乎意料的简单，我很快就答完了题，在检查答案的时候，水生忽然很大声地咳嗽了一声。我扭头看去，水生投来求援的目光。我将试卷倾斜过去，水生便急急忙忙地抄起来。一切都很顺利，我和水生被双双录取，成了那家炼钢公司的农民合同工。

二

这是一家大型钢铁企业，因为资本扩张，增加了好几条新生产线。

本以为水生能和我分到一个单位，可是因为年龄、身高和体重的不同，我的希望还是落空了。我被分到了炼钢厂，而水生却被分到了轧钢厂。

一起生活了两年多的时间，这一分开，还真有些不适应。我放心不下水生，水生更是流露出难舍的神情。水生说，大羽哥，真不想分开呢。我说，无所谓的，我们不可能一辈子待在一起，再说你长大了，应该有自己的世界了。

水生点点头说，话是这样说，可是我六神无主呢。

我说，有我呢。

水生说，要不我们去求求上边的领导。

我说，不用了，分开并不一定是坏事。我们人分开了，心并没有分开。

水生点点头，眼圈忽然红了。

我心里也很难受，这两年来我一直把他看作自己的兄弟，已经有了很深的情感。

我所在的炼钢厂，是一家老单位，不管是工艺，还是设备，都很陈旧了。不知道是除尘设备坏了，还是满足不了生产的需要，转炉台上到处都是飞舞的灰尘，尤其在兑铁和出钢的时候，那些灰尘更是无处不在。同事们都戴了口罩，把自己遮得严严实实的，就这样一个班下来，满脸还都黑乎乎的。老同事们对我们的到来表示不理解，说别人都是想逃离这里，而你们却是自投罗网，不知道是怎么想的。我们能怎么想，不过是想当个工人挣钱养家罢了。我不理会那些老同事们的议论，人和人是不一样的。我记得看《平凡的世界》的时候，就很理解孙少平的遭遇。一个人活着，先是为了糊口，然后才是其他。炼钢厂虽然脏了些，可是一想到能拿到比当建筑工多一倍的工资，还有医疗、养老保险什么的，我就觉得很满足了。

趁休息的时间，我跑去看了水生。水生的轧钢厂显然比我这里好多了。灰尘没有这么多，而且都是新设备，劳动强度也不大，我暗自羡慕水生的工作岗位。我对水生说，多亏分开了，要不你就跟我一样，天天吃那些灰尘了。水生表现得很亲热，他说，要不我们换换吧。我知道换是不可能的，可是水生这样说，还是让我很高兴。

我说，都熟悉了吧？

水生说，大家对我可好呢。

我知道水生说的都是实话，因为在此之前，我就从侧面打听过水生的表现，大家都一致地说那小伙子不错，挺有眼力见儿的，这多少让我放下了一颗悬着的心。

我跟水生说，兄弟，好好干。

水生也说，大羽哥，好好干。

我说，要听老师傅们的话，遇事多长个心眼。

水生说，知道了，哥，你放心吧。

看着信心十足的水生，我觉得真没有什么不放心的。

三

时间过得飞快，转眼我们已在各自的岗位上工作了一年。

这期间，水生曾找我一起请他们班组的同事们吃了一顿饭。开始我说有必要吗？水生说，还是请请好，大家都在一个班组，难免有需要别人照顾的地方。我对水生的变化多少有些吃惊，曾经的水生是个连看场电影都觉得奢侈的人，没想到，在我还没有想到需要别人照顾的时候，水生却已经做到了。

我说，你觉得有必要咱就请。

水生说，现在收入高了，也不在乎那点钱。

那顿饭花去了水生三百多元的工资，我看着都有些心疼。水生却很不在乎地说，有投入，就有回报，没什么舍不得的。本以为水生喊上我，是让我给他撑场面的，但没想到，水生根本不需要我去帮他张罗。在酒桌上，水生左右逢迎，说话滴水不漏，我倒是一时插不上话，反而成了一个多余的人。那一刻，我忽然觉得水生很陌生，他已经不是刚刚进城的水生了。

十月的时候，家里来电话，说父亲的老病又犯了，要我抓紧时间赶回去。我请了假，正准备走的时候，水生却来了。

水生买了一大堆的东西，我推辞说带不了，水生就有些生气地说，这么多年，光你照顾我了，我还没有怎么回报呢！

我说，我们兄弟之间，哪用这么客气？

水生说，既然不客气，那你就把这些东西都带回去，也算是我的一份心意。

我说，好吧，谢谢兄弟了。

水生说，大羽哥，别客气了，我们谁跟谁。末了水生又犹犹豫豫地说，大羽哥，你回来的时候，能不能给我带点家乡的土特产。

我说，当然可以啊。

水生说，那就先谢谢哥了。水生给我列了清单，那些东西，还真不少呢。

我回到家里的时候，父亲的病已经见轻了。一年不见，免不了掉一些眼泪。

我去了水生的母亲家，告诉她水生要带的东西。水生母亲听罢，疑惑了一会儿，后来才说，大羽，你知道水生要这些东西干什么吗，前些日子他已经托人带过一次了。

我吃了一惊摇摇头，这事我还真不知道。

水生母亲说，不会有什么事吧？

我说，能有什么事？不过是一些土特产。

水生母亲说，那好吧，你当哥的，在那边要多管管他啊。

我说，我会的。

末了水生母亲又说，你给水生带个话，人家邻村的美英想让他回来一下，把亲事定下来，这事已经拖了人家好长时间了。

水生母亲所说的美英，是水生的女朋友，去年别人刚给他介绍的。当时水生还美滋滋地告诉我，去年她还不愿意呢，今年就主动找上门来了，还不是看我有了这份工作。

我说，人家不会这么势利吧。

水生说，现在的人啊，谁能说得清。

我说，你有什么打算。

水生说，过一段时间再说吧。

我说，你最好不要这样，要么答应人家，要么就直接回绝。

水生说，拖一拖也没什么坏处，谁让她当初看不上我呢。

我看着水生有些得意的眼神，也就没再说下去。

其实我觉得，美英和水生蛮般配的。一个阳光、勤快，一个温顺、善良，真是再合适不过了。我记得水生以前也跟我说过，他很喜欢美英。谁想到现在，唉，人都是变化的。

在家里住了一个礼拜，我就告别父母返城了。

在我返城的当天晚上，水生就赶过来了。水生看着那些土特产说，太感谢哥了。

我说，水生你得跟我说实话，你要这些东西干什么用？

水生看了我几眼，说，车间领导喜欢，我也没办法。

我说，美英让你回去一趟，想把亲事定下来。

水生说，着什么急嘛？

我说，水生，你的态度不对。

水生说，怎么不对了？

我说，你这样模棱两可的样子，对谁都不好。

水生说，她有初一，我就有十五。

我说，那你就干脆断了呗。

水生说，让她反思一下也没什么坏处。

我们第一次发生了意见上的相左。我从没想到过水生会这么固执，也没想到过水生有一天不听我的话了。

四

这一段时间，钢铁行业不知道受了什么刺激，行情一下子火了起来。我们车间领导就曾在大大小小的会上说，现在的转炉就是印钞机，我们要抓紧一切机会赶产量，一点时间都不能耽误。

为了提高钢水产量，厂里出台了很多激励措施，大有一副唯产量为先的架势。车间里也展开了竞赛，班和班之间你追我赶，大家都在争分夺秒，尽一切可能地抢产量。时间就是金钱，我头一次感觉到这句话的真理性。月底，一算拿到手里的奖金，我的心差一点从嗓子眼里跳出来，竟然比原来多了上千元。

水生他们单位也掀起了抢产量的高潮。就是在那一段时间里，水生因为表现出色，被提拔当了一个生产工段的段长。

听到水生当段长的消息，我多少有些嫉妒，但又替他高兴，毕竟当官是我们这样的人都没想过的，尽管这样的小官在一个钢铁企业多如牛毛，可是对于我们这些人来说，仍旧意义非凡。

我专门给水生打了电话。我说，水生祝贺你啊。

水生表现得很谦虚。他说，大羽哥，我也是碰上了好机会，领导又看得起，你也知道我那两下子。

尽管水生很谦虚，可我还是从他的语气中感觉到了他那掩饰不住的得意。也许水生很看重这个升迁的机会，也许他那些土特产起到了一定的作用。

我开始有些后悔，我为什么不能像水生那样机灵一些呢？现在毕竟是物质社会，物质决定一切还没有过时，或者说永远也不会过时。

这样一反思，我马上就发现了自己的差距。可是我又无法改变自己。我觉得人是最难改变自己的，尽管你知道自己的弱点是什么，可是想改变却很难。

为了庆祝当上段长，水生还专门请了一回客，把我也喊了过去。本来我不想去的，可是一想到这样的时候不去未免有些小心眼，就坚持着去了。

水生请了他的车间主任、副主任，还有下面的一些生产骨干。水生把我一一介绍给他的领导说，这是我的老乡大羽。我愣了一下，感觉好像哪里出了问题，可是又找不到准确的答案。那顿酒喝得很不好，不知道水生是因为太兴奋了，还是想表现一下对领导提拔自己的感激，反正一上来就先入为主，敬了主任，又敬副主任，再敬生产骨干，一轮又一轮的，似乎都有些找不到北了。

其间，我想替水生挡几次酒，可是都被水生拨开了。水生说，喝酒就要尽兴嘛。

我不知道水生是什么时候练就的酒量，曾几何时，他刚进城时，是一点白酒都不敢沾的。

水生喝多了，最后瘫在椅子上，连账都没法结了。后来还是我替他付了钱，又一一送走他的主任、副主任。只留下一个生产骨干跟我一起把他送回了宿舍。

我准备离开的时候，水生却拉着我的手不放。水生说，大羽，你知道吗，我们熬到这一步容易吗？今天我他妈的太高兴了。

那一刻，我又愣了一下，我终于感觉到刚才问题的所在了，在水生对我的称呼中，他悄悄地省略了一个“哥”字，我已经不是他的大羽哥了，我是他的老乡大羽。

我说，你高兴就好。

我甩开水生的手，不等他再说什么，就匆匆离开了。

五

也许是厂里太注重于抓生产了，却忽略了其他方面的注意力。俗话说，有得必有失，一起生产事故就在这时候发生了。

事故发生在我身上，与其说我倒霉，还不如说我太大意了。那天往转炉中兑铁的时候，因为上一炉的钢渣没有倒净，所以一开始我还跟炉长说要加点白灰以降低钢渣的氧化性。可是在兑铁的时候我却忘记了核实，就那样存着侥幸心理指挥天车兑铁……火红的铁水是怎样兑进去的，又是怎样喷出来的，我已经想不起来了。那一刻，我只觉得眼前一片红光，就有什么东西围裹上来。我大叫一声，可是什么都晚了。

因为戴着安全帽和口罩，我的脸部烧伤得不是太严重，可是脖子以下，却是大面积的烧伤。

车间做我的工作，不想报工伤，说那样要影响车间甚至全厂所有人的奖金。开始我不愿意，我想不能让所有的痛苦都由我一人承担，况且报不报工伤会影响我以后的养老问题。但是我架不住车间领导三番五次地做工作，最后连厂长都出面了。厂长说，只要不报工伤，以后所有的问题都由厂里承担。我对厂长的话将信将疑。厂长又拍了胸脯说一定说到做到。我说最好写下点什么东西，这样以后也好有依据。可是厂长却拒绝了。厂长埋怨我不相信他，多事，可是我不能不多长几个心眼。最后的妥协是工伤不报，我所有的待遇不变，等伤好了调换一个比较轻松的岗位，并且给了我一个公司级的劳动模范。

我没敢立刻告诉父母，我想与其让他们担惊受怕，还不如我自己来承担这一切。

水生来看我的时候，顺便把那天请客的钱也还给了我。我说，水生，你还记得这事啊？水生摸摸头说，都怨我那天喝得太多了，不好意思，要不是别人提醒我，我还真差点就忘了呢。我说，我还以为你就是忘记了呢。在这个问题上，我就是想敲打一下水生。大羽，是他随便叫的吗？

水生说，不是故意的，改天我再请你喝酒赔罪好不好？

我说，我哪有资格喝你的酒。

水生看看我的伤，然后转移了话题。说，你怎么不小心点呢？

我说，谁不想小心点谁是王八蛋！

水生说，你是因祸得福，劳模都得到了。

我说，那有什么，想要你拿去好了。

水生说，我倒是想拿，可是我有那本事吗？多少人都梦寐以求呢。

我笑了笑，尽管我的伤口很疼。我说，人各有志。

是啊，是啊。水生大概感觉到我们话不投机了，就说，你好好养着，过几天我再过来看你。

我说，不用了，我车间有陪床的。

水生说，他们能跟我比吗？我们是老乡，一起吃过苦患过难的。

我不想再跟他议论什么，就说，你自己看着办吧。

厂里为了更好地照顾我，打算把我的母亲接过来。我犹豫了一下，同意了。

六

母亲来了，出乎意料的是，跟母亲一起来的还有水生的女朋友美英。

看到我的伤势，母亲就掉眼泪了。母亲说，大羽，你怎么不早一点告诉家里呢？

我故作笑脸地说，一点小伤，也没什么大不了的。

母亲说，还说没什么大不了的，要是破了相，我看以后谁肯嫁给你？

我说，没人嫁更好，我一个人过更自由。

母亲说，你就嘴硬吧。

关于我的婚事，一直是母亲的一块心病。早几年，也不是没人给我介绍，而是我坚持着想把家里的饥荒还得差不多的时候再找女朋友。父亲早年身体不好，为了给他治病，家里这些年一直入不敷出，这几年家境才刚刚有些好转。

美英是来找水生的。因为水生一直拖着不明确他们的关系，美英就跟着我母亲一起进城来了。

美英的到来让水生很诧异，水生说，我不是说最近就要回去一趟吗？真是的。

美英说，你一直说回去回去的，说了多少遍了，也没见你回去过一次。

水生说，我不是忙吗？

美英说，你忙什么了，有什么事能比得上我们的婚姻大事？

水生说，你懂什么啊，我不过是想多挣点钱，没钱，拿什么娶你？

美英说，先把关系定下来总可以吧。你不知道家里的人都怎么说你？

水生说，都怎么说？

美英说，说你是新时代的高加林，还说你肯定是在外面有女朋友了。

水生说，他们说什么你就相信什么？我还说你在家里有男朋友了呢。

美英说，你怎么这么说话？有你这样说话的吗？看不上我可以早说啊，何必一拖再拖！

水生说，我看是你看不上我！说完摔门而去。

他们不欢而散，美英一时也没了主意。母亲不放心她一个人回老家，干脆就让她一起照顾我的起居。

那一段时间，我觉得美英真的是一个很善良的姑娘。每次她为我擦脸，都那么小心翼翼，甚至不顾我的反对为我喂饭。我觉得水生真是看走眼了，放着这样的姑娘不要，还想找什么样的女人啊？

我暗暗替美英叫屈，可是我无法改变什么。

有一次美英问我说，大羽哥，你说水生是不是已经看不上我了？

我不知道该怎样回答，就说，他凭什么看不上你，你哪里比不上他？

美英有些忧郁地说，他能挣钱，而我却只能在家里种地。

我说，你也可以到城里来打工啊。

美英说，我能行吗？

我说，只要你有勇气，等我的伤好了，我帮你去找工作。

真的？美英惊喜地张大了嘴巴。

我说，我们试试好吧，只要努力，总会心想事成的。

那我先谢谢大羽哥了，美英说。

我说，倒是我应该谢谢你这些天对我的照顾。

美英摆摆手说，闲着也是闲着嘛。

七

针对我的工伤，公司及时组织了一次“忆一次事故”的演讲比赛。目的就是为了减少以后安全事故的发生。

那次的演讲会组织得很隆重，公司所有的领导都参加了，公司电视台还进行了现场录像。演讲者都是从各单位选派出来的，据组织者说，这次演讲一定要起到举一反三的作用。

让我惊讶的是，水生也参加了演讲比赛。虽然我没有亲临现场，可是从我同事的口中，我还是知道了水生那次超水平的发挥。

那次演讲比赛，水生显然是做了充分准备的。在这以前，我只知道水生会唱歌，但不知道水生还有演讲这方面的潜质，但是水生适时地开发了一下，就成功了。据说水生的那次演讲很震撼，他旁征博引，甚至把我受伤的事例也引用进去了，在掌声雷动之中，水生获得了那次演讲比赛的第一名。

后来，那场“忆一次事故”的演讲比赛公司的电视台也播放了，看着电视上水生的出色表现，不知是嫉妒，还是羡慕，我的心里酸溜溜的。人们都说，机会是留给有准备的人的，看来在人生的准备这方面，水生的确是走在了我的前面。

我给水生打了电话，祝贺他的优异表现，水生说，瞎猫碰上死耗子了，纯属于误打误撞。我说不是吧，是你演讲得好。水生说，本来是别人的事情，因为临时有事，让我顶替去的。我说，别跟我吹牛，你请客吧。水生说，一定，一定。

后来传来的好消息是水生又被提拔了，因为演讲的表现，水生被公司安技处看上了。水生做了那个处室下设的一个安全科的副科长，一跃成了我们公司的中层干部，这真是我从没有想到的事情，甚至于水生恐怕也没想到过。

这次我没有再给水生打电话，只是给他发了一个短信，一是祝贺他高升，二是告诉他美英回老家了。

我一直渴望着水生能给我回个电话，哪怕回一个短信呢。可是他一直没有。尤其在美英回老家这件事上，水生一点表态也没有。

半年之后，我出院了。虽然那些烫伤痊愈了，可是因为破坏了我皮肤的排汗组织，还是给我的身体留下了难以消除的伤害。厂里的领导们没有食言，把我从转炉上调了出来，安排到看澡堂的位置上，待遇和以前一样，多少也给了我一些安慰。

水生一直也没有请我吃饭，可是我却知道他请了很多相关的领导。也许在他的眼里，我已经无足轻重了。

水生常带着一些人下现场检查安全工作，有一次他还来到我的澡堂里转了一圈。水生倒背着手，很认真地里里外外检查了一番。因为人多，我也不好多说什么。其实我想告诉他美英已经带话来，不跟他处对象了。可是我张了几次嘴，他都岔开了话题，显然他对我想表达的问题不感兴趣。

那次检查完毕，临走时水生拍拍我的肩膀说，大羽，有困难找我啊。

我愣在那里，一种屈辱的感觉油然而生。我想水生再也不是当年那个跟我一起出来当建筑工的小青年了，他的努力和奋斗都让他有了一种高高在上的感觉。

走出老远，我还隐约地听到水生对他对身边的一个人说，跟我一年进厂的，这不，看澡堂呢。

八

心里虽然生气，可我并不嫉恨水生。人都会随着环境变化的，水生当然也不例外。如果我在他那个位置上，也难保不会高高在上。

不上班的时候，我走遍了生活区远远近近的招聘市场。其实在我的心里，还有一个未了的心愿，那就是给美英找一个工作。

选来选去，我基本上给美英定好了位。像她那样的女孩子，要么做保姆，要么去饭店当服务员，或者去超市当售货员。

我给美英打了电话，美英在电话里一惊一乍地说，真的，大羽哥？

我说，我答应过你的。

美英说，我能行吗？

我说，你想不想来？

美英说，真是太谢谢大羽哥了。

美英来了，我亲自到车站去接她。在这之前，我已经给她找好了临时居住的地方，解了她的后顾之忧。

美英越来越漂亮了，我觉得水生真的没福气，论持家过日子，还是她这样的女人靠得住。

我带着美英去吃火锅。看样子美英是第一次吃。美英说，大羽哥，这要花很多钱吧？

我说，你喜欢吃吗？

美英说，喜欢啊。

我说，那就多吃点。我看着烟气之下的美英，心里忽然很温暖，说心里话，我已经喜欢上她了，可是却不知道该怎样表达。

经过美英自己的选择，她去一家饭店当了服务员。美英说，我没多少文化，还是跑跑腿在行。美英自己愿意，我当然没有意见。那家饭店管吃管住，每月还有一千元的工资。美英高兴坏了，她说，大羽哥，真不知道怎么感谢你呢？我说，这刚刚开始，我们之间是不言谢的。

有一天晚上，我邀美英出来吃饭的时候，忽然在马路上遇到了水生。多日不见的水生，穿着已经很城市化了。他很认真地看了我和美英一眼，说，你们怎么在一起？美英扭了头，显然是不想理他。我说，我们怎么不能在一起？水生说，大羽，好长时间没见你了，还好吧？我说，老样子吧，看澡堂子能好到哪里去？话不投机，水生转而对美英说，我一直挂念着你呢。美英看我一眼，什么也没说，自顾自地走开了。水生讨了个没趣，说，找时间坐坐吧。

我说，好啊。

我追上美英，说，美英你不高兴？美英的脸色很难看，她说，我不想再看到他。我知道美英还恨着水生，就说，那以后咱避着他点。

那个夜晚因为水生的出现破坏了我和美英的情绪，我陪着美英在大街上转了一圈，就送她回饭店了。

很长的一段日子，我也没看到水生的身影，当然他所说的“找时间坐坐”，只是个托词。我想以后我和水生不会有什么交集了，他走他的阳关道，我只能走我的独木桥了。

在这期间，我向美英吐露了爱慕之心，美英没有拒绝。美英说，只要你不嫌弃我就行了。我说，我怎么会嫌弃你呢，你是我心中的女神。美英有些羞涩地拉住我的手，任我把她拉进我的怀里。

我和美英的婚礼是在老家办的。本来美英要我通知一下水生，可我知道美英心里还有个结，便没有那样做，与其自寻烦恼，还不如先把烦恼放下好一些。

但让我没想到的是，水生竟然来了。虽然他只是远远地站在胡同的一角，但还是被我捕捉到了他的身影。我主动走过去，说，中午别走了，喝几杯喜酒吧！水生笑了笑说，这么大的事情也不说一声，你太见外了。我说，怕你忙嘛。水生说，是挺忙的，这不刚出差，顺便回家看看父母。

我说，你的胡子该刮了。

水生说，忙得我都顾不上了，你们什么时候回去？

我说，过几天吧。

水生说，回去了打声招呼，我们再聚聚。

我说，好啊，我做东。

水生说，怎么能让你做东？

美英在远处喊我，我冲水生挤了一下眼睛，说，不自由了。

水生说，那你赶快去吧。

我说，回头见。

美英很生气的样子，说，你怎么还搭理那种人？

我说，哪种人？他是我兄弟。

呸！美英吐口唾沫，以后你少跟他称兄道弟的。

我苦笑，回头看时，水生已经不见了。

麦香

一

公爹喊的时候，麦香刚刚迷糊过去，似乎还做了一个梦。梦里麦香的男人说，你赶快走吧，我这儿挺好的。麦香说，我刚来你就赶我走，你什么意思？正在麦香的男人吭吭哧哧想解释的时候，麦香就听到了公爹的喊声。

麦香赶紧爬起来，用手抹了两下头发，这才匆匆地赶向西屋。

西屋里光线并不暗，几缕阳光透过明亮的窗户，把屋子里照得有了一点点生气。玻璃是麦香昨天刚刚擦过的，现在看上去，好像阳光没有遮拦似的就闯了进来。

公爹正在床上挣扎着坐起来。麦香知道，无论公爹怎样挣扎也只能那样躺着，他的挣扎是徒劳的，或者是做给麦香看的。麦香说，别动，我跟你说多少遍了，别乱动。麦香麻利地掀开公爹的被子，一股臭气扑鼻而来。公爹闭了眼，似乎又做错了什么事情。麦香屏住呼吸，她知道这时候啥也不说是最好的，她一手抬了公爹的腰，一手把公爹身下沾着大便的褥子抽了出来，然后拿出另一条干净的褥子，又那样费劲地给公爹换上。

自从公爹瘫痪以来，这样的事情好像也就成了麦香每天的一个固定工作。麦香不记得自己是什么时候第一次面对公爹的裸体了。那时候麦香很羞涩，甚至很难堪，连眼皮都不敢抬一下，一个儿媳妇怎么能这样面对公爹呢？可是麦香没办法，没有人能替麦香来做这件事，除非儿子在身边。可是儿子呢，刚刚考上大学远走高飞了，家里只有麦香和一个瘫痪的公爹，麦香别无选择。那一次公爹就像一个做错了事情的小孩子一样，有些执拗，又有些可怜。他死死地抓着自己的秋裤不让麦香给他脱下来。公爹说，我自己来。可公爹只能说说，他根本就挪不动自己的身子。两个人僵持了一会儿，还是麦香说，爹，我一向把你当作自己的亲爹来看的，你不要再坚持了。公爹没有说话，半晌儿，却呜呜地哭起来，怎么还不让我去死，怎么还不让我去死？两行热泪从公爹的眼眶里一直流到下巴上。麦香拿毛巾擦了公爹的泪水，然后就开始脱公爹的秋裤和内裤。公爹没有再挣扎，而是配合着麦香把粘在身上的内衣裤脱下来。公爹说，难为你了，孩子。麦香说，一家人，啥也别说了。公爹又说，下辈子做牛做马，我再来报答你的好。麦香没有说话，她忽然想起自己从前也曾对公爹说过类似的话的，莫非这一切都是上天的安排吗？

公爹姓陈，说起来还是麦香中学时期的班主任。那时候的麦香朝气蓬勃，人又文静，见了谁都是先笑再说话。人们都说这样的女孩子以后谁娶了谁有福气。中学时期，麦香对班主任的印象并不怎么好，因为班主任总是板着一张脸。麦香还曾一度有些害怕，别说主动和班主任说一句话，就是老远见了都赶紧躲开。

麦香记得，有一次自习课，偷偷看课外书的她被班主任抓个正着。她想一场暴风雨肯定是躲不过了，但没想到班主任只是收了她的课外书，并说了一句，你有时间到我办公室来一趟。那一次麦香战战兢兢地敲开了班主任办公室的门，没想到班主任竟然露出了一张笑脸。班主任说，来，麦香，坐吧。麦香不敢，只是规规矩矩地站在那里。班主任说，把书拿走吧，以后注意一下。麦香没想到是这样的结果，直到后来成了班主任的儿媳妇，严肃的老公爹才告诉她，自己也想看一下那本书，所以才没收了她的书。麦香那时才长长地舒口气，原来公爹并不是自己想象的那么可怕。

高二的时候，麦香遇到了人生中最大的一个坎儿。爹坐别人的拖拉机去外面干活，没想到拖拉机刹车失灵，一车人三死两重伤，爹没死，但也需要大量的药费来维持生命。麦香的学上不成了，她和所有的老师同学们都不辞而别，因为她太舍不得自己的学业了。

麦香没想到班主任会来看自己。当严肃的班主任出现在麦香面前的时候，麦香禁不住流泪了。班主任说，有困难大家都可以帮忙嘛，学还是要上的。麦香摇摇头，巨额的药费已经让一家人都喘不过气来了，麦香不想再给家里增加任何的负担。班主任走的时候，塞给麦香一个信封，说，什么时候想读书就来找老师。那一刻，麦香差一点就要给班主任跪下来。信封很厚，数一数，两千元钱，在那时候，两千元钱还是个不小的数目。捧着那些钱，麦香说，谢谢老师了，以后麦香有机会再报答您的恩情。

虽然麦香一家人尽了很大的努力，爹的生命最后还是没有留住，一年之后，在欠下一屁股外债之后，爹一个人无可奈何地走了。

麦香没有再去上学，而是像娘一样，开始早出晚归，和庄稼打上了交道。

都说女大十八变，麦香出落得越来越漂亮。媒婆们开始打麦香的主意，但是麦香都拒绝了。麦香说，我心里已经有人了。

麦香还记得那年的秋天，自己稍做打扮之后，毅然地走进了班主任的家门。几年不见，班主任一点变化也没有，一下子看到女大十八变的麦香，还稍稍地吃了一惊。班主任说，麦香，真不敢认你了。麦香说，老师，我是有事来求你了。班主任看看一脸认真的麦香，赶紧说，老师能办的都去办。麦香犹豫了很长的时间，后来才下决心似的说，老师，我要做你的儿媳妇。班主任听了一下子从凳子上站起来，他紧张地看着麦香，说，麦香，这怎么可能？麦香说，我想好了，从您塞给我两千块钱那时起，我就想好了。班主任说，这和那是两码事，你不要混淆在一起。麦香摇摇头说，是一回事，你不答应，我今天就不走了。班主任脑门上的汗都出来了，麦香，你也知道我儿子一条腿不利索，还比你大好几岁。麦香说，这都不是主要的，我嫁到您家也是有利可图的，因为还有一个能挣工资的公爹，我们一切都会好起来的。班主任说，你这不是爱情，我不会答应的。麦香说，我已经下定决心了，同意不同意只是你们的事，我自己的事我说了算。班主任看着一脸严肃的麦香，一时目瞪口呆。

之后的一年时间，麦香过得很艰难。先是来自家里的阻力让麦香一筹莫展。娘说，你嫁给那个瘸子，让咱家的脸面往哪里搁？麦香反驳说，人家给咱钱的时候，你怎么不说脸面呢？谁没有困难的时候。娘说，你这是往火坑里跳，娘是心疼你。麦香抱了娘说，我知道的，我知道的，以后无论怎样，我都心甘情愿。

其实以后的日子证明麦香并没有跳到火坑里。男人陈福平地里捡个这样的好姑娘，对麦香是百依百顺。公婆对麦香也像亲闺女似的，一家人其乐融融。两年之后，麦香和陈福有了儿子陈水旺。

二

拿了公爹的褥子走到院子里，麦香又从缸里打了一盆水。现在还是秋天，树叶还没有完全落下来。院子里的那棵枣树结了一树的枣子，前几天麦香曾给儿子打电话，问他“十一”假期回不回来，要是不回来就吃不上今年的枣子了。儿子陈水旺说，娘啊，别开玩笑了，这么远的路，还是省点钱吧。麦香说，别让外面的世界花了你的眼，要学好，不要学坏。陈水旺说，你儿子是什么人你还不知道吗？放心吧。麦香笑了一下，再苦的日子，跟儿子一聊天，烦恼也就没有了，人们都说，孩子是父母的希望，麦香觉得，除了希望，儿子给她更多的还有坚强，一定要把日子好好地走下去。

麦香想起刚才迷糊时的那个梦，说实话，她的确是有些想陈福了。算起来陈福走了也有五年了。和陈福一起生活的这十几年里，他们的生活的确很幸福。陈福人虽有点小残疾，可是会做饭，也会干农活，里里外外也不曾被别人家落下过。麦香还曾一度为自己的选择而庆幸。人，谁都没有后眼，一切都是一步一步走过来的，只要两个人好好地过日子，再大的困难也会很快就过去的。

麦香一直还记得陈福离去的那个早上。那天陈福早早地就起了床，给水缸里添满了水，又做好早饭，打发走上学的儿子，这才喊麦香起来吃饭。麦香赖在被窝里，不想起床。冬天的早晨，家里虽然点了煤球炉子，但四处的冷空气依旧让人恋着暖烘烘的被窝。麦香说，我不想吃了，你自己吃吧，我还想睡个懒觉。陈福说，那怎么行，没有你我自己吃饭没意思。陈福说着，就把冰凉的手伸进麦香的被窝里，麦香一声尖叫，那冰凉的手已经放在她的小肚子上了。麦香躲闪了一下，没躲开，也就不躲了。陈福说，再不起床，我可就不客气了。麦香说，又能怎么样？还能把我吃了？麦香闪烁暧昧的眼神勾起了陈福的欲望，陈福二话没说，就钻进了麦香的被窝。随着一股凉气，麦香瞬间就被陈福的呼吸包围了。陈福说，你看我能不能把你吃了。陈福冰凉的身体贴过来，麦香没有躲闪，而是紧紧地抱住了陈福的身体。那一次，他们做得很快乐，好像久别重逢那样。麦香说，都老大不小了，怎么还像个小孩子。陈福说，永远是个小孩子才好。两个人磨磨唧唧地吃了早饭，陈福要去邻村给一户盖房的人家烧火做饭。临别时，麦香说，早去早回啊。陈福过来摸了一下麦香的脸蛋说，有你在家等着，不早回来都不成。看着陈福的背影消失在门洞里，麦香这才懒洋洋地收拾家务。整个上午，麦香的眼皮一直跳个不停，还没到中午，就有邻村的人慌慌张张地跑过来，告诉麦香，陈福出事了。麦香跟着那个人一路小跑，在临村的湾边上，麦香看到了躺在地上一脸青紫的陈福，麦香大叫一声就晕了过去。

在陈福离去的日子里，麦香常常一个人胡思乱想，她觉得一切都是命中注定的。她觉得自己这一生注定要在磕磕绊绊中度过。陈福没有白死，他用自己的一条命换回来两个落入冰窟的孩子的生命，麦香觉得陈福挺值的，尽管这一切对她来说不公平。

原来，陈福在盖房那家做饭的时候，因为少了一些佐料，就自己去商店里买，偏偏路过村湾的时候，听到有人大声地呼救，陈福颠过去，二话没说，就跳进了冰窟里。麦香知道陈福的水性并不好，也就会个狗刨，但是陈福竟然就把那两个孩子救了上来。

这一瞬间让麦香失去了她生命中的第二个男人。爹去世的时候，麦香并没有这样撕心裂肺的感觉，也许是年龄的缘故，也许没有这样的突然，而陈福的离世却让麦香有了天塌下来的感觉。那几天麦香似乎跟傻了一样，她甚至觉得已经失去了活着的意义。

可是看看还在上中学的儿子和年迈的公婆，麦香让自己清醒下来。婆婆本来就有心脏病，陈福的去世仿佛是雪上加霜，老人在坚持了半年的郁闷生活之后，也撒手而去。不到一年的时间，家里就走了两个亲人，那时候外面有些人说麦香命硬，不仅克夫，还克家人。公爹好像也听到了这样的消息，有一天就叫住麦香说，不要听外面那些人瞎嚼舌头，爹不信那个。麦香看看公爹，没说话，眼泪却流下来。其实麦香自己也想过这些事儿，也不怪别人这么说，事儿都在那里摆着呢，爹没了，男人没了，婆婆也没了，这一切仿佛都和自己有关。下一个会克谁呢，除了公爹，儿子，还有娘，难道说，老天爷还会继续为难自己吗？

有时候是越怕什么，就越要来什么。那天麦香正在家里喂猪，邻居胖嫂就气喘吁吁地跑进来说，麦香，你赶快去看看你公爹，他晕倒在地里了。麦香赶紧放下手里的活儿往地里跑，好在有村里人已经把公爹送到了医院，经过一番抢救，公爹的性命保住了，人却瘫了。那一刻，麦香才真感觉到自己的命是真苦，人生中什么难事都让她赶上了，她觉得老天爷太不公平了。

有一次，邻居胖嫂喊住麦香说，还是再找个男人嫁了吧。麦香说，我公爹怎么办？胖嫂说，你说怎么办，你一个女人家，怎么伺候那个老男人，方便吗？你要是有这个打算，我就去帮你找个合适的。麦香摇摇头，从陈福离去的那一刻起，麦香的心就死了。她觉得自己这一生有儿子就足够了。

其实也不是没有男人喜欢麦香，同村的金生就曾表达过这个意思。金生比麦香小一岁，前年死了老婆，也有一个儿子，好像和陈水旺还是同学。金生说，你要是愿意嫁过来，公爹也是可以带过来的，我们一起照顾他。这样通情达理的男人是很难找了，可是麦香依旧摇头。麦香说，我不想再连累任何人了，我命该如此。金生说，村里谁不说你是个好女人，能娶你是我现在最大的心愿。麦香说，不了。尽管麦香不相信那些所谓的克夫的闲话，可是她不能不有所顾忌，她知道金生是个好人。

虽然没有成为夫妻，可是金生却常常来照顾麦香，地里的庄稼该浇水了，冬天要买煤了，这些都是金生默默地去做的。麦香有时候拒绝，金生说，就算我做好事吧。其实村里后来很多人都帮助过麦香，麦香觉得，有大家的照顾，再苦的日子，也就不觉得苦了。

三

洗完了公爹的褥子，麦香又喂公爹喝了一杯水，这才想起，明天就是娘的六十六岁生日了。她曾跟娘说过，要和公爹一起为她过生日。

自从爹死后，娘就一直没有再嫁。有时候麦香也劝娘，可是娘说，自己过也挺好的，无牵无挂，地里的活能干多少就干多少，你有时间回来看看娘，娘也就满足了。

麦香知道，娘这一辈子其实也很苦的。在有麦香之前，麦香前头其实是有个哥哥的，只是没有成活。谁都知道，在农村没有儿子的艰辛。娘说，要不是你爹出事，娘可以给你生一大堆弟弟的。娘的话让麦香哭笑不得。人这一生，很少有完美的时候，也许残缺才是真正的人生吧。

正要出门的时候，门外忽然有了动静，随着开门声，一下子涌进来好几个人。麦香姐，走在前面的一个女人热情地喊道。

麦香定睛看了一下，原来是陈福所救那两个孩子的家长。

赶快进来坐，麦香走向前拉住了那个女人的手，又招呼着其他的人。

陈福死后，镇上给了“见义勇为”的证书，每年还派人过来看看，慰问一下。这让麦香觉得很温暖。人们没有忘记陈福，这是最重要的。

当然让麦香感动的还有那两个孩子的家长，每年，他们都要过来很多次，除了大包小包的一大堆东西，还要帮麦香做很多的农活。麦香曾拒绝过，可是他们却说，陈福哥的命都没了，我们做这点活儿算什么呢，别客气了。为了消除麦香的顾虑，他们还让两个孩子认麦香做了干娘。

麦香说，都挺忙的，就别老往我这里跑了。

一个女人说，过来看看陈老师，另外还想告诉你一个好消息，镇上有养老院了，我家那口子给你联系好了，如果你愿意的话，我们就一块把陈老师送过去，费用你不用担心，我们两家出。

看着那几张热情的脸，麦香的眼圈一下子红了。麦香说，先谢谢大家了，这事儿太突然了，我一点思想准备都没有。

我们想，你一个人忙里忙外的，太辛苦了，这世上，不能让好人过苦日子。另一个女人说。

麦香说，你们的好意我领了，这事儿得跟我公爹商量，千万别让他误会了，以为我不想赡养他了。

这事儿我们去说，只要麦香姐你同意。一个女人说。

这怎么好呢，麦香说，这事儿咱先放一边，以后再说好吗？

两个男家长已经起身去公爹的西屋了，麦香想拦住他们，可是却被两个女人拉住了。一个女人说，麦香姐，让他们去说吧，这事儿你就别阻拦了。

麦香叹口气，说，其实这么做挺不好的。

谁要是碎嘴，我们去跟他们解释，还怕了他们不成？另一个女人说。

麦香不知道那两个男家长是怎么跟公爹说的，她去西屋的时候，屋子里的气氛有些冷场。公爹躺在那里一言不发，两个男家长显然有些尴尬。你们出去吧，麦香冲那两个人使个眼色，然后坐在了公爹的身边。

两个人谁也没有说话，就那样干坐着，似乎都在等着对方说话。良久，公爹才咳嗽了一声，说，麦香，是爹连累了你，爹愿意去养老院。

不是连累，这事儿还没一撇呢。

爹早就想过了，爹早就不想连累你了，只是一想起要离开这个家，离开你和水旺，爹的心里就空落落的。公爹说着，眼泪哗哗地掉下来。

看着公爹的眼泪，麦香的眼圈也红了，这么多年一起生活，彼此间早就互相容纳了对方，尽管他们之间也不是没有摩擦。爹，咱先不谈这事儿了，我现在去接我娘，咱们明天一起给她过生日。

嗯，去吧，赶快把你娘接过来。

一路上，麦香的心情也没平静下来，原来她还想过，让娘搬过来一起生活算了，没想到现在却又出了养老院这样的事情。

娘没有出门，正在院子里喂鸡呢。娘说，麦香你怎么来了？

麦香说，赶快收拾收拾，跟我走，明天就是你的六十六岁生日了。

都老太婆了，还过哪一门子生日啊。你公爹怎么样了？

还那样吧，就是越来越孩子气了，动不动就掉眼泪。

人老了都这样，不都说老小孩吗，人老了，就成孩子了。

真想回到从前啊，不用操这么多的心，我都老了，娘。

是啊，我闺女也老了。娘的手抚上麦香的头发。

娘，我一直有个想法，不知道是不是合适？

有啥合适不合适的，麦香你就说吧。

麦香看着满脸皱纹的娘说，我想让你搬到我们家去住，这样也省得我两头跑了。

别给你添乱了，一个公爹就够你受得了，我老太婆子再去，累死你啊。

累倒是无所谓，我只是想有个人说说话，再帮我照顾一下公爹，家里就不冷清了。

你公爹愿意吗？

他有什么愿意不愿意的，我想他要是不去养老院，这是最好的办法了。

其实去养老院挺好的，我也想去呢。

快别这么说了，别人会怎么看我啊，我不想做个不孝顺的人。我一直想呢，把水旺养大成人，再照顾好你们的晚年，等我也老了的时候，就跟水旺去城里享福去。

别想得太好了，你以为天底下的媳妇都像你这样啊，城里的媳妇厉害着呢。

不会的，水旺跟我说了，一定要找个像我这样的媳妇，要不就不成家。

呵呵，娘笑了一下，说得好听，到时候就不是他了。

管他呢，他的日子过好了，我也就省心了。赶快收拾一下吧，天不早了，我们走。

娘环顾了一下院落，说，这个家还是你爹留给我们的，一时还真舍不得呢！娘的眼圈红了。

我们又不是卖房子，只是暂时不住了，娘想回来还是可以回来的。麦香怕娘伤心，赶快把话题打住。

转天，麦香就做了一大桌子好吃的，把公爹的屋子打扫了一遍，又开了窗户换了空气，然后把蛋糕摆了上来。

公爹很难得地露出了笑脸，公爹说，亲家母生日快乐。

娘笑了笑说，又给你们添麻烦了。

麦香更正道，什么你们啊，是我们。

公爹也附和道，是啊，是我们，来，祝亲家母生日快乐。

麦香说，等等，还没给水旺打电话呢。

电话通了，麦香有些神秘地说，水旺，你猜我们在做什么？

是吃饭吗？水旺在电话里瓮声瓮气地说。

麦香说，还真让你猜着了，不过你知道我们和谁在吃饭吗？

爷爷呗，那还有谁。

还有你姥姥，我们在给你姥姥过生日呢。

哇，太好了，我也想吃蛋糕呢。

好了，水旺，让我们大家一起闭上眼睛，许个心愿好不好？

水旺说好，公爹和娘也说好。

蜡烛点了起来，在娘吹灭蜡烛的那一刻，麦香闭上了眼睛，她仿佛又看到了爹和陈福，他们也跟着麦香一起唱起来，祝你生日快乐，祝你生日快乐！

晚秋

从前天开始，岳东就发现秀兰的脸阴下来了。开始秀兰只是不说话，后来岳东再说话时，秀兰就一脸的不耐烦，后来干脆躲开岳东去干自己的活儿。岳东很纳闷，自己一没耍牌，二没做错事，干吗给自己脸色看？岳东一赌气，两个人就摽上劲儿了，冷脸对冷脸，看谁能坚持住。

下午，岳东去了趟地里。已经是晚秋了，地里的庄稼都收得差不多了。玉米没了，黄豆割了，只有棉花还咧着嘴，吐出一团一团的“果实”。岳东管棉花叫“果实”，还是去年在城里打工时跟一个城里人学的。

自从一个月前辞了城里的工作回来收秋，岳东就一刻也没清闲过。都说农村人现在种地比以前轻松多了，可是再轻松，庄稼不得播种，成熟了不得收割？风里来雨里去，即便天气再热，不也得去做吗？农村人不像有些城里人温度高于多少度就可以休息，一切都得自己去安排。秋收一天一个变化，晚一天可能就会影响一年的收入，所以一切都得向前赶，什么时候粮食都堆到院子里了，那颗心才会安稳下来。

岳东去地里，其实是等宝明去了。宝明是村里的能人，前几年就拉起队伍干建筑，揽工程，汽车都开上了。这两年不知道什么原因，开始承包土地，把别人不想种的土地都承包过来，人家都说宝明要干大事。岳东也觉得宝明很有魄力，换作他，就没有这样的勇气，几百亩的土地，哪有那么大的把握能种好，万一荒了可就麻烦了。岳东来地里等宝明就是想把自己村北的这片土地包出去。去年秀兰就嘟囔着说种地赚不了钱，还死累，不如让给别人去种，我们还可以腾出手来干些别的挣钱的活儿。岳东也认可秀兰的建议，以他岳东在城里打工的那些收入，远远超过每年种地的收获，而且不是那么劳累，还可以顺便看看大城市的美景。两个人对转让土地可以说一拍即合。

岳东带着宝明围着自己的田地转了一圈。岳东说，是一块肥地呢。宝明笑笑，然后掏出一盒烟。岳东认得那牌子，自己虽然抽不起，可是在城里打工时却没少抽，都是那些装修户给的，一盒半盒的，岳东也不拒绝。宝明抽出一根递给岳东，然后点着说，真的不想种了？岳东说，没办法啊，你也知道，过了年我就五十岁了，腰也不行了，再说了，你看看有钱的人家谁还在种地啊，我留一两亩地种点瓜果蔬菜就可以了。宝明看看岳东说，你说的也是，其实我也想像你们那样呢，在城里拼搏一下，然后买套房子，可是家里老爹老娘离不开人啊。岳东知道宝明说的是实情，宝明爹小脑萎缩，已经有些糊涂了，宝明娘身体也不好，动不动就要去看医生。岳东说，你现在也挺好的，干几年就成种粮大户了。宝明说，那只是个梦想，走一步算一步吧。岳东说，价格就按你说的办，只要不荒废了，我心里就踏实。宝明说，如果收成好了，以后还可以给大家多分一点。岳东说，看来你真要做大事了。宝明说，什么大事，凑合着活罢了。

回到家里，岳东想把土地包出去的事儿跟秀兰说说，可是秀兰一看见他就要躲开。岳东憋不过，就堵住了秀兰的路。岳东说，你倒是说说，谁又惹你了？秀兰白了岳东一眼说，还能有谁？你自己不知道。岳东说，我知道什么？秀兰说，看你就是个没脑子的人，你看看村里还有谁赖在家里不出去打工？岳东看着秀兰质疑的眼神，这才明白这两天秀兰阴下脸来的原因。岳东说，这刚哪到哪儿，再说了我的腰这两天又疼得厉害了。秀兰的脸色缓和了一些说，你说哪到哪儿了，往年这时候你早就出去了，人能闲着吗？岳东说，你是资本家，把我当牛使啊，我想养养腰，过一段时间再出去。秀兰说，那你为什么不早说？我还以为你在偷懒。岳东说，什么事都跟你们老娘儿们说，那还是男人吗？岳东说着撇撇嘴，心里想，这娘儿们，就是看不得我片刻轻闲。

的确是，往年这个时候，村里的壮劳力就都启程出发了，这个季节正是干活的好时节，不冷也不热，而且活儿还多，四乡五村的包工头到处找人拉队伍。岳东的腰前几年受过一次伤，开始还没觉得什么，后来这两年才日益严重起来，有时候都弯不下腰。秀兰曾陪着岳东去看过医生，医生在看了岳东的X光片之后说，除了找人按摩，还要注意休养。医生的话简单，可是农家人谁休养得起啊。按摩倒是没找别人，秀兰一手包办了，这女人手劲不小，有时候按得岳东龇牙咧嘴的。岳东的腰时好时坏，可能是这段时间收秋的缘故，前几天腰疼又复发了。

晚饭，秀兰包了饺子。岳东看秀兰一个人在那里忙活，就说，这年不年节不节的，包什么饺子？秀兰白了岳东一眼说，怎么了，我想吃饺子不行吗？岳东说，你想做的事，谁又能管得了。秀兰说，你也别闲着，帮我把水烧上。岳东点了煤气炉子，然后接了水，把锅坐上，煤气的火苗发出哧哧的声音。

岳东说，你不用担心，出去打工的事儿我早就联系好了，让我休息几天，然后就走。秀兰捏好一个饺子，抬头看看岳东说，其实吧，我也不是非要逼着你出去，可是一想起儿子的房子，我的心就堵得慌。岳东说，有什么堵得慌的，车到山前必有路。秀兰说，你就会说，一分钱难死英雄汉，我跟你说，前天他二姨又给小杰说亲来了。岳东说，还是刘家庄那户人家？秀兰摇摇头说，不是，那家哪行啊，小杰也不愿意。岳东说，那女方是哪里的？秀兰说，陈家洼的，据说这家早就看上咱家小杰了，而且人家很有钱。岳东说，有钱怎么了，咱也不穷。秀兰说，你就会嘴硬，不穷你去把房子买了。岳东说，我早晚会买的。

秀兰所说的堵心的房子，其实也是岳东最操心的事情。几年前，为了给儿子成家早做准备，岳东拆了家里的老屋，重新盖起了一套崭新的六间大北房，别说一个儿子，就是两个儿子也不在话下，可是计划赶不上变化，这几年，不知道从什么时候起，各村各户的女子，一到谈婚论嫁，第一个条件便是必须要在县城里有楼房。你说提什么条件不好，非要提这个条件，这下可好，县城的房价一下子都涨起来，去年还三千元每平米呢，今年就到三千五百元了。这架势还让人娶媳妇吗？小杰今年就二十四岁了，虽然他自己不着急，可是做父母的能不把心操到前面吗？

锅里的水开了，发出噗噗的声音，秀兰说，岳东，你倒是放饺子啊。岳东说，这事也要我干。秀兰说，你还能干点什么，不要以为腰疼就是大爷了。岳东看到秀兰的脸上有了笑容，心里一下子也光明起来。岳东说，遵命。

饺子是猪肉野菜的，马齿苋，书上说有很多功效，秀兰春季里就拔了一些，剁巴剁巴，晒干了，包成饺子就成了一道美味佳肴。岳东对秀兰这一点很满意，都说，女人丑俊无所谓，只要能持家过日子就是个好女人。这些年，两个人虽然也红过很多次脸，甚至冷战过一个月，但是还没伤过感情。岳东在外面打工，什么女人没遇到过，有一次岳东路过一个小巷，忽然从里面窜出两个浓妆艳抹的女人，动手就拉岳东。岳东说，你们干什么，抢劫啊？那两个女人说，大哥，里面享受一下啦。岳东说，要钱吗？那两个女人说，大哥真会开玩笑。岳东说，我没钱。那两个女人说，大哥像没钱的人吗？岳东说，我真没钱。岳东说着把口袋翻过来，你们看，有吗？那两个女人松了手，一副悻悻然的样子。其实岳东不是不喜欢女人，只是对这样的女人岳东从心底里就有一种排斥，一块打工的杨子不就染上了那个什么病了吗？岳东心里有数，过日子的人，不能随意胡来。

岳东尝了一个饺子，味道还不错。岳东说，秀兰，我知道你为什么包饺子了？秀兰斜了岳东一眼说，包饺子还有原因，我自己想吃。岳东说，不只是你想吃吧，我也想吃呢。秀兰笑了笑说，你明白就行。岳东说，老婆对我好，我心里明白着呢。秀兰笑笑，就会贫嘴。

两个人正说着话，岳东的手机就响了，岳东拿起来看了一眼，冲秀兰嘘了一下，低声说，小杰的。岳东按了免提键，这样秀兰也能听到小杰的声音。小杰说，爸爸，跟你商量个事。岳东说，什么事，说吧。小杰说，我不想在那里干了。岳东说，为什么？现在找个工作容易吗？小杰说，单位又降工资了，说什么市场不好，接下来还要裁人。当然这些都不是重要的，关键是我觉得没意思，天天倒班，我的头都要裂开了。

小杰的工作还是几年前岳东托一个在外工作的表哥给找的。对外说，小杰没考上大学；可关上门说，小杰连高三都没上。用小杰的话说，不是那块料，白浪费青春，还不如早早去看看外面的世界。对小杰的决定，岳东和秀兰是一百个反对，可是任他们苦口婆心，小杰就是铁了心。岳东和秀兰没有硬逼，现在都是独生子，有多少孩子因为和家长的意见不统一而出了意外。岳东和秀兰可不想小杰出任何事情。后来岳东说，你愿意退学就退学吧，只要你不后悔不埋怨我们就行。小杰说，条条大路通罗马，你们就放心吧。

小杰所在的单位是一家炼钢厂，岳东去看过一次，一进厂门，岳东就被头顶上滑来滑去的天车吓坏了。岳东说，你们就在这样的环境里工作？小杰说，这叫什么，你去那边看看。岳东就随了小杰去另一个地方，原来是连铸拉钢。小杰说，看这些钢水了吗？一千六百多度，出事了都没地方跑。岳东的心一下子提上来。原来岳东还以为小杰跳出农村，有了一份固定的工作，没想到却是这样的环境。回来后，跟秀兰一说，秀兰也吓坏了。两个人一起劝小杰回来，可是小杰不愿意，小杰说，先干两年再说。没想到这两年还没过去，小杰就不想干了。

岳东说，那你想干什么？有别的合适的工作吗？小杰说，有个汽车修理厂招工，我想过去看看。岳东说，有三险吗？小杰说，还没问。岳东说，你自己的事情自己做主，实在不想在外面干了就回来。岳东说着，心里忽然难受起来。小杰说，爸爸，你放心吧，先别告诉我妈。岳东看一眼秀兰，秀兰的脸早就阴了下来。

放下电话，岳东叹了一口气，都说一个孩子好养，可是一个孩子就要把父母的心操碎了。

不在那里干了？秀兰疑问道。

你都听到了，岳东摇摇头，让他自己闯去吧。

你说得倒好，人家那女孩就是看上了他在外面有个固定的工作，你说说这可怎么办？

不是还没见面吗？八字还没一撇呢。岳东说。

你说得轻巧，像我这么大的家长都做奶奶了，可我的儿媳还没有个影子。

你看看你这个人，什么都跟别人比，有本事你去跟小杰说。

话说到此，两个人都安静下来，只有锅里的饺子还在翻滚着。

因为小杰的电话，刚刚转暖的气氛忽然间就冷下来。岳东看看秀兰的脸色，说，儿大不由娘，他想干什么就干什么吧，只要不犯法。

秀兰气嘟嘟的不说话。

岳东准备了醋，又拿了一头蒜，然后把饺子推到秀兰的面前说，生气也得吃饭，这饺子，我还没吃过这么好的呢。岳东说完，先自个笑了。

秀兰知道岳东在哄自己高兴，也没有坚持，捏了一个饺子放进嘴里说，你说这孩子吧，什么时候咱才能不操心了。

岳东说，你以为你是为孩子操心，可人家还认为你吃饱了没事干呢，所以啊，万事都有它的因缘，走一步算一步，高兴是最重要的，人生就这么短暂，别亏了自己就行。

你就是会说，除了老的，就是小的，我都要烦死了。

老的也让你生气了？岳东凑过来。

你说呢？前几天我都要气死了。

那你死一个给我看看。岳东说着手就到了秀兰的胳肢窝里。

秀兰扭了几下身体，然后憋不住就笑了。

饺子吃得还算不错，岳东摸摸肚子说，你收拾，我出去转一转。秀兰说，你的腰不疼了？岳东说，腰疼也得转一转啊，天天看老婆的“老阴天”，我也烦呢。秀兰说，你就会满嘴跑火车，今晚哪儿也不能去，一会儿我给你按摩一下腰。岳东故作惊讶地说，真的。秀兰说，不愿意拉倒。岳东说，天上掉下来的馅饼，谁会躲啊。

岳东光了膀子，然后趴在炕上，岳东喜欢土炕，他觉得睡在土炕上最踏实，所以这几年，别人家都陆陆续续地换了木床，岳东还是坚持着留下了这么一个土炕。岳东说，农村人还是要有自己的东西的，都城市化了，还有什么意思。

秀兰收拾完碗筷，也上了土炕，她给岳东的脖子下面垫了一个枕头，然后把手放在岳东的腰上。秀兰说，劲大劲小，你吭声。岳东说，你能有多大的劲？话还没说完，秀兰的手就摁下来，岳东疼得怪叫了一声，小点劲。秀兰笑笑说，服了吗？岳东说，不服。

秀兰的按摩很到位，让岳东很受用。岳东说，我老婆都快赶上医生了。秀兰说，医生哪有免费的。岳东说，谁说免费了。秀兰说，说话算数吗？岳东说，我什么时候说话不算数了？话音刚落，岳东突然翻过身来，一下就把秀兰压在身下。秀兰吓了一跳，但一看岳东的坏样子，就知道岳东的意图了。秀兰说，你的腰不疼了。岳东说，你不是说不能免费吗？疼也要给回报啊。秀兰说，就知道你没安好心。未说完岳东的嘴已吻过来，秀兰一时没了声音。

喘息之后，秀兰静静地躺在岳东的怀里。秀兰说，我这时候感觉是最幸福的了。岳东说，我也是。岳东摸摸秀兰的头发说，你的白头发越来越多了。秀兰说，都快五十岁了，还能像原来的样子吗？岳东说，我倒是希望你一直那样呢。秀兰的手指划过岳东的肚皮说，看你的皮肤，还有以前的弹性吗？还说我。岳东笑笑说，所以啊，人生得快乐，不能天天生活在烦恼里面。秀兰说，你就是会说，天天面对着烦心事，你能不烦恼？岳东说，房子我们会有的，儿子也会娶上媳妇的，时间会证明一切。秀兰说，我昨天也想了，这个秋天，我也不闲着，我明后天就去城里进点咸菜什么的，到集市上卖一下，赚一点算一点吧。岳东说，你拉得下那个脸面？秀兰说，什么脸面不脸面的，给儿子买房子才是最重要的，什么时候儿媳妇娶到家了，我才能放心。岳东说，你啊你啊，让我说你什么好。

岳东俯下头，看着秀兰的神色，然后说，我一个人在外面打工就可以了，你管好家就行了，我可不想让你去摆什么地摊。秀兰说，要不我跟你一块去外面打工吧？岳东笑笑说，您能干什么啊，一个女人家。秀兰说，咱村里的冬梅她们不是都出去打工了？岳东笑笑说，你也想出去做足疗小姐？秀兰说，去，没正经。岳东说，也许我老婆做足疗也不错呢，不过……岳东故意停顿了一下，又说，只能为我一个人做足疗。坏蛋，秀兰的手在岳东的大腿根狠狠地掐了一下，岳东一下子叫出声来，看我怎么惩罚你！

一夜无话，天大亮的时候，岳东才醒，他用手摸了摸身边，竟然是空的，岳东一骨碌爬起来，秀兰没在炕上。岳东穿上背心，迟疑地下了炕，屋门是虚掩着的，岳东扫了一眼院子，发现电动三轮车不见了。岳东想，秀兰一定去地里了，这娘儿们，还真勤快。岳东又翻开锅盖看了看，里面是昨晚剩下的饺子，不过都已经热了。岳东有些心不在焉地吃了几个饺子，忽然想起，今天是向阳婶泥墙的日子，早就说好了的。岳东拍了一下脑门，这记性，差一点误了大事。

向阳婶离岳东家并不远，隔着一条胡同，岳东赶到的时候，父亲岳鸿儒已经到了。岳东说，不是说不让你来了吗？岳鸿儒说，你自己看看我不来行吗？就知道你丢三落四的毛病。岳东讪讪地笑笑，正不知道该怎么回答父亲，向阳婶却迎过来说，又要麻烦你们父子了。岳东说，来晚了，向阳婶。向阳婶说，不晚，不晚。岳鸿儒接过话茬说，是不晚，再晚就该吃午饭了。岳东看看父亲，知道父亲不高兴了，便不再说话，赶快拿起铁锹，开始和泥。

按说，向阳婶的房子早该翻盖了，现在哪还有这种半土坯半砖的房子。有一次岳东还劝过向阳婶，向阳婶说，就一个人住，没必要了。话虽这样说，但岳东知道，关键不是一个人住，而是资金的问题。

现在村里的鳏寡老人数量已经呈上升的势头。自从老伴去世，女儿又嫁人之后，向阳婶就一直一个人住在老宅子里。每逢这种需要男劳力的活儿的时候，就是个难事。以前向阳婶的重活基本上都由岳鸿儒包办了，直到现在岳鸿儒年纪大了，岳东才不得不凑上来。岳鸿儒说，咱不能忘恩。

上辈子人之间的恩怨，岳东是清楚的。当年父亲赶车不小心摔断了双腿，那时候岳东还年幼，如果不是马向阳伸出援助之手，岳东一家人的生活就塌了。马向阳那时候是村支书，不仅动员大家给岳鸿儒献血，而且还把家里仅有的一点点钱拿来为岳鸿儒看腿。因为治疗及时，岳鸿儒的双腿保住了，从此岳鸿儒也踏上了感恩之旅，村子里不管谁家有困难，他都是第一个挺身而上。岳鸿儒说，将心比心，困难时候见真情啊。自从马向阳死后，岳鸿儒一家就不时地帮衬一下向阳婶，用岳鸿儒的话叫：还债。

有一次岳东有意地说，干脆让向阳婶搬来咱家住得了。岳鸿儒白了岳东一眼说，住哪儿？岳东说，还能住哪儿？岳东的话很明白，自从母亲去世，岳东就一直觉得父亲对向阳婶有意思。岳鸿儒扔了手里的烟说，有本事你去说！然后扭头离去。这下轮到岳东无语了，他没想到父亲会这样说，真让人捉摸不透。

虽然已经过秋了，天气依然很热。岳东看见父亲脱了上衣，便说，你坐在一边看着就可以了，要是感冒了可得不偿失。岳鸿儒看一眼儿子，觉得儿子似乎话里有话。便说，看着你干，天黑了也干不完。岳东知道父亲夸张了，却也不去反驳父亲，在农村摸爬滚打半辈子了，这点活儿还叫活儿吗？岳东使足了劲涂抹那些泥，泥点子溅了一身。

快中午的时候，向阳婶说，歇一会儿吃完饭再干吧。岳鸿儒说，干活就要一鼓作气，哪有中途停手的。岳东看看父亲身上的泥点子，密密麻麻的，像一片芝麻。岳东说，爸，你先去洗一下吧，最后这点活用不了半小时了。岳鸿儒放下手里的工具说，那就你自己干吧。

向阳婶打好了水，放在岳鸿儒面前，又拿了一条崭新的毛巾说，好好洗一下。岳鸿儒低下头，清凉的水很让人提神。岳鸿儒情不自禁地打了个喷嚏。要感冒吧？我说什么了？岳东说。岳鸿儒说，少说一句能闲死你。岳东扭了头不再说话，可是他眼睛的余光却一点也没放松对父亲这边的监视。果然，向阳婶就帮岳鸿儒擦起背后的泥点子来。

吃午饭的时候，岳东给秀兰打了一个电话，说，我不回去吃饭了。秀兰说，你爱咋的就咋的吧，我顾不上你。岳东说，你还没有回家？秀兰说，就快到家了。

向阳婶准备了一瓶白酒，岳鸿儒说，不喝了，不喝了。向阳婶说，难得在我家吃顿饭，你们就少喝一点，好不好岳东？岳东看看父亲，又看看向阳婶说，我是想喝一点。向阳婶说，那太好了。

岳东打开了酒瓶，给自己倒了一杯，又拿过父亲的酒杯。岳鸿儒说，我还喝吗？岳东说，想喝就喝一点呗，又不是在外人家里，向阳婶，你说对吧？对，对。向阳婶随声附和道。你父亲就这一点不好，总是这么客气。岳东说，我爸爸就这样，心里想喝吧又不好意思。岳鸿儒红了脸，好像被人点了软肋。向阳婶，你也喝一点吧？我还喝吗？还没喝过呢。

向阳婶不好意思地说道。岳东说，爸爸，你说呢？岳鸿儒说，喝一点也没问题。岳东赶快又倒了一小杯酒，然后递给向阳婶说，我们一起喝一口吧。向阳婶说，好。三个人举起杯，象征性地碰了一下，然后各自喝了一口。岳东夹了一筷子鸡蛋说，我怎么感觉我们就像一家子人呢。岳鸿儒说，赶快吃你的饭，饭菜也堵不住你的嘴。岳东说，我说错了吗？然后自己笑笑说，婶子，你可是从小看着我长大的，我说错了，你要谅解啊。向阳婶说，没关系，你想说什么就说什么。岳东看看一脸窘相的父亲，心里禁不住地乐了。

回到家里的时候，秀兰正从电动三轮车上往下卸东西。岳东说，秀兰，你捣鼓什么呢？秀兰说，你来得正好，快来帮我把这些咸菜卸下来。看着那一电动车的咸菜，岳东说，秀兰，你还真想去卖咸菜啊？秀兰说，我可是说话算话的。要不我儿子的房子什么时候能买上。岳东说，你怎么也不跟我商量一下呢？秀兰说，我昨天不是跟你说了，你反对了吗？岳东说，我以为你是说着玩的。秀兰说，我可是早就想好了的。岳东说，你要是卖不出去怎么办？秀兰说，我们自己吃，反正咸菜也放不坏。

你真行，岳东叹口气，然后捏起一根咸辣椒放进嘴里，一股辛辣味霎时就占据了他的口腔，岳东的眼泪都要掉下来了。岳东抹抹眼睛，无意中看见高高的天空上，挂着一小片云彩，好像越来越薄，随时都要分散了的样子。

他们的故事

一

那时候，人们都说她是巧儿，他是赵振华。

我知道她不叫巧儿，我知道她的小名，但是她不让叫。有一次我大着胆子喊了一声，她气势汹汹举起巴掌要打我的嘴巴，直到我规规矩矩地喊了声“三姨”，她的手才落下来，还说，这才是她的好宝儿。而那个他——赵振华，似乎天生就和我对脾气。我常常骑在他的脖子上，还揪着他的头发，可是他不急不恼，还笑呵呵的，仿佛天生就是被我欺负的。有一次，一个邻居让我喊他哥哥，我就真的喊了，喊完后我就后悔了。他把脸拉下来，然后双手捧起我的脸，一字一顿地说，以后你要喊我三姨父，要不我就永远不理你了。

后来我再也没有犯过这样的错误，因为那时我已经知道巧儿和赵振华的故事了。

他们也是自由恋爱的，据说是在一次挖渠的会战上，泼辣的三姨和憨厚的三姨父相遇了，至于在哪个环节上他们成了巧儿和赵振华，这已经不重要了，他们的爱情在那个年代的那个村庄吸引了所有人的眼球。

后来看电影《刘巧儿》，我一听到那句优美的唱词，我就会想起我的三姨，那时候，她是多么的勇敢啊。

……巧儿我自幼许配赵家，我和柱儿不认识我怎能嫁他呀……

二

因为父亲常年在外，妈妈从小就把我丢在外婆家里。可以说我是从小跟外婆长大的。外婆一共有三个女儿，老大小时候夭折了，妈妈是老二，三姨就是老小了。老小自然就是宝儿，据妈妈说，外婆可宠三姨了，除了摘下太阳月亮，三姨要什么给什么。但就是这样的一对母女，却在三姨的婚姻上，成了冤家对头，用外婆的话说，那个人我一看就不行。

那时应该是外婆家最不平静的一段时光了，外婆和三姨，一个针尖一个麦芒，一个说东一个道西。我夹在中间，常常被外婆当作了出气筒。外婆最爱对我说的一句话就是，我早晚会被你气死的。外婆指桑骂槐，三姨未尝不知。当然三姨也会把我当作武器进行反击，每次我问她点什么，她都会气冲冲地说，自己的事情自己办，都老大不小的人了，别烦我。其实我能烦谁呢，我不知道善恶，也不懂得立场，我只知道过好自己的每一天。

有一次三姨父抱起我，一边用他的胡子扎我的脸，一边有些忧伤地说，还是宝儿对三姨父好，三姨父喜欢宝儿。

开始我并不知道外婆不喜欢三姨父的理由，直到有一天外婆恼羞成怒地对三姨说，你要是敢嫁给那个穷鬼，你就没我这个娘！我才渐渐地知道了三姨父的一些情况。

三

姨父在家排行老大，下面还有五个兄弟，据说家里很穷，具体穷到什么地步我也说不清楚。如果按外婆的理论，应该是穷到家了。外婆说，穷家就是火坑，有哪个当娘的愿意让自己的闺女跳火坑啊。外婆有她的理论，而三姨也有自己的理由，她似乎坚定了自己的选择，有一次她大声地对外婆进行还击，不让我嫁给他，我就去死！

那一段时间我常常想回到妈妈的身边，我实在是害怕了她们的争吵，我既不想失去外婆，也不想没有三姨，她们都是我喜欢的人，一个也不能少。

三姨结婚的日子选在了腊月，那时候我已经上小学一年级了。喜庆的日子掩盖了往日的争吵。外婆终于还是让步了，三姨没有去死，外婆也没不认自己的女儿，但外婆是真的伤心，从早晨起床外婆的眼泪就一直没有停过，即便是对别人笑笑，也掩饰不住那种从心底涌上来的悲伤。为了给足外婆面子，三姨父请了一个乐队，一路吹吹打打很热闹。三姨父那天是红光满面的，也是小心谨慎的，从迈进外婆家的大门开始，三姨父就一直看着外婆的眼色行事，在认亲的时候，三姨父恭恭敬敬地给外婆鞠了三个躬，并恭恭敬敬地喊了声“娘”。随着那一声娘，外婆的眼泪哗哗地掉下来，周围的人也眼眶红红的。那天三姨父骑了一辆崭新的“红旗”牌自行车，把三姨往后车座上一放，一身大红的三姨就走了。三姨终于飞走了，飞走的三姨一直低垂着自己的头，喜庆的头饰把整个院落都映得红红的。据说三姨那天也哭得跟泪人似的，只不过我没有看到。

婚后的生活虽然甜蜜，可是三姨却吃了不少苦头，原来不会做的家务都会做了，侍弄庄稼也和三姨父一样成了一把好手。那时候三姨的脸常常被风吹得红红的，每次回娘家，都要被外婆一番数落：别那么实在，天底下的活不都是你的，该偷懒的时候就偷点懒，活永远都干不完。但是三姨会说，他是家里的老大，我们不干谁干啊？还说，总不能让他累死吧，我还得靠他过日子呢！三姨的话往往气得外婆的眼睛一翻一翻的，后来干脆也懒得理她，说，你们以后谁也不许帮她，看她再嘴硬。

三姨父在那几年度过了自己最幸福的时光，每次来外祖母家，不是扫帚就是铁锨，后来连外婆也看不过眼，曾悄悄地对我妈妈说，莫不是我看走了眼？

四

那年的夏天是一段让人伤心的日子，我常常想，如果没有那个夏天，也许一切就这样平平淡淡地过下去了，可是老天从来也不如人愿。

那天，三姨四岁的儿子和小伙伴们在湾边玩耍，不小心滑进了一个三米多深的水坑，等救上来的时候人已经没了呼吸。事情就是这么简单，简单到一眨眼间，一个鲜活的生命就没了。三姨父听到信儿马上就昏死了过去，而三姨因为打击太大精神失常了。

一家人陷入了从没有过的困境，外婆的头发越发白了。那一段时间，外婆常常奔走于两个村庄之间。有一天，外婆不顾大家的劝阻，一个人坐在地上哭闹了一番。我知道她内心的悲伤不比三姨少到哪里去。

那是我最恐惧的一段时间，我美丽的三姨再也没有当初的温柔了。她的头发常常四散着，眼睛呆滞而迷惘，病发作的时候她会将所有能拿到手里的东西摔得粉碎，见人就骂，见人就打。

三姨父也憔悴了，胡子顾不上刮，衣服也顾不上洗。为了三姨不再出意外，三姨父简直就成了三姨的跟屁虫，三姨走到哪里，他就跟到哪里。三姨犯病的时候，他就成了三姨的出气筒。三姨父的身上、脸上常常布满了三姨的抓痕，那时候大家都很担心，如果三姨父提出离婚该怎么办？

但是三姨父并没有让大家的担心变成现实，有一次他跟外婆说，既然已经这样了，我不想让她再失去我。外婆那时是眼含泪光的，世界有时候也会颠倒的。

有一次，我和妈妈去看望三姨，三姨忽然抱了我，怔怔地说，宝儿，宝儿，做三姨的儿子好不好？我不知该怎么回答，求救地看着妈妈和三姨父。三姨父说，宝儿是你的外甥，怎么能做你的儿子？三姨父的话音刚落，三姨的巴掌忽然就打过去，很清脆地打在三姨父的脸上。三姨父捂着脸半天没动地方。直到妈妈说，宝儿就是你的儿子，你就是宝儿的妈妈。我吓呆了，惊恐地看着三姨父，三姨父一边护我们出来，一边对三姨和颜悦色地说，好，就让宝儿做咱们的儿子。可是走出门口，我却看见三姨父的眼角已含了泪水。妈妈说，真是难为你了。三姨父摇摇头，又摇摇头，然后眼泪轻轻地掉下来。

五

接到外婆病危通知的时候，我已经大学毕业参加工作了。在北方那个繁华的都市里，我的心急成了一团麻。妈妈说，如果不方便，就不要回来了。可是我怎么能不回去呢，那是比妈妈还要亲的外婆啊。

虽然紧赶慢赶，可是等我赶到外婆身边的时候，外婆已经永远地离开她最疼爱的外孙了。天塌下来，所有的世界都失去了光彩。

我又看见了三姨和三姨父，显然三姨的精神状态比原来好多了，说起话来也有了热乎劲，她拉着我的手，左看右看，仿佛我是她离开多年的儿子。我知道她在我身上注入了太多的情感，她的眼神总让我想起从前她和外婆斗气的模样。而三姨父，刚过五十岁的他让我怎么也找不到当年那个英俊后生的影子了，当年的巧儿和赵振华，都抵挡不过生活与岁月的磋磨。

在为外婆打幡的细节上，一家人有了不同的意见。本来这样的事情应该是儿子去做的，可是外婆无子，妈妈说，让宝儿去打吧。三姨说，怎么能让宝儿去做，还是让他三姨父来做吧。按农村的规矩，谁给老人打幡就默认是老人的儿子了，在这样的事上，女婿一般情况下是不会主动靠前的。可是三姨父却说，有什么可争的，我来打，让一个孩子去打幡不怕别人笑话吗？我怔在那里，我的外婆，如果地下有知，还会说出当初“我一看就不行”那样的话吗？

埋葬外婆的那天，三姨父也流泪了，也许在他的内心，早已经原谅了老人的爱犊之心。

返城之前，我带了酒水去和他们告别。在他们简陋的家里，三姨父拉着我的手久久不肯放下。他说，宝儿，别忘了常来看你三姨，她这一辈子不容易啊。他摸索着我的手，一如当年他用胡子扎我的脸。三姨紧紧地挨着三姨父，消瘦的身体仿佛在向我证明着岁月的无情。我知道他们都老了，一如风中的落叶，我的目光漫过那广阔的天空，仿佛又听到了那句优美的唱词：

……巧儿我自幼许配赵家，我和柱儿不认识我怎能嫁他呀……

那年夏天那个暑假

一

顺子捅捅我，然后向网吧门口的方向努努嘴。我一回头，正碰上父亲寻找的目光。

完了，我心说。

果然，没等我走近门口，他的手臂已经伸过来搭在我的肩上，一股力量随着他的手推着我的身体快速地走出网吧的门口，未等我反应过来，我的屁股上已狠狠地挨了一脚，我向前踉跄了几步，然后扶住了门口的一棵榆树。我低着头，暴风雨马上就要来临了。

顺子跑出来，拦在了父亲的前面。顺子说，叔叔，你别生气，别生气啊。

父亲一把将顺子拨到一边，看顺子的眼神里也充满了无法压抑的怒火。父亲说，我今天非打死他不可。

顺子又一次扑上去，一边阻拦着父亲，一边冲我大声地喊着，你还不赶快跑！

我恼怒地看了父亲一眼，此刻的父亲已完全是一个陌生的人了，他的额上青筋突出，脸因为愤怒已经完全变形。他的大手挥舞着，仿佛随时都可以把我撕成碎片。好汉不吃眼前亏，我知道不跑是不行了，我冲出渐渐围上来的人群，然后大步地向县城的东边跑去。

我疯狂地跑啊跑，虽然父亲没有追上来，但是我不想停下来。我一边跑，眼泪一边不争气地流下来，那一刻，我真想好好地大哭一场。十六岁了，我已经十六岁了，可是父亲仍然还这样对我。

我在城东护城河边停下来，我的眼泪已经风干了。那些不知疲倦的河水还在默默地向东流着。原来我和顺子常来这里打发时光，可是现在，狼狈的我不知道该怎样打发掉这难挨的时刻。

我知道是我错了，即使父亲不这样对我，我也知道自己违反了当初的“父子之约”。这个暑假，父亲为了我明年的高考，给我制定了详细的复习计划，其中有一条就是不能去网吧。虽然我有点不太情愿，但是一想起即将到来的高考，还是接受了父亲的计划。父亲怕我说话不算数，还把几条纪律写在纸上双方签字后压在我写字台的玻璃板下面，父亲的良苦用心，让我稍稍收敛了贪玩的心。今天我本来是不想去网吧的，可是架不住顺子三番五次的诱惑，而且我学习也的确有点累了，所以就偷偷地溜出来，没想到父亲早有准备，竟然发现了我的行踪。

我坐在河边的石头上，不知道该怎么办。在我的印象里，父亲好像只打过我两次，而且是很久以前的事情了。而这次，显然是出乎我的意料。现在，我看着轻轻流动的河水，忽然感觉到了一种生活的沉重，人活着到底是为了什么啊，为什么要考大学，为什么父母比我还着急？这世界到底怎么了？

天渐渐地黑下来，燥热的空气也在慢慢地退去，我洗了一把脸，被夜风一吹，感觉好多了。我忽然有一些想家，想母亲。此刻，我是多么盼望着母亲的脚步啊，可是母亲，也许还不知道发生的这一切。

漫无目的地走在县城的马路上，我已经不打算回家了，长这么大，我还没有在外面过过一次夜。

不知道什么时候顺子也过来了，看他的表情似乎比我更沮丧。他说，没想到你爸爸会这样。

我无言以对，眼泪又不争气地流出来。

都怨我。顺子拍拍我的肩膀说，先别回家了，到我家躲一躲再说。

母亲是傍晚的时候去顺子家找我的，看见我狼狈的样子，她的眼圈先红了。母亲说，你怎么这么不争气，你看看你爸爸都气成什么样子了，不知道什么时候才能够省了这份心。

我揉揉眼睛，知道在这时候说什么都是没用的。但是看着母亲伤心的样子，一种内疚感还是悄悄地升上心头。母亲的棉纺厂减员，父亲是托了好几次人才把母亲的工作保留下来，每月的收入却只有三百块钱左右，就这样还三倒班，辛苦自不必说。母亲最爱说的一句话是：儿子，你想想，我和你爸爸辛辛苦苦地挣这点钱，到底是为了谁啊？后面的话马上就会跟上来：一定要好好学习，等将来考上大学，我们这一辈子也算没白忙活。

我知道母亲的话是对的，原来我的学习也还是不错的，可是自从发现了网吧，成绩就慢慢地降下来，这一学期竟然没进前三十名。

母亲说，跟我回家。

我说，不回去。

你一辈子住在别人家啊？

我不想见他。

他还不是为了你好。

为了我好也不能动手打我。

他是你爸爸，你还能恨他一辈子？

我默然。我谁也不恨，我只恨自己。

进家门的时候，母亲又说，你爸还在气头上，他说什么你也别吭声。你爸就这脾气，过去这一阵儿就什么也没有了。

我不说话，其实我比母亲更了解父亲的这一点。

父亲坐在厅里的沙发上，他的脸依旧铁青着，射过来的目光里依旧充满了未消的余怒。他的手上夹着一根烟，茶几上是零散的烟灰。我知道父亲平时是不吸烟的，只有心烦的时候才会抽上一根。

我不敢做过多的停留，在母亲的身后悄悄地溜进了自己的房间。

我躺在床上，心情却无法放松下来，一天的经过像镜头一样在脑海里一一掠过。我知道是我错了，是我没有遵守“父子之约”，而父亲只不过是恨铁不成钢罢了。

一夜无事，早晨醒来的时候，父亲早已经上班去了，母亲悄悄地告诉我说，你爸说了，要给你找点事干，说你不能再这样下去了。

我点点头，我知道父亲这一夜肯定没闲着，而最后的结果就是这样了。

二

一条高速公路，即将横穿我的故乡，而我就是其中的一名筑路者。

我不知道父亲是怎样为我找到这样的一份工作的，面对那成山的石子和土方，我有一种头晕的感觉，但我无法退却，用父亲的话说，一个月的时间，想家的时候就去你奶奶家看看，一个月以后我来接你。

我无话可说，自己惹下的祸只有自己去忍受，况且我也想和父亲叫一次板，让他看看他的儿子是不是他想象中的豆芽菜。

我的任务是小工，是那种被人呼来唤去的角色，而且很累，收入也不高。平时坐惯了教室，哪里知道劳动的艰辛。第一天我的双手就给磨出了血泡，不得不一次次地停下来做短暂的小憩，但是包工头的眼睛很贼，你刚停下来，他的话就到了：“能干吗，不能干就滚蛋，你以为你是谁，我们这里不养大爷。”有好几次我真的想转身走人，可是一想到父亲留下的话，我就只好咬咬牙，“让暴风雨来得更猛烈些吧”。我赤膊上阵，玩命般地挥舞着手中的铁锨，那一刻我不再是一个高中生，我是一个劳动者。

奶奶知道我的情况之后赶过来看我，看见我的模样就急了。奶奶说，走，跟我回家，没见过你爸爸这样的，你还是个孩子，哪里干得了这样的重活！我嘴上说没事，可鼻子一酸，眼泪差一点儿掉下来。我说，我能坚持得住。奶奶说，那也不行，我找你爸爸算账去。奶奶来拉我的手，可是却被我轻轻地攥住了。我说，奶奶，我再坚持几天，如果坚持不下去，我就回家。奶奶的眼圈红了，千万别累坏了身体啊，正是长个子的时候。我说你放心吧。奶奶的背影渐渐远去，我坐在夕阳下的沙土地上，温暖的沙土像土炕一样给我一种舒适的感觉，我累极了，浑身就像散了架一样，浑身是疼痛的感觉。别人都吃饭去了，我懒懒地坐在那里一动也不想动，西边的太阳就要落山了，一切都寂静下来。面对着即将到来的黑夜，我忽然想起母亲，还有父亲，这一刻，我是那样地想念他们。想家的感觉是那样强烈地充斥着我的大脑。在这离家不是太远的地方，我成了离群的孤雁。

几天下来，我已经基本上适应了这样的体力活，手上也起了肿胀的茧子，浑身依旧疼痛但已没有了刚开始的疲倦。包工头看我有点文化，也不像原来那样说粗话了，有时候还让我给他算算用料的情况和施工的进度，还告诉我这样干下去会给我加钱的。

夜晚，我们就住在简易的工棚里。工地上的东西大家是轮流值班看守的，令我没有想到的是，在我值班的那天晚上，竟发生了偷盗的事情。

起初，我并没有对外面的一些异响产生怀疑，直到我出来小解时，才发现了黑暗中的几个黑影。我大声地说你们在干什么，随即抄起一把铁锨就冲了上去。那几个小偷被我们的喊声吓得四下逃散，我扭住了其中的一个小个子，死死地抓住他的胳膊，我大声地喊着抓小偷啊，可是刚喊了一声，我就认出了那个小个子竟然是我的叔叔。叔叔也认出了我，一边甩开我的手，一边说你乱叫什么，就在我一愣神的时候，叔叔已经跑远了。

我怔在那里，大脑里一片空白，这是我的亲人啊，他们怎么会有这样的行为？曾经的道德伦理不断地冲击着我的心扉，那一刻，我忽然懂得了思考，原来的自己是多么的单纯啊，生活竟然还有这样的一面。

虽然小偷没有抓住，但是我仍得到了包工头的赞扬，他还对我露出了久违的笑容。他请我去一个不错的饭馆大吃了一顿，在我的记忆里，那似乎是我一生中吃到的最好的食物。

奶奶后来又来看过我两回，我本想把叔叔的事情告诉奶奶，可是几次欲言又止。面对着善良的奶奶，我忽然不知道该怎么来讲述这样的事情，毕竟是一种家丑啊。

漫长的一个月，以出乎我意料的过程即将走向结尾，在淡漠了学习和高考的环境中，我却一次又一次地被高考所吸引，我有点想念那些书本，对“父子之约”有了更深的理解和感触。

父母来工地接我的时候，我正在搅拌着一堆水泥。母亲看见我被晒黑的肩膀就悄悄地掉泪了。母亲说，孩子，咱们回家。我笑笑说，妈妈，我都不想回去了。父亲默默地看着我的笑脸和流泪的母亲，然后走过来一把拥住了我的肩膀。

我尽情地体会着亲情的温暖，父亲还是爱我的，在他广阔的胸膛里，肯定已经忘记了他儿子曾经的抵抗。

一切都结束了，当我从包工头手里接过属于自己的那八百块钱时，简直有点飘飘然。

顺子又来找我，看着往日的同伴，我说，马上就要开学了。顺子点点头，我们的手有力地拍在一起。

是的，高考就要来了。

王阿婆

父亲走的时候，我有些恋恋不舍，追出门外时眼泪还是不争气地掉下来，一种从没有过的孤独感悄悄地笼上心头。正擦着眼泪，却忽然从指缝间看见了王阿婆。她表情淡漠，目光中有一丝嘲弄的意味。我被她看得有些不好意思，毕竟是十九岁的人了，心里也有了一份小小的自尊。我擦干眼泪，正准备逃进屋里，却被她叫住了，“过来，丫头。”她的口气有一种不容违抗的威严。我有点胆怯，但还是硬着头皮走过去。她的目光一直没有离开我的眼睛，似乎想看穿我的内心。待我走近，她忽然笑了，笑得很慈祥，仿佛刚才的那种淡漠是故意装出来的。她说：“过几天就好了。”我低着头，不知道说什么好。她又说：“你先收拾一下，中午来阿婆这里吃饭，我们包饺子。”“不用了，我自己会到外面吃。”初来乍到，我怎么能吃她的饺子？“傻丫头，今天听我的，就这么办了。”她的口气又不容违抗起来。我点点头，反正以后要生活在一个屋檐下了。“快去吧，不要再哭鼻子了啊。”她又笑了，似乎想调动我的情绪。

她在北屋，我在西厢房，距离不是很远，彼此的开门声都能够清晰地听到。房子是她的，为了找这么一处既离学校近又安全的房屋，父亲可没有少跑路，后来才找到她这里，每月的房租一百五十元，据说这是最低的了。尽管这样，对于我们的家庭来说还是有些捉襟见肘。但为了我的复读，家里面也豁出去了。父亲说，哪怕有一点点希望，我们也要全力以赴地支持你。但是家庭的付出越大，我的压力也就越大，有时候连我自己也不知道路会走到什么程度，现在人生地不熟，除了刚刚认识的王阿婆，周围都是陌生的人。

西厢房的布置还算简单，一张床，一个书桌。台灯是我自己带来的。再有就是我的日用品了。看着简陋的设施，冷清的房间，想想自己将要在这里住上一年，我的心不由得苍茫起来。

午饭果然是饺子，韭菜鸡蛋馅的。阿婆一边给我端饺子，一边说："丫头，从今以后你就不要见外了，阿婆一个人住其实也挺孤单的，你来了，我们这里就有家的味道了，有事你吭声，没饭吃的时候就来阿婆这里。"她自顾自地唠唠叨叨，我却在她屋子的墙壁上找到了她的全家福。照片上的阿婆还年轻，穿了碎花的裙子，脸上是幸福的笑容。她的男人浓眉大眼，看上去也是本分人。一儿一女风华正茂，真是幸福的一家人啊。王阿婆见我看照片，也凑上来，她眯起了眼睛。看自己的过去人们往往都会有一种幸福感的。没想到阿婆却叹了一口气："走的走了，不在身边的不在身边，人老了，就是这个样子啊。"我说："阿公不在了吗？""他啊，人家早就享福去了，本来好好的一个人，说不行就不行了。""那他们呢？"我指指她的儿女。阿婆的神色顿了顿，似乎是不想说下去。后来又说："他们都在外地，各有各的事业，早就把老娘给忘了。""不会吧？"我疑问道。"怎么不会？"她又顿了一下说："回不回来都无所谓，反正就我一个人，看不看都这个样子。"我看着她满脸的皱纹，心里忽然升起一种怪怪的感觉。她的屋里很干净，到处都收拾得井井有条，我在她的桌子上看到一本漫画书，我笑着说："您还看漫画啊？"她说："大街上捡的，我认字不多，看看画面，也怪有意思的，现在的人都挺会编的。"我被她的话逗笑了，那种陌生的感觉一下子都没有了。

生活就这样稳定下来，虽然远离父母，但是有王阿婆，却也让我少了想家的念头。这期间，也发生过一些不愉快的事情。因为我是从农村来的，县城的同学们都欺生，恶作剧的事情时有发生，不是往我的课桌里塞东西，就是乱翻我的书本，这些我都忍了，最严重的一次是他们竟然往我的课桌里放了一只死麻雀。这下我忍不住了，我找到班主任说不找出恶作剧者，我就拒绝上课。那几天，我赖在床上不去学校，越想这样的学习越没有意思。王阿婆是第二天早上发现我的异常的，等我把事情说完，她腾地就火了，她说："这事没个说法就没完。"她气势汹汹地去找校长，我不知道她跟校长是怎么说的，转天班主任就找到王阿婆，一个劲地向她道歉，似乎阿婆成了我的家长。王阿婆说："马善被人骑，人善被人欺，咱一个女孩子家，可不能太软了，要不他们就一直欺负你。你不用怕，一切有阿婆呢。"看着她坚决的样子，我的眼泪差点掉下来，不为别的，只是她那护犊式的温暖，让我感动。

红薯上市的时候，王阿婆买了很多回来，堆在院里像小山一般。她大概看出了我的疑问，就说："等着冬天烤红薯呢。"我吃惊地睁大了眼睛，以她的生活条件似乎没有这个必要。她又说："闲着也是闲着，挣一点算一点吧。"她开始鼓捣烤红薯的炉子，大概是一年不用了，炉子都有些生锈了，她重新刷了油漆，又把装炉子的小车充足了气。她干这样的活轻车熟路，根本就不需要我帮忙。本来我还要说一些埋怨的话，但是看到她的热情，还是把话咽了下去。北方的冬天来得快，几场北风之后，天就阴冷下来，待在屋里，脚丫子开始麻木地疼。王阿婆点了煤球炉子，然后要我搬到她的北屋。她说："两个人挤在一起，还能够互相增加一些温暖。"话虽这样说，但是我知道她是在照顾我。我没有拒绝她的邀请，几个月的时间，我已经深深地喜欢上了这个老太太，她给了我像祖母一样的关心和慈爱。

阿婆的哮喘病犯了，一咳嗽起来就上不来气。我劝她去看医生，她说不要紧的，老毛病，吃点药就好了。冬天的夜晚，我常常被她的咳嗽声从睡梦中惊醒，我能够从她呼呼的喘气声中感受到她的那份痛苦。有好几次，我都产生了给她的儿女写信的念头，但是阿婆不让，阿婆说他们都忙。我说再忙也不能忘记娘啊。她笑笑不再申辩，只是说："这不是还有你在吗？"我知道她说的是托词，我怎么能代替她的儿女呢？即便是能代替她的女儿，可是我没有能力来消除她的痛苦。每次看她吃药，我都在心里祈祷着，希望她的病赶紧好起来。后来一个偶然的机会，我从一个同学那里知道了她儿女的状况。原来她的儿子在上大学期间，因为一起师生恋未果，想不开自杀了。那事在当时闹得沸沸扬扬的。她的女儿去国外留学并定居，一直想接了阿婆去的，但阿婆不愿意离开家乡，就一直这么过了下来。我听了很惊诧，仿佛天方夜谭似的。我从来也没想过，在阿婆单薄的肩上，还承担了这样大的不幸和痛苦。

我开始对阿婆另眼相待起来，曾以为自己的落榜复读是最痛苦的事情了，可是和她的遭遇比起来不过是一碟小菜。我不知道，在她的内心深处，究竟是什么在支撑着她晚年的生活。

父亲隔一个月来一次，除了看看我，给我捎点吃的，就是给王阿婆交房租。有一次父亲偷偷地告诉我："王阿婆已经不要房租了，你要尽量地照顾好她。"我说："这怎么行，她也不容易，那么冷的天气还要出去卖红薯。"父亲说："先这样吧，咱先记着她的好，等以后有机会再还给她。"我点点头，一百五十块钱对她来说可能算不了什么，可是对于我的家庭，真的犹如雪中送炭。

王阿婆的红薯摊就在离学校不远的一个路口，不管人流多密，我总能一眼看见她。她穿了棉大衣，还系了围巾，戴了手套。尽管这样她的脸还是被冻得通红。她的生意很好，每天都能卖出去几十斤红薯。有时她会点着那些零散的钞票对我说："人没有吃不了的苦，受不了的罪，这点冷叫什么啊？"每天放学的时候，我总会在第一时间赶到她的红薯摊。我知道她肯定会给我留一个烤得很热很香的红薯。有时我也会给她卖上几个红薯，她也不拒绝，她说："人都是锻炼出来的，想你刚来的时候还哭鼻子呢，现在让你哭你有眼泪吗？”我被她说得有些不好意思，想想，时间就这么快地过去了。

转年的高考，我顺利地考上了北方的一所大学，一家人高兴得不得了。王阿婆也很高兴，她又包了一次饺子，算是给我送行。她说："我就看着这丫头有出息，一个人出门在外，比男孩子都强。”和她分别时，我哭得像个泪人似的，她抱着我好言相劝，其实她也哭了，泪水滋润着她的皱纹，让她看上去更苍老。

在北方上学，我常常会在梦里醒来，情不自禁地想到阿婆，尤其在冬天，想起她的哮喘，我的心就揪起来。那样的一个老人，在那样的冬夜，一个人会有多么的孤单。

那年暑假，我拿了父亲给我的几百元钱，一来是去看看阿婆，二来还她的房租。在那个熟悉的胡同里，我又看见了阿婆的大门，想着就要看到她的面容了，我的心忽然有些迫切起来。

但是阿婆的门上着锁，等了好久，也没见她回来。我敲了邻居的院门，邻居听了我的询问吃了一惊，她说："你是真不知道还是装糊涂，阿婆冬天的时候就没了。”“怎么可能？”我的汗水一下子就出来了。“你这丫头，”邻居已经认出了我，“她的哮喘病犯了，一口气没上来，等人们发现的时候，已经不行了。”我呆呆地站在那里，怎么也不相信这样的事实，阿婆，为什么不等我回来？后来我听说，在整理阿婆的遗物时，发现了很多外地学生的来信，信的内容大致是一样的，都是汇报学习成绩和感谢她助学的。

返校之前，我又去了一次王阿婆的胡同，我想重温一下和阿婆在一起的岁月，想听一听她的声音，让她再喊我一声“丫头”。

一

放学的时候，柯小辉被班主任叫住了，这让柯小辉有点吃惊，平时班主任很少找他谈话，而放学后留下他更是从来没有过的事情。

是一封信，柯小辉看着班主任从他办公桌的抽屉里拿出一封信，神秘的信封，让柯小辉的心不由得提了上来。

“你最近怎么了？身体不舒服吗？”班主任有些关切地问。

“没有，很好的。”柯小辉忐忑不安地说。

“你的脸色最近不太好，上课好像也总是心不在焉的样子。”

“哦。”柯小辉咬了一下嘴唇，这倒是他没有意识到的事情。

“这是你的信，有什么事情，如果需要我帮忙，尽管跟老师说。”

“嗯，知道了，老师。”接过信件，柯小辉退了出来。

中午的阳光有些刺眼，柯小辉抬头看了看天空，心里不由得有些烦躁起来。

信是爸爸寄来的，从字体上看，柯小辉也能够辨认出来，而在他名字后面的“儿收”两个字，更是说明了这一点，柯小辉不知道爸爸为什么要单独给他写信，在这以前，爸爸还从来没这样做过。

柯小辉已经忘记爸爸上次是什么时候回来的了，在那个遥远的小城里，爸爸一个人已经奋斗了快二十年了。

在胡同口，柯小辉看见了奶奶，快七十岁的奶奶身体已经不像原来那么好了，走路一晃一晃地让柯小辉担心。

“这么晚才回来？加课了吗？”奶奶关切地问。

“没有，”柯小辉摇摇头。

“你娘可能又下地了，要不你去奶奶家吃饭吧。”

“不用了，奶奶，我还要去地里拔点草。”

“真是懂事的孩子，”奶奶叹口气，又一晃一晃地走去了。

门上挂着锁，娘果然没在家。这种情况柯小辉已经很熟悉了，为了地里的那些庄稼，娘常常是这样顾不上吃饭和休息。

看看时间，已经快十二点了。柯小辉拿起灶台上的锅盖看了看，里面果然有娘热过的馒头，柯小辉摸了摸，馒头还有余温。其实馒头不热也没有关系，但是娘不让柯小辉吃凉的，娘说，吃凉的容易生病。说来也怪，长这么大，柯小辉很少生病，即便有个头疼脑热的，也是三两天就过去了。娘曾告诉过他，平时不注意保养，生病是早晚的事。还有一次娘借题发挥，说平时不好好用功，考不好是早晚的事。在柯小辉的记忆里，这是娘为数不多的对他学习的提醒。娘其实很少管他，即便他考试不好，娘也很少唠叨，当然柯小辉考试不好的情况不是很多。

吃了几口馒头，柯小辉又找了一些娘自己腌制的萝卜咸菜。说来也怪，无论什么时候吃这种咸菜，柯小辉从来也不厌倦。他喜欢那种脆生生的感觉，喜欢那种浓烈发霉的气味。娘总说他是穷命，不会享受大富大贵。柯小辉听了也不争辩，他总是想，吃一辈子萝卜咸菜怎么了，能吃一辈子萝卜咸菜也不错嘛。柯小辉从来也没有想过以后的日子，别人都有理想什么的，但是柯小辉没有。如果说有，也只是想让娘早日从繁忙的劳作里脱离出来。他最看不过娘满脸疲倦的样子，尤其是娘那乱糟糟的头发，他看了心里就慌，仿佛那都是自己造成的。

又喝了几口水，时间已经过去二十多分钟了。柯小辉从墙上找到了自己的那把镰刀。那是属于他自己的一把镰刀，锋利、闪着瓦亮的光芒。在七岁，或者更早以前，柯小辉就有属于自己的镰刀了，只是那时他还不知道镰刀对生活的重要性，而现在，他几乎离不开镰刀了。在所有的农具之间，他觉得镰刀最能代表他的性格，锋利而不失沉稳，话语不多，却能在需要的时候释放出它巨大的能量。

二

高二第一学期的时候，柯小辉就已经感到自己的成绩有些滑坡了。那次期中考试，如果按以往的惯例，他是出不了前五名的，可是那次考试他却落到了前十名之后，名次出来以后连他自己都有点不相信。班主任私下里曾问过他退步的原因。柯小辉知道班主任很关心他，尤其是他们这些尖子生。但是柯小辉说不出理由。班主任说：“你怎么会不知道呢？你必须反思一下，否则照这样下去，你也知道会是什么样的后果。”会是什么后果呢？柯小辉想了想，无非是上不了大学。可是反过来想想，这么大的学校，出过几个大学生啊。上大学其实只是大家的一个目标而已，具体能不能实现，谁也没有把握，学习好，只是希望的开端。柯小辉懂得老师的意思，他不申辩，申辩也没有用，老师关心的是成绩，他只能用成绩来说话。

同桌胡美丽似乎有些幸灾乐祸，从知道柯小辉成绩下滑的那一刻起，一丝不屑就悄悄地挂上了嘴角，“三十年河东，三十年河西，也不过如此嘛！”胡美丽的冷嘲热讽柯小辉是能够感觉出来的，但是他不接胡美丽的话茬，他知道接了她的话茬就会引来一系列意想不到的事情。班里的同学们都懒胡美丽，没有人愿意和胡美丽为邻，班主任安排了他们同桌，柯小辉也没有表现出多少的厌烦。他和胡美丽的话并不多，原来也曾因为“三八线”闹过一阵子的矛盾，胡美丽一度还对他横眉冷目的。但是后来有一件事却改善了他们两个之间的关系。那是一次放学之后，因为有一些复习题需要整理，柯小辉就晚回去了一会儿。在路上，刚好碰上两个社会青年在纠缠胡美丽，柯小辉本来想躲开的，可是一看到胡美丽那求援的目光，又不好转身离去，后来柯小辉干脆冲了上去，虽然没和那两个社会青年打起来，但在纠缠之中，柯小辉的手臂还是被划破了。那一次，柯小辉一直把胡美丽送回家。这件事让胡美丽非常感动，从此两个人的关系改善了很多。

胡美丽的期中考试成绩更是一塌糊涂，其实这已经是见怪不怪的事情了。每次考试，她的成绩总是那样，可是胡美丽一点也不着急，用她自己的话说，你们都是奔着大学去的，而我只是想熬过这几年时间，目的不同，付出也就不同了。柯小辉不赞成胡美丽的观点，有一次他反驳说：“与其这样，还不如早点退学，也省了那些学费了。”胡美丽说：“你知道什么？我老爹要是知道我想退学，还不得吃了我，我可不想看他凶神恶煞的样子。”柯小辉知道，胡美丽是单亲家庭，早年她父母离婚，她被判给了爸爸。她爸爸是镇子上有名的包工头，有钱而且阔气，曾不止一次地赞助过学校。柯小辉见过那个人，但是他不喜欢，他想如果不是他这么有钱，也许胡美丽就是另外一个样子。

其实柯小辉并没有忽略成绩下降的原因，每次考试，柯小辉总会分析一下自己的得失。这一学期，柯小辉早就意识到了，自己在课堂上总是走神。老师在课堂上讲，他在下面听，可是不知道为什么，他越想集中精力，越是集中不起来，窗外的一片白云，一只麻雀，胡美丽衣服的每一次变化，都可以让他想上半天，但是想什么，他自己又没有意识。课后复习，他也总是提不起精神。这一点连胡美丽都看出来了，有一次胡美丽关切地对他说：“柯小辉，你是不是身体不舒服？”柯小辉摇摇头，他不想对胡美丽说什么，那些事情，对一个女孩子能怎么说呢。

娘似乎也看出了他的心事，一直问他怎么了，柯小辉一边小心翼翼地躲避着娘的目光，一边说没什么。其实他多么想跟娘说一说啊，那么重要的事情，其实他早就应该跟娘好好地说一说了。

三

柯小辉喜欢拔草，他喜欢看那些草们纵横蔓延的样子，每次拔它们，柯小辉的脑海里总会蹦出白居易的那两句诗：野火烧不尽，春风吹又生。他觉得白居易真是把草的特性写绝了，一代一代，一年一年的，只要有机会，它们就不知疲倦地生长，重复。

柯小辉觉得人们也是在不断地重复着自己的命运。娘重复着她娘曾经的劳作，而自己又在重复着娘一样的劳动。拔草，一个听上去多么生动的词语啊，可是有谁知道这其中的艰辛呢？

有时候柯小辉不得不佩服娘的坚强，他一直纳闷，娘那柔弱的肩膀怎么会有这么大的勇气和力量？家里那十亩地，一个男劳力都会望而却步，可是娘却不知疲倦，风风雨雨这几年，一眨眼也过来了。但是娘似乎并没有停止对土地的开垦，就像柯小辉眼前的这块玉米地，原本只是一片茅草地，没有分田到户的时候，什么都不长，后来村里看这块地闲着也是闲着，干脆一点点地分到各家各户。开始柯小辉一直劝娘放弃这块地，可娘说那样人家会笑话的。于是地一点点地被开垦出来，然后经过治理，竟然也成了一片好地。

就是在这块玉米地里，爸爸对柯小辉说出了让他从来也没有想过的打算，爸爸说："去外面上学吧，城里的条件比家里不知道要好多少倍，要不你这一辈子就毁在农村了。"柯小辉说："我走了，我娘怎么办？"爸爸说："你现在的情况是要管好自己，大人的事你不用操那么多的心。"柯小辉说："我娘自己种这么多的地，我放心不下。""地可以租给别人嘛，你这孩子，那不是你考虑的事情！”爸爸紧咬着嘴唇，目光焦躁而无奈。“再这样下去会毁了你的前途，”爸爸挥起手臂，仿佛要一把将他抓起来似的。憋了很久，柯小辉说：“要去，我和娘一起去。”爸爸低下了头，柯小辉知道这是问题的关键。

父母吵过架，柯小辉是知道的，有一天夜里柯小辉听见他们大声地指责对方，似乎还在争夺着什么，听了一会儿才知道他们原来是在争自己。他们都想要自己，爸爸的理由是让娘从大局出发，为了儿子的前途放弃柯小辉的抚养权。而娘则坚持自己的理由，说我养大的孩子不能白送了别人。爸爸说，我可以不要家里的一切。娘则说，痴心做梦。那一晚柯小辉差一点儿就要奔过去，但是他忍了又忍，直到后来娘搬了铺盖睡在自己的炕上，柯小辉才迷迷糊糊地睡去。

就是在那次吵架之后，爸爸单独找了他，显然爸爸是想从他这里找到突破口，可是柯小辉没有给爸爸更多的机会，他不想父母离异，更不想自己成为像胡美丽那样的人，他需要父爱，更需要母爱。可是这一切能跟班主任说吗？能跟胡美丽说吗？如果告诉了娘，爸爸正在私下里争取自己，娘听了会不会伤心落泪？

柯小辉蹲下身来，那些野草们散发着一股青涩的气味，握在手里有一种柔软的感觉。柯小辉挥起镰刀，那些草们在锋利的刀刃下呻吟着、跳跃着、挣扎着。这也是生命啊，不知道为什么，柯小辉忽然想到那首著名的《小草》：没有花香，没有树高，我是一棵无人知道的小草。多么传神的小草之歌啊，柯小辉常常想，人不就是小草吗？有时候甚至还比不上小草呢。

柯小辉站起来擦汗的时候，爸爸的信忽然从上衣口袋里跳出来。

这几天，柯小辉一直把爸爸的信带在身边，他不想让娘看到，也不想撕掉。那天柯小辉看着爸爸的信，心绪乱极了。爸爸在信里下了最后通牒：走也得走，不走也得走。

四

一连几天，胡美丽都没有来上学。开始柯小辉还以为胡美丽病了，可是后来传来的消息却是胡美丽退学了。这个消息让柯小辉很吃惊，以他对胡美丽的理解，没有特殊情况，胡美丽是不会退学的，正如她自己曾经说过的：你们是奔着大学去的，而我只是想熬过这几年时间。在时间还没有熬够之前，胡美丽怎么会退学呢？

那几天，教室里的气氛一直很压抑，从班主任的眼神里大家也都感觉出来了。退学对大家来说并不是一个普通的信息，它有可能会起到连环作用，让更多的学生在考虑了自己的情况后步退学者的后尘。

在一次晚自习的时候，班主任终于坐不住了，他把胡美丽的退学看作了逃兵行为。那一刻，班主任的眉头紧皱起来，寂静的教室里只有他不紧不慢的脚步，忽然，班主任停在柯小辉身边，他一边敲着柯小辉的课桌，一边大声地问："柯小辉，你说说，要是换了你，你会怎么做？"柯小辉被问得有些丈二和尚摸不着头脑，他懵懂地站起来。刚想说话，却被班主任又按在了座位上。"现在有些同学动不动就想退学，你们想想父母培养你们容易吗？你们看看外面那些田地里，你们的父母天天在干什么？而你们轻松地坐在教室里又在干什么？退学，简直就是一种耻辱！"班主任说得很动容，柯小辉坐在那里，他忽然想起《红楼梦》葬花词里的一句话：侬今葬花人笑痴，他年葬侬知是谁？班主任问得不错，如果换了他柯小辉，他会有怎样的选择？

柯小辉又摸了摸口袋里父亲的那封信，其实在他的头脑里，未尝没有过这样的想法，父亲的最后通牒其实和退学的性质有什么区别呢？一边是城市里良好的教育条件，而那样的条件又是这样可遇不可求，一边是娘辛苦劳作的背影。柯小辉知道在自己的身上，寄托了娘太多的期望。娘未尝没有替他想过未来，可是选择放弃，又不是那样的心甘情愿。这几天，每次听到娘唉声叹气，柯小辉的心就紧紧地揪起来，有时候他不敢面对娘有些憔悴的脸庞，因为在那里，柯小辉能够看到娘的心血，为了他，为了这个家。柯小辉不明白爸爸为什么选择了离开，在这个家里，柯小辉觉得爸爸始终像一个影子，来也匆匆，去也匆匆。

放学的时候，柯小辉选择了去胡美丽家，因为在他的书包里，还有胡美丽曾经借给他的《简·爱》。

夜幕已经沉下来了，整个乡村都被笼罩在一片宁静祥和的气氛当中，走在那样的乡间小路上，很容易让人浮想联翩。柯小辉想，也许爸爸这几天就要回来了，那时，一切都将会有一个满意或不满意的结果。

在胡美丽的家门口，柯小辉见到了胡美丽。几天不见，胡美丽似乎消瘦了很多，看见柯小辉，胡美丽有些不自然地低下了头。

柯小辉掏出那本《简·爱》，他实在不知道该对胡美丽说些什么。半晌儿，柯小辉才有些吞吞吐吐地说："以后有什么打算吗？""我能有什么打算？不过是混日子呗！""其实你不应该选择这条路。""我能选择什么路，要学习我不行，要种地我嫌累，反正有人养着。""你就想让别人养你一辈子吗？""不行吗？不养我，他也会养别的女人，我就是要做给他看，让他着急、让他生气。""其实你爸爸也挺不容易的。""他不容易？谁容易了，你容易吗？你娘容易吗？你爸爸容易吗？天下不容易的又不是他一个人，我才不会体谅他！"胡美丽的话咄咄逼人，让柯小辉一时答不上话来。

"自己好好想一下，千万不要赌气，只能害了你自己。"

胡美丽抬头看看柯小辉，眼泪就在眼圈里含着。

"这本书还给你吧，希望你自己多多保重。"

"不用了，留给你做个纪念吧。"未等柯小辉回答，胡美丽转身跑进了家门。

五

中午的时间很短，一地的草刚刚拔了一半，上学的时间就快到了，柯小辉站起来，伸伸有些酸痛的腰，他的目光穿过那些玉米，最后定格在头顶的蓝天上。天空好广阔啊！每次看天空，柯小辉都会发出这样的感叹，而在这样的感叹之后，却又是深深的失落。

柯小辉不知道自己怎么总会有这样的感觉，每当他看到娘憔悴的脸庞，每当他看见那大片大片的土地，他的失落感就会悄悄地涌上来。有一次胡美丽说他是个多愁善感的人，他还摇着头给予否定，而现在想想，其实胡美丽说得一点也没错，这种多愁善感是从他的骨子里冒出来的，从他呱呱落地，就已经带在他身上了。

快到家门口的时候，柯小辉忽然看见奶奶正在焦急地等着什么。看见他，奶奶紧走了几步，“小辉，你可回来了，你娘怎么还不回来吃饭啊？”

“她还没有回来吗？”

“平时这个点她早该回来了，你娘也真是的，活再多也得吃饭啊，不爱惜身体哪行。你快去找找她吧。”奶奶嘟囔着，花白的头发在阳光下一闪一闪。

柯小辉知道奶奶很喜欢娘，自从娘嫁过来，就没和奶奶红过一次脸。奶奶总说是她上辈子积的德，才碰上了娘这样的好媳妇。

“我这就去，奶奶，你不用担心。”柯小辉放下镰刀，抹抹头上的汗，又转身向村外走去。

乡间的正午，大地似乎也要午睡了，大片大片的青纱帐，组成了另一种颜色的海洋。

下午的课肯定是上不了了，柯小辉想，娘也真是的，活可以不干，饭能不吃吗？这么热的天气，怎么就不知道爱护自己的身体呢？

偌大的棉花地里，看不到娘的身影，“娘，娘！”柯小辉大声地喊了起来，但没有回音，只有燥热的风轻轻地吹过来。柯小辉的汗一下子就冒出来了。在棉花地的另一侧，柯小辉看见了娘平时用的水壶和毛巾，他的心忽然悬了起来。

柯小辉跳进棉花地，棉花的枝叶在他的脚下发出咔吧咔吧的声响，仿佛在抗议着柯小辉的野蛮入侵。但是柯小辉什么都顾不上了，他只想找到娘，让娘回家吃饭。

在棉花地的中央，柯小辉一眼就看见，娘正安静地俯卧在那里。

“娘！娘！”柯小辉的声音忽然尖利起来。

…………

醒来的时候，天已经大亮了，柯小辉抬头看看病床上熟睡的娘，悄悄松了口气。娘已经脱离危险了，医生说，如果不是发现得早，也许就是另外一种结果了。

柯小辉有一种庆幸，又有一种感激，如果不是奶奶牵挂着娘，也许会是不一样的结果，亲情连心，世界真的是这么奇妙吗？柯小辉拿起拖布，想打扫一下卫生的时候，病房的门却忽然被推开了。

是胡美丽。

柯小辉感到有些意外，此时的胡美丽让他既熟悉又陌生。

“好点了吗？”胡美丽冲柯小辉点点头。这时柯小辉才发现胡美丽是化过淡妆的，这也正是让他感到陌生的地方。

“你怎么也来了？”柯小辉有一些不知所措。

“知道了，就过来看看，顺便带点东西给你。”胡美丽笑了一下，然后从包里拿出一个信封。“这是我爸平时给我的零花钱，你先应应急。”

“这怎么行？”柯小辉忽然有些激动起来。

“这怎么不行？我又没别的意思。你激动什么？”

“我，我只是，我有钱的。”柯小辉一时不知道怎么回答。

“好了，我还有事，先回去了，给你娘带个好。”胡美丽把信封塞进柯小辉的手里。

柯小辉懵懂地握了信封，他觉得胡美丽好陌生好陌生。

在医院门口，分手在即，柯小辉忽然有些磕磕绊绊地说："胡美丽，教室里还留着你的位置呢，大家都希望你回去。"

"不会了，"胡美丽眼里划过一道淡淡的忧伤，"后天，我就要去石家庄打工了，爸爸托人给我找了一份工作，我不会再回去了。"胡美丽抬头看看天空，忽然叹口气又说："那里是属于你们这些聪明人的，我笨，只好想笨办法了，祝你好运，再见。"

胡美丽头也不回地一路跑去，直到消失在人流之中。

柯小辉呆呆地站在那里，他的大脑一会儿空白，一会儿是胡美丽，再一会儿是爸爸，再后来又变成了娘。柯小辉狠狠地抓住了自己的头发，他觉得那仿佛是一把草，正要疯狂地生长起来。

来去之间

一

汽车进入小城的时候，天刚刚接近黄昏，透过车窗，他看见了外面那些似曾相识的画面。匆匆忙忙的车辆，慌慌张张的人流，那些纵横交错的汽车、摩托车和自行车，看得他的眼睛都有些花了，而那些商铺、花花绿绿的广告牌更是让他有了一丝丝的慌乱。他看了看车厢里的乘客，大部分人的眼睛里都流露出到家了的迫切神情。随着他们的表情，他的心也不由得有些迫切起来。

几个月前，他接到了儿子打给他的电话，说生了，母子都平安。儿子的话音未落，他的心一下子就提到了嗓子眼，他急切地问道，是男孩还是女孩？这才是他最关心的，显然儿子忽略了他的心情。是个男孩。儿子平淡的回答让他有一些不满意，这么高兴的事情怎么能用这样的口气呢。他一连说了几声好，声音都颤抖了。放下电话的时候，他觉得自己仿佛都不是自己了。这么多年，他很少有这样痛快的感觉，好像发了一笔横财，又像捡到了什么稀世珍宝。他从里屋走到外屋。又从外屋走进里屋，他不知道自己该做点什么才能压制住这突然而至的喜讯。

这个兔崽子，还算他有本事，没让老爹的希望落空。他匆匆忙忙地给大女儿、二女儿打了电话，因为激动还按错了两回电话号码。办完这些事，他在炕头上坐下来，无意之间，他抬头看见了墙上老伴的照片。老伴的眼睛正温柔地看着他，仿佛在说，你高兴什么啊老头子？看着慈祥的老伴，他忽然想起了什么。他跳下炕头，开始翻箱倒柜起来。半天，才在有些霉味的柜子底下找到了他想找的东西。一双小小的虎头鞋。那是老伴活着的时候提前给孙子做的，现在他不得不佩服还是女人想得远，想得细。睹物思人，他知道，要是老伴还活着的话，肯定比他还兴奋，那个老太婆，渴望抱孙子的心情比他强烈多了。

一想起马上就要见到自己可爱的宝贝孙子了，他的嘴角露出一丝不易觉察的微笑。透过车窗，他似乎看见了那个小小的身体，小鼻子小脸小嘴巴，小手小脚小屁股。想到这里他忍不住笑了，他好想抱着那个小小的人儿好好地亲一下啊，都已经六十多岁的年纪了，等到这时候容易吗？都是那个不争气的儿子，让他盼了这么多年，年轻人怎么能知道老人的心思啊。

汽车靠站的时候，在忙乱的人群里，他一眼就看见了等在外面的儿子。儿子并没有看见他，正仰起头努力地搜寻着，他冲着窗外招了招手，儿子依旧没有觉察，直到他随着人群走出车门的时候，儿子才匆忙跑上前，一边接过他沉甸甸的行李，一边挽了他的手。他喜欢儿子的这个动作，就像小时候他挽着儿子的手一样，只不过此一时彼一时，儿子再也不是那个让他处处袒护的小不点了，换过来，他却成了儿子要处处照顾的对象。在这样的城市里，如果不是儿子挽着他，他根本分不清哪一条路向东，哪一条路向西。现在，他可以从容地把目光放开来，因为他很快就可以看见自己的宝贝孙子了。

二

房子是儿子岳母的，两室一厅，百十来平方米的样子。站在那样的空间里，他忽然有了一种压抑的感觉。那窄窄的楼道，那走了两层就让他有些喘息的楼梯，都让他有一种无所适从的感觉。虽然他来的时候，就做了很多的思想准备，但现在他还是不得不重新调整自己的心态。

儿子一路跟他喋喋不休，从儿子的神态来看，似乎也很高兴。儿子从农村出来，当然不可能在短短的几年里就把思想改变得那么彻底。儿子是他的独苗，现在儿子也完成了三代单传的任务，按农村的说法不知道要修几辈子的道行才能有这样的结果，虽然这样的说法有一些迷信的色彩，但是他相信，多做好事还是会有好报的。

儿子说，凭他们自己的能力，在城里根本就买不起房子。没办法只好借老太太的房子一住了，要不她一个人住着也怪孤单的。儿子的岳父早就不在了，这是他原来就知道的，但是他并不赞同儿子的话。在农村，儿子的情况就属于倒插门。什么情况才倒插门啊？真是不知天高地厚的生瓜蛋子，还自以为是呢，他嘴上不说，心里却有了很大的不痛快。

家里显然做了充分的准备，老太太的热情暂时打退了他心里的不快。老太太比他大几岁，但看上去并不显老，属于快人快语的那种性格，从儿子结婚的时候他第一次和老太太见面，就对老太太有一种好感。老太太朴素，丝毫没有城里人那种高高在上的气势。而儿子的婚事大部分也是老太太操持的，甚至一些费用都是老太太出的，用老太太的话来说，不是一家人，不进一家门，既然是一家人，就不用分那么清你我了。老太太的理论给他一种诚惶诚恐的感觉，在儿子的婚事上，他自认为欠了老太太很大很大的人情。

孩子被老太太抱出来的时候。他马上就凑过去，他感觉到了自己的手在颤抖。这就是自己日思夜想的孙子啊，是老张家生命的延续和衔接啊。未等老太太把孩子递到他的手里，他一眼就看到了那张粉嘟嘟的小脸，虽然孩子还睡着，但他还是从孩子的脸盘和神态上有了第一感觉，老张家的人没错。

他相信这种感觉，心灵的感应有时候就是一种神奇的力量啊。他掉眼泪了，他不知道眼泪是怎么掉下来的，直到老太太递过一条毛巾，他才感觉到自己的失态。老太太说，看把爷爷高兴的。他颤抖着擦去眼泪，然后不好意思地对着老太太笑了笑说，太激动了。

老太太用一种复杂的眼神看着他，很久才说，也别光顾着高兴了，我还给你做了点饭菜，趁热吃了吧。

老太太给他准备了崭新的被褥，还亲自给他铺在床上。老太太说，刚开始也许会不习惯，过两天就好了，有什么事情尽管说话。他感激地点点头，面对着老太太的周到，他都不知道说什么好了。

夜里，他真的失眠了。望着窗外的夜空，听着身边儿子的呼吸，仿佛一切都在梦里。昨天他还睡在自己的土炕上，而现在他就已经身在别人的高楼里了，多么神奇的旅途啊。他不敢翻身，他怕自己打扰了酣睡中的儿子。都多少年了，从儿子几岁开始，他就几乎没有和儿子在一个床上睡觉了。老了，却和儿子又睡在一起了。他看着黑暗中儿子模糊的脸庞，一种幸福的感觉忽然涌上了心头。

三

捧在手里怕碎了，含在嘴里怕化了。原来他听到这样的话还觉得太矫情，现在却有了切实的体会。他喜欢孩子，一刻钟也不想离开，哪怕就那样静静地看着孩子，都有一种幸福在心里荡漾。如果不是在老太太家，他早就会亮起嗓门儿唱河北梆子了。但是他并不想惹人烦，从来也不用嘴去亲孩子的脸蛋，来的时候两个女儿就嘱咐过他，说那样容易传染细菌给孩子。虽然有时候他很想，想极了，他就挠孩子的小手心，直到孩子做出反应，他才罢休。

他拿出了小虎头鞋，穿在孩子的脚上，不大不小，不肥不瘦，仿佛就是照着孩子的小脚丫刻下来的。老太太说，要是奶奶能看一眼该多好啊。老太太的话没说完，他看见儿子的眼圈就红了，儿子想母亲了，他也想老伴了。老太太自知说走了嘴，赶快停了话头。

老太太没有把他当作外人，老太太喊他大兄弟，他喊老太太姐。本来在农村都喊亲家母嫂子的，可是不知为什么，他第一次喊出的却是“姐”，唐突的叫法连他自己也吓了一跳，他感觉到老太太像一个平易近人的大姐姐。后来他跟老太太解释的时候，老太太说，喊姐姐更像是一家人。

他觉得老太太说得一点也没有错，这几天里，他一点也没有拘束感，这一点连他自己都难以置信。他主动烧水，擦地，干一些力所能及的活。老太太、儿媳不让他干，他就说，在家里干习惯了，如果不干点活，手心里就难受。其实无论做什么，他里里外外都是一把好手，他照看孙子，心细得连儿媳都啧啧称赞。他洗尿布，连老太太也说他不像个老爷们儿。他的表现得到了大家的一致好评。他不抽烟，也不怎么喝酒。有一次老太太甚至怀疑他不抽烟是为了孩子，后来看他是真的不抽烟，才说真是难得，农村的老爷们儿哪里有不抽烟的。他没有告诉他们，他原来是抽烟的，自从老伴去世的那一年拉着他的手说不让他抽烟，他就戒了。他的肺有毛病，有一年还吐过血，他觉得老伴没有了，自己不能在孩子们都没成家立业的时候再没了，所以就戒了。戒烟的过程并没有别人所说的那样痛苦，连他自己都感到奇怪。后来他把这一段故事告诉老太太的时候，老太太的眼圈都红了。

他说再住几天就回去，儿子不同意，老太太不同意，儿媳也没有点头。儿媳说，我们都去上班了。家里只有妈妈一个人我们也不放心，再说了，互相说说话，还能少一些寂寞。

女儿是心疼妈妈，但是这些话在他听来却十分的顺耳。的确就像老太太说的那样，不是一家人，不进一家门。别的家庭，儿媳和公婆之间哪有没矛盾的，但是于他，却从来没有这样的感觉。也许他是个大老爷们儿，本身就少了一些鸡毛蒜皮。也许是他自己本身就好，还没有到让人厌烦的地步。

听人劝，吃饱饭，他没有急着回去，在这里看着孙子，有说不完的乐趣。

他没有别的农村老人进城住不习惯的感觉，农村有农村的好，城市有城市的优点，这一点必须得看开，老是抱着一种眼光看周围的一切那是井底之蛙。他很早以前就跟儿子说过，等儿子有本事了一定要跟儿子去城市里住，现在儿子虽然还没有什么本事，但他先沾了孙子的光，他有时想，城市的生活就和农村不一样呢。

白天，儿子儿媳去上班，家里就剩两个老人外加一个孩子，有时候孩子睡了，他和老太太就坐在一起看电视。老太太喜欢看韩剧《澡堂老板家的男人》，看了一集又一集的，开始他不喜欢，后来不知怎么也喜欢上了，就跟着老太太一起看澡堂老板和老板娘的烦恼。没有韩剧的时候就聊天。他聊农村过去的事情，老太太聊城市过去的事情。他说老伴的时候，老太太也会说起自己的老头。伤心的时候，两个人还会一起流眼泪，他觉得这样的生活一点也不枯燥。当然他也没有白吃人家的饭，他种地那些年攒了不少的钱，他把生活费给老太太，老太太不要，给儿媳，儿媳也拒绝了，后来他说，算是给孙子的见面礼吧。儿媳才痛快地收下了。五千块钱，够自己吃一年的了。

四

老太太的病没有一点征兆，上午还好好的，下午人忽然就晕倒了。他慌了，要是在农村，他会跑去把医生喊到家里来，现在是城市，怎么办啊？他一边掐老太太的人中，一边给儿子打电话。儿子说，别着急，赶快用家里的电话打 120。

赶到医院的时候，老太太刚刚苏醒，老太太的口水沾了他一身。医生说，多亏了你家老先生叫车快，要不情况就复杂了。老太太看着一脸疲惫的他，目光中充满了感激。他抱了孩子，却在一边羞得满脸通红。

那几天，他成了老太太的陪床，老太太喝水他去倒，老太太吃饭他去买。有时候连他自己都惊异于自己的变化，在大城市生活自己也并不是一窍不通啊。

几天后，老太太出院了，好了的老太太叫他并不放心。老太太去买早点，他就一直站在窗口那里看着。老太太去买菜，他就抱着孩子跟在后面。而老太太总有自己活动的时候，每每这时，他的心就揪起来，老太太晚回来一会儿都让他提心吊胆。他想自己这是怎么了，怎么无缘无故什么事情都操起心来？

事情是儿子先提出来的。儿子的话让他吃了一惊。儿子说，我看着你和孩子的姥姥挺般配的，如果你没有意见，你们就搬到一个屋里住吧。他看着儿子的表情，似乎不是戏言。儿子又说，我媳妇也觉得你们挺合适，都老了，我们不在的时候你们也好互相有个照应。他说，这叫什么话啊，哪有儿子的父亲和儿媳的母亲一块住的，太不像话了。他有些激动，激动得脸都红了。儿子说，世界上这样的事情多了，只是你不知道罢了，演《东北一家人》里的那个老太太，人家再嫁了老公的姐夫，我们同事的母亲，就是嫁了他的岳父，人家一家人感情好着呢。他说，他们是他们，我是我，我做不来这样的事情。儿子说，先别急，你自己好好考虑一下，人家孩子的姥姥也在等你的回话呢。什么？他睁大了眼睛，老太太也同意？

儿子的话打破了家里的平静，再和老太太面对面时，他忽然有了许多的不自在，他不敢再看老太太的眼睛，连“姐”字也喊不出来了。反倒是老太太比他镇静得多，老太太说，大兄弟，有话就说出来，没有必要掖着藏着的。

他掖什么了，又藏什么了，面对着老太太的问话，他不知道该怎样回答，也许到了该离开的时候了。

犹豫了很久，他还是把想回去的话在一次吃饭的时候说了出来，一家人似乎都是一愣，儿子在反应过来之后干脆说不行。儿媳也说，住得好好的，干吗要回去？老太太不说话，放下碗筷起身走开了。

他僵在那里，不知道话题该怎么进行下去。儿子说，这里现在最需要你，再说了你回去让姐姐们怎么看我。

他说，我只是想家了，我回家看看再回来还不成吗？

行程定了，在收拾自己东西的时候，他才发现，除了身上穿的衣服，其他衣服都让老太太洗得一干二净。老太太给他煮了很多的鸡蛋，还给他灌了一杯纯净水。他说，吃不了那么多鸡蛋的。老太太说，穷家富路，听姐的话没错。老太太的话让他心里涌起一股暖流，多少年了，自从老伴去世，这样慰心的话就很少听到了。老太太接着说，要是在老家觉得孤单，就早早回来，你不想孙子，孙子还想你呢。

他点点头，他觉得自己怎么忽然像个小孩子了。他说，姐，你也要照顾好自己。

老太太说，一时半会儿死不了，不是还有那个小不点吗？什么时候他长大了，咱再蹬腿也不迟。

从家里出来，老太太站在门口久久不肯回去，他亲了亲熟睡中的孙子，又对老太太说，姐，我还会再来的。转身离开的时候，他的鼻子一酸，竟然是一副柔肠。

在人声鼎沸的火车站，儿子一直沉默着不说话，似乎在跟他赌气。

火车晚点了，他坐在那里无所事事，他想起这么多日子的团聚，想起老太太对他的好，心里忽然就恋恋不舍起来。

他去了一趟厕所，再回来的时候，钱包不见了，他和儿子急匆匆地回去找，当然是一无所获，在这样一个人流密度这么大的地方，要想找回一个钱包，比登天还难。让他更焦急的是，火车票在钱包里，没有车票怎么上车啊。

看着他的样子，一直沉默不语的儿子忽然笑了，儿子说，这叫天不留人，人留人，跟我回去吧。

他说不，我们再去买一张。

儿子说，你看看我们的钱还够买一张车票吗？

他懊恼地摇摇头，一脸的无奈。

坐上儿子的摩托车，他多少有一些尴尬，他不知道该怎样面对老太太。也许，老太太还以为他回心转意了呢。

一生的对抗

一

刚刚推开病房的门，趴在床边的弟弟就警觉地抬起头，看见是他，揉揉眼站起来，把床边的位置让给了他。弟弟的眼圈有些发红，因为几天没刮胡子，整个人看上去疲倦而邋遢。已经两天两夜了，也真难为了弟弟，他忍住心底翻上来的热潮说，爸爸今天吃了点什么？什么也没吃，让他吃，他总是拒绝，连药也没吃，弟弟无奈地低下头。他说不吃就不吃了，真有你的，他狠狠地瞪了弟弟一眼。弟弟不敢接他严厉的目光，只是低低地嘟囔了一句，他这个样子，我又有什么办法。窝囊，他心里恨恨地，话却没有说出来。这一段时间，医生曾经嘱咐过他们，一定要让父亲吃点东西，这样可能还会多活几天。但是父亲已经厌倦进食了。有一次拒绝他喂食的时候，他硬是冷冷地给父亲顶了回去。他说，吃也得吃，不吃也得吃。在他的注视下，父亲竟然默默地接受了。看着父亲艰难地进食，他的心里也曾涌上一丝疼痛，可是他没有别的办法。后来他再喂父亲吃饭时，父亲一次也没有拒绝，可是一换了弟弟，父亲依旧拒绝进食。

他弯下腰仔细地看了看父亲的面容，父亲紧闭着两眼，脸色苍黄，因为鼻孔上粘着吸氧管，呼吸显得粗重而艰难。他仰起头，深深地吸了两口，空气中弥漫着浓重的消毒水的味道，小时候他最怕这样的气味，而现在，他能够体验到这样的气味给父亲生命带来的威胁。医生前几天曾偷偷地告诉他，父亲挨不过这个月了。

他冲弟弟示意了一下，低低地说，你回去吧，今晚我在这儿。

你要是工作忙，你就去忙吧，我还能够坚持。弟弟说。

弟弟的话让他的心里暖烘烘的，昨天本来该他陪父亲的，可是单位忽然发生了生产事故，给弟弟一个电话打过去，弟弟二话没说半夜就跑了来。

我没事了，你走吧，好好睡上一觉，明天晚上你再来。

那我就走了，有事你给我打电话。

知道了，路上注意车辆。

就在弟弟转身想走的时候，忽然传来父亲的声音，老二，你别走。

原来父亲并没有睡着，父亲睁开眼睛，有气无力地说，老二，你别走。

弟弟看看他，又看看父亲，不知如何是好。

尽管只是一句话，他还是感觉出了父亲对弟弟情感上的倾斜。他的心里一阵酸楚，对抗了一辈子，此刻父亲依旧没有放下他的武器，依旧是对抗的姿态。

你走吧。他对弟弟说，然后又把目光对准父亲，父亲没有迎接他，无神的目光只是在他的脸上轻轻一滑，就斜向了弟弟那边。弟弟已经守了两天两夜了，让他回去歇一会儿吧。他尽量把语气放得平和，平和得连他自己都陌生了。听话啊，爸爸。他给父亲掖掖被角，又冲弟弟使了一个眼色。弟弟说，爸爸，我一会儿就来。父亲无力地闭上了眼睛，直到弟弟离开也没有再睁开。

病房里安静下来，他坐在病床边的凳子上，从弟弟走后，他的目光就没有离开过父亲的面孔。他真想和父亲说说话，家里的，单位上的，说什么都行。他记得从上初中起，他就没有和父亲好好地说过一次话了。

曾经也想，但总是话不投机，每次都弄得不欢而散，母亲说他们父子是上一辈子的冤家，可是为什么是这样的结果，他却从来也没有认真地去思考过一次。

现在父亲已经不能利索地说几句完整的话了，他真后悔。他把手伸进被角，握住了父亲干燥的脚趾，他感觉到了父亲那轻微的抖动。他说，爸，喝水吗？不，很含糊的声音。解手吗？依旧是含糊的声音，可是顺着父亲的脚，他分明感觉到了什么。他轻轻地翻开被子，里面已经潮湿一片。

解手你怎么不说呢？话轻，但语气却加重了。这已经是父亲第三次尿床了，每次都是在他陪床的时候。父亲显然不想麻烦他。

父亲不语，沉默中显示着一种倔强。

他掀开父亲的被子，想把父亲的秋裤脱下来，可是父亲扭了扭身子，表示着一种拒绝。

都什么时候了，还耍脾气，老二是你的儿子，我也是，老二能做的，我为什么就不能做？他不顾父亲的抵抗，一手托起父亲的屁股，一手把秋裤轻轻地退下来。他看见了父亲的私处，这已经不是第一次了，但每次看到，他都有一种恐慌的感觉。父亲也慌，只是没办法来掩盖了。

父亲一直闭着眼睛，似乎只有这样才能表达他内心的抵抗。

他从父亲的姿态中能感觉到父亲对他的排斥，他对父亲再了解不过了，一样的个性，一样的倔强，他们碰在一起，从来都是火花，只不过从前的对抗，他是弱者，而现在，弱者变成了父亲。

二

他出生在河北北部的一个小村落里，那里水土丰饶，河沟密布。自打他记事起，他就知道父亲在一个遥远的地方当兵。他见过父亲飒爽英姿的照片，那是一幅四寸的彩色照片，挂在家里最高的镜框里。照片上父亲双手握枪，双目炯炯，有一种说不出来的英武。那时候父亲不常回家，一年两年回来一趟已经算不错了，家中里里外外都靠母亲一个人张罗。好在那时祖父祖母身体都好，生活还算平稳。母亲比父亲小十岁，这是他懂事以后才感觉出来的不公平。他记得曾经偷偷地问过母亲，母亲说，就这样好多女孩子还羡慕呢，那时候的军人就像现在的大学生，抢手呢。后来他认真地对照了一下，发现父亲战友的家庭也大都是这样的，女方总是比男方小上七八岁，像父母这样相差十岁的也不少见。

但是后来情况慢慢地变了，为了响应号召，父亲和他的一部分战友从部队转业到了一家钢铁企业，脱下军装穿上工作服，当上了钢铁工人，军人的光影不复存在，再看那样的老夫少妻就有些不般配。在他的印象里，父母一年中相聚的时间很短，父亲每次探亲回家都是匆匆来匆匆去的，给他的印象极其模糊。

他记得第一次和父亲发生正面冲突，是父亲的一次探亲回家，那年他已经七岁了，正是贪玩的年龄。因为那次父亲安排的毛笔字他没有写完就出去玩了，父亲对他大发雷霆，他那时并不熟悉父亲的脾气，只是说了一句“毛笔字我们又用不着，写了还不是白写”。父亲竟然上来狠狠地踢了他一脚。那一脚很疼，他的眼泪一下子就涌了出来。父亲说，不准哭！没有完成任务还有脸哭。但是他忍不住，委屈的眼泪哗哗地流下来。父亲说，你再哭，就给我滚出去。他当然没有滚出去，而是大声地哭起来。母亲闻声跑进来，一边呵护着他，一边冲着父亲说，不就是几个毛笔字吗，用得着这么打孩子吗？他没想到，母亲的话激起了父亲更大的怒火，父亲冲上来，一把扯开母亲，然后就给了他一记耳光。父亲的手很重，他的半边脸顿时肿了起来。母亲心疼他，竟然扑上去与父亲厮打起来。那是他印象中父母的第一次吵架，母亲发挥了一个女人的特长，大哭大闹，外加撒泼，直到后院的祖父祖母听到动静赶过来，他已经哭不出声了。

那一次，他恨死了父亲，父亲曾经留给他的美好的印象都因为那一耳光而消失殆尽，他甚至想到了自己不是父亲的亲生儿子，世界上有这么打儿子的父亲吗？那一段时间，他患上了恐父症，一听说父亲要回家来了，他的后背就冒凉气，甚至能够感觉到那种火辣辣的疼。即便是后来父亲回家后对他再好，他也感觉不到任何温暖了。有一次母亲当着父亲的面说，看你把孩子吓得，都快神经了。父亲只是笑笑，并没有表现出任何后悔的样子。他的心顿时冷了下来。也许父亲并不知道那一耳光对他成长的重要性，可是在他的心里，已经跟父亲划开了一道长长的界线。

后来，父亲的单位为解决职工两地分居的问题，要把母亲和他的户口都迁到父亲所在的小城。听到消息，他就对母亲说，你自己去吧，我不去。母亲愣愣地看着他，后来说，你不去，那你跟谁过？他说，我跟爷爷奶奶。母亲说，别冒傻气了，儿子，你爷爷奶奶还需要别人照顾呢，怎么能照顾得了你？他说，照顾不了，我也不去，他要是再打我怎么办？哪能呢？母亲摸摸他的头发，你好好听话，少惹他生气，一切还有妈妈呢。他撇撇嘴，一个人跑到屋后的小树林里，偷偷地流了半天的眼泪。那时他做了最坏的打算，打不过就跑，反正他有的是力气。

三

十一岁那年，母亲为他生了一个弟弟。

弟弟的出生给这个家庭带来的并不是快乐，而是一个沉重的打击。那时候已经实行计划生育了，面对这个突然而至的弟弟，父亲和母亲犹豫了很久，最后还是决定要把他生下来，当然前提是父亲无休止地做检查和扣工资，好在党员的资格给保留了下来。那一段时光是父亲一生中最灰暗的时间，常常一个人唉声叹气，烟抽得勤了，还动不动就想喝上几口酒，对他也常常是一副不耐烦的表情，似乎一切都是因为他引起的。那时他常常躲父亲远远的，一看到父亲下班回家，就跑出去，要么去同学家做作业，要么在外面玩一会儿。他一直还恐惧着父亲的耳光，生怕一不小心风雨就会落在他的头上。

父亲和母亲开始吵架，鸡毛蒜皮的小事也要分出对错，他厌倦透了，一看见父母吵架他就赶紧躲出去。他怀念在农村的日子，毕竟那时父亲每年才回家一两次，他有的是自由的时间，但现在，除了恐惧，就是小心。

但父亲对弟弟却是出奇的好，那种好让他羡慕和嫉妒。每天下班，父亲总会把弟弟架在脖子上满大街地逛，即便是弟弟尿了他一脖子，父亲也是一脸的幸福。每次看见父亲用嘴亲弟弟脸蛋的时候，他的心里就酸溜溜的。他想，自己也是父亲的儿子，为什么这些父亲一点也不曾给予自己。

他开始把满腔的嫉妒迁怒于弟弟，比如他会在弟弟玩得兴高采烈的时候，把弟弟手里的东西抢过来扔在一边，看着弟弟一把鼻涕一把泪地在那里哭，他就会有一种从没有过的快乐。他还会在弟弟站不稳的时候，再悄悄地推上一把，看弟弟在地上挣扎，他就一个人偷偷地坏笑。当然这都是父亲和母亲不在的时候，为此弟弟从小就怕他，他一瞪眼弟弟就会吓得一句话也不敢说。但有一次他把玩笑开大了，弟弟的额头碰在桌角上，流了很多的血。在父亲的盘问下，弟弟如实相告，说是哥哥绊了他一脚。那一次，他没有逃脱父亲对他的惩罚，父亲把他关进厕所，整整站了两个小时。那两个小时，他虽然多少有一些后悔，但更多的是对父亲的怨恨。他想，有初一就有十五，君子报仇十年不晚。但他不知道，父亲已经开始悄悄地注意他了。

半年以后，他旧病复发，在一次带弟弟玩耍的时候，故意把弟弟推下了一个土坡。土坡虽然不陡，却有些长，他也没想到弟弟会刹不住车，竟然一气呵成地滚到了坡底。等弟弟稳住神哇哇大哭的时候，他忽然发现，父亲正推着自行车在不远处目不转睛地盯着他。他看到了父亲眼里的怒火，等那把怒火越来越近的时候，他才想起了逃跑。父亲怒吼着冲上来，手里不知道什么时候多了一根棍子，说，我打死你个兔崽子！他撒腿就跑，他在前面跑，父亲在后面追，那个夏天，所有的街坊邻居都看到了那一幕。他像疯子似的在前面奔跑，父亲像疯子似的在后面追赶，跑完十多里的山路，竟然只是一眨眼的工夫。直到父亲跑不动了，蹲下来喘粗气，他也停下来，汗水湿透了他的全身，那一刻，一种恐惧感忽然涌上他的全身，天好像塌了下来。

那几天晚上他都没敢回家，母亲给他安排在了一个老乡家里。虽然母亲也对他进行了暴风骤雨般的批评，可是并没有动他一个手指头，这让他多少有一些感动。在这件事上，他承认自己错了，不管如何，弟弟是无辜的。

几天后，是一些老乡和父亲的战友陪着他回去的，这都是母亲努力的结果。也许母亲知道，没有老乡和战友们的帮助，他们父子之间的这场战争是不会轻易烟消云散的。

他规矩地向父亲认了错，这对他来说已经是很大的让步了。但父亲并没有原谅他，反而从那天起，开始了父子之间长达一年的冷战。

那一年，他没有主动跟父亲说过一句话，而父亲也没有跟他打过招呼，虽然还在一个屋子里睡觉，一个饭桌上吃饭，但父子亲情似乎已经停止在那一次的奔跑中了。父亲依旧对弟弟很好，有时还故意在他面前做出亲昵的样子，可是他已经没有嫉妒了，他渴望的父爱已经在那一次的奔跑中死掉了。他孤独地混了两年，没等到高中毕业，就以待业青年的身份参加了工作。

四

本以为自己能够挣钱养活自己了，没想到第一个月发工资，他和父亲之间就又发生了一场战争。

战争是他引起的，导火索是他没有上交第一个月的工资。他对父亲说，我要自己放着。父亲说，你自己能放得住吗？他说，没问题。父亲说，那不行，我怎么能相信你？他说，你要怎样才能相信我？父亲说，把工资交给你妈妈，我就相信你了。他说，可以，但是只交我的生活费，其他的我要自己放着。父亲再次坚决地说，不行。他不吭声，但也不行动，两个男人之间的较劲是很可怕的。父亲说，你要是不交，就从这个家滚出去，以后有什么事都不要来找我。他说，我从来就没想过要找你，并转身收拾自己的东西准备走。好在妈妈及时控制住了场面。妈妈说，你爸爸也不是不相信你，只是外面这么乱，怕你跟别人学坏了。他红了眼圈说，妈妈，请你相信你的儿子，我不会乱花钱的，我只是想独立。他看到爸爸捏紧的拳头，如果不是妈妈的出现，他不知道该怎样面对父亲挥来的拳头。

那一次的战争以他的胜利结束，虽然他有些得意，但当他听母亲说父亲夜里气得掉了眼泪时，他的心里还是有了一些内疚。他想，也许父亲是对的。

但是他没有让母亲失望，那几年，他不抽烟，也不喝酒，连朋友之间的聚会都少得可怜。他把全部的心思都用在了挣钱上。别人节假日休息，他抢着去加班，除了可以挣到一些加班费，更多的是想躲开父亲那让人窒息的目光。二十五岁那年，因为表现优异，他当上了车间副主任。

父亲不再用原来的眼光看他了，但依旧很冷淡。有时他故意和妈妈说起单位上的事情，父亲虽不插话，却也在集中精神来听。偶尔父亲会冷不丁的一副欲言又止的样子，他知道，父亲肯定有许多的话想对他讲，只是碍于面子，不得不做一个旁观者。

二十八岁成家的时候，父亲也忙活起来，毕竟是家里的大事。他没有阻拦父亲跑前跑后地订饭店、安排婚车等一系列的事情。他把 2 万块钱交给母亲，让她转交给父亲，却被母亲挡了回来。母亲说，你妈妈还存了很多私房钱呢。再说了，他当爹的，给儿子成家也是天经地义的。他摇摇头说，不，我曾经说过不花他的钱的，男子汉说话算数。母亲说，妈妈知道你争强好胜，可他是你的老子，哪有这么记仇的？他说，这不是记仇，而是骨气的问题。母亲说，我也不懂什么骨气不骨气的，这些钱权当是我借你的，以后你再还给我，这是我的养老钱呢。他没再拒绝，他有一种想流泪的感觉，天底下只有母亲才会这样啊。

其实他哪里知道，这一切都是父亲导演的，而母亲只不过是一个合格的演员罢了。

婚后，还发生过一件事情，差一点又引发了父子之间的战争。

有一天夜里，他去同学家串门，同学的父亲是父亲的战友。去之前他并不知道父亲在同学家喝酒，去了以后才知道他们老战友在聚会。父亲当然不知道他来了，并且就在隔壁的另一间屋子里。如果父亲少喝一点，或者早一点回家，也许什么都不会发生，可是情况恰恰相反，酒酣耳热之际，父亲那边的屋子里不知道什么原因忽然闹了起来，并伴着一些响声。他听到了父亲的吵闹声，就情不自禁地走过去看了一眼。屋子里喝酒的人分成了两拨，一拨拉着父亲，一拨拉着另一个，显然是在拉架。父亲的脸上,头上都是液体,他想可能是酒。屋子里的椅子倒了一个，一个盘子掉在地上，被摔成了几瓣。看到他的出现，大家都愣住了，父亲不再挣扎，那一个战友也老实下来。他冷冷地对父亲说，回家。其实在那样的场合，酒是无法再喝下去了，同学的父亲对他说，你先回去吧，一会儿我送他回家。

转天他就基本上弄清楚了事情的原委，父亲和他的战友因为一件小事拌嘴，就戗戗起来，因为言语过激，被那个战友泼了一脸的酒。很显然，父亲是吃了亏的。他没想到在家里强硬了一辈子的父亲，在外面却是这样一副软弱的模样，这口气他务必要替父亲出。夜里，他轻车熟路地敲开了父亲战友的家门，父亲的战友对他的到来很惊讶，刚刚浮在脸上的笑容马上就被他的话凝固了。他说，叔，也许是最后叫你叔了，昨晚的事情你必须向我父亲道歉，否则一切后果自负。他的话很冷，冷得似乎可以结霜。他未等父亲的战友反应过来，转身就走。

转天，父亲的战友果真就来向父亲道歉了，待父亲知道是他的原因，不禁有些埋怨道，我自己的事情我自己能处理得了，谁让你去多事的？他说，这不是多事，而是面子的问题。父亲说，什么面子不面子的，当初要不是人家帮忙，我的党票早就没了，一点小事，谁还没有过失的时候。他说，让我看到了就不行，你窝囊可以，我还要在这个世界上行走呢。父亲说，我的事情你以后少管。他说，有这样的事情我还会管的，除非不让我看到。父亲说，现在就想管老子的事情，还为时过早！父亲哆嗦着嘴唇，可是已经没有原来那样的气势了。

这一次，在与父亲日渐暮年的战争中，他又一次占了上风。

五

父亲退休的时候，他的儿子已经四岁了。

在儿子身上，他似乎又看到了父亲对弟弟小时候的模样。儿子要什么父亲就买什么，儿子想骑大马，父亲就趴在地上一圈一圈地爬。儿子想要玩具汽车，父亲就一口气买回来一大堆。有一次他对父亲说，你再这样下去，会把孩子惯坏的。父亲说，怎么会？他说，怎么不会，你没看社会上的那些小混混，都是这样被娇生惯养坏的。父亲说，未必，我自己养大了你们两个，也没看你们变坏。看着自以为是的父亲，他想说，你什么时候宠过我，什么时候惯过我？可是他却没说。对于自己的成长，应该说是成功的，他一直也在想，如果不是父子之间的对抗，他会到今天这个地步吗？而弟弟，虽然跟他比，生活能力差一些，却也是一个规规矩矩的青年。这一点，父亲的自豪自然无可厚非。只是，该怎样说呢，他看着父亲那一套对孩子的方法，就有一种抵触，这种抵触是自发的，根本不用经过大脑的思考。

有一次吃饭的时候，他让儿子把碗里的剩饭吃掉，儿子不仅不吃，还说就不吃你能怎么的？看着儿子挑战的目光，他没有犹豫，拿起筷子就狠狠地向儿子的手臂上打去。那一筷子很重，儿子的手臂一下子就红肿起来。妻子一边护住哭闹的儿子一边骂他神经病，说没见过打孩子这么狠的爹。坐在那里，他有些恍惚，他忽然发现，在对待儿子的问题上，自己竟然和父亲有着某些相同之处，这就是粗暴。他想，当初父亲也是这样对自己的吧。他惊出了一身冷汗，心想，无论如何也不能重复自己的那种父子关系了。从此，无论孩子再怎么调皮，他都会及时地收回自己扬起的手臂。

父亲的肺癌是在单位组织的一次退休职工体检中被查出来的，那时候他已是单位的二把手了。他记得那天的天气很晴朗，父亲曾说过，等这次体检完了就带着母亲去华东五市旅游一圈。他有些不放心，就安排了在家歇班的弟弟一同前往。那天上午他的眼皮一直突突地跳个不停，因为工作，他还向一个车间主任大发雷霆。快接近中午的时候，他的眼皮不跳了，弟弟的电话也来了。弟弟说，你赶快回来吧，爸爸的身体有问题了。他找了一辆车急匆匆地赶回家，弟弟说，爸爸的肺部有大块的阴影，大夫说 90% 的可能是肺癌。他不相信，又拿着父亲的 X 光片找人看过之后，他彻底地傻了。

他没想到这样的悲剧会轮到他的头上。他努力让自己镇静下来，和弟弟约法三章，除了他们两个，不能让第三个人知道。

他请了假，专门陪着父亲和母亲去了一趟华东五市。为了这个决定，他和父亲之间差一点又发生不愉快。父亲说，我们老年人出去旅游，你跟着瞎掺和什么？他说，我妈妈身体不好，不是怕你照顾不了吗？父亲说，都照顾了四十年了，现在照顾不了了，别给我找理由。最后，还是母亲拍板，允许他一路同行，父亲才勉强不说话了。那一路，父亲很快乐，和母亲有说有笑的。可是透过父亲的笑脸，他第一次感受到了生命的悲凉。那一路，他主动缴枪投降了，没再跟父亲拌过一次嘴，多年来的父子对抗在父亲身患癌症的前提下草草地结束了。

但父亲依旧表现出对他和弟弟的不同。比如在父亲做完手术无法自理的时候，弟弟喂他饭，他可以心安理得地接受弟弟对他的照顾，而换了他，却不行。第一次给父亲喂饭，父亲说不饿，竟然坚持到母亲出现后才说想吃东西。他给父亲接尿，父亲说自己能行，挣扎着不用他帮忙。有一次他憋不住，终于对父亲说，我不知道你什么时候可以改变你对我的偏见。父亲的神情有些慌张，但依旧坚持说，我一个人习惯了。他说，你早晚会有动不了的时候，那时候我看你怎么习惯？这么多年，你偏向弟弟，我什么也不说，可是现在，弟弟一个人照顾你，他会累垮的。那一次他们又不欢而散，他想，为什么即便他缴械投降了，父亲依旧不肯接纳他，依旧是战斗的姿态。

六

父亲去世的时候，天气刚刚转暖，大地上到处生机勃勃，从窗户里刮进来的风中已经有了花朵的味道。

去世前的几天，父亲基本上已经不能动了，贪婪的目光似乎已经意识到了死亡的脚步。在父亲的目光中他常常会无所适从，他想，生命的诀别就是这么残酷吧。

一天夜里，是他值班，父亲忽然对他说，以后我再也管不了你了。父亲的话有些含糊，但是从他断断续续的表述中，他还是听出了父亲的话外之音。父亲说，你想抽烟就抽烟，你想喝酒就喝酒，你想干什么，我都不管了，照顾好你弟弟。他看着大口喘气的父亲，眼圈忽然间就湿了，这是父亲的临别留言吗，还是对父子一生的对抗做一个总结？父亲继续说，我该走了，可是我还没活够，我心里装着你妈，装着你们和孩子。我死了，少花钱，给你妈多留点钱，也减少些你们的负担。

那一刻，他有些情不自禁地握住了父亲的手。干燥的手，老年斑密布，他静静地感受着那样一种生命中的温暖。他想，也许是自己错了，如果他没有选择对抗，而是像弟弟那样顺从，他和父亲应该是一种什么样的关系。可是现在，一切想象都无法实现了。

父亲的葬礼办得简约而不简单，作为长子，他把在丧礼上该给父亲的都给予了。整个过程他一直隐忍着没有流泪，直到父亲被推进火化室，他才仰起头，大喊了一声，爸爸，眼泪就那样哗哗地流下来。

他给父亲买了最好的骨灰盒，在这一点上，他没有听从父亲的，他觉得也许是和父亲最后的一次对抗了。父亲的骨灰他没有带回去，就放在了火葬场的存放处，他给父亲选了阳面，连房间号和家里的都一模一样。他想，父亲其实没有走，只不过换了一个地方住而已。无论在家里，还是在这里，到处依旧是父亲的气息。

返回的时候，他已经十岁的儿子有些恋恋不舍，哭喊着爷爷不愿意离开。他看着伤心的儿子，什么也没说，只是上前拥住了儿子的肩膀。他记得，这是自儿子懂事后，他第一次这样亲昵地表达出自己对儿子的情感。

洗澡

夜幕降临的时候，我们匆匆赶到了“大华”澡堂，我让司机熄了火，然后和弟弟一前一后走进了澡堂。

“大华”澡堂是我一个远房亲戚开的，六年前，从我考上大学那一年起，父亲就开始在这里打工了。说是打工，其实是亲戚的照顾，如果不是为了我的学费，我想父亲也不会低三下四地到这里来。曾几何时，父亲也是村里响当当的种地能手啊，可是自从村里建厂，土地被征用，可用的耕地就越来越少了。靠那一亩三分地显然是无法完成我的学业的。事实证明父亲的选择是对的，不管如何，在“大华”澡堂一年的收入不仅供养了我的学业，而且还把弟弟也送入了大学校园。这是父亲的骄傲，也是父亲的心愿。有一次父亲对我说，等你弟弟毕业了，我就不干了。我点头无语，虽然父亲所说的并不一定就是心里话，但是于我，还是有了深深的歉意。我想等以后条件好了，一定要让父亲好好地享几年清福。

父亲刚到“大华”澡堂的时候，亲戚碍于情面，只是让父亲打打杂，每月给三百元钱。后来父亲看人家搓背挣钱多，就主动提出来要搓背，这很让亲戚为难，一是担心父亲不能够胜任，二是面子上下不来，好歹也是亲戚吧。但父亲坚持着要干，并一再说自己的身体能够吃得消。亲戚后来让了步，说父亲干多干少，千万别出什么问题。父亲挥挥自己强壮的手臂说保证没问题。就那样父亲干起来了搓澡工，在一群小青年里鹤立鸡群。一开始洗澡的人都不愿意让父亲搓，大概是因为父亲的年纪吧，但随着父亲搓澡水平的提高，找他搓澡的人是越来越多。有一次父亲跟我说，不管干什么，只要肯出力气，多用心，就能够干好。正是凭着父亲的力气，我们才能够安心地坐在教室里，想一想，我四年的学费就是父亲那一下一下搓出来的时候，我真是有点无地自容。

“大华”澡堂的面积不是很大，属于小本经营。穿过一个窄窄的更衣室，再拐过一个过道，在氤氲的蒸气中，我就看见了父亲裸着的后背。他正俯身在给一个顾客搓澡，水珠从他的背上滚下来，一直到他的短裤。也许是缺少了日照的缘故，父亲的身体这些年有些白了，他瘦瘦的身体显然已经适应了这里的环境。他搓得很认真，也很用力，每搓一下，我的心就要紧缩一次。我和弟弟一直看着他，直到他完成任务直起腰，才惊诧地发现了我们。他抖抖手上的毛巾，又抹了一下眼睛说：“你们都来干什么？”我说：“今天是你的生日，赶快穿衣服跟我们走。”“跟你们干什么去？”父亲一脸的疑惑。也许在父亲的脑海里根本就没有过生日的概念，而给他过生日，在我们的印象中也是少之又少。弟弟说：“过生日，我们要给你过生日。”“过的哪一门子生日，你们有钱了？”父亲疑惑地跟我们出来。“你们有钱了”是父亲的口头禅，每当看到我们大手大脚的时候，他就会那样问，问到我们一直无话可说他才罢休。

出了“大华”澡堂，我们上了汽车。车开动的时候，父亲偷偷地捅捅我说：“你租的车？”我摇摇头说：“朋友的。”父亲不再说话，重重地靠在座位上。

车在“龙腾”洗浴中心门口停下来的时候，父亲似乎有所觉察，他说：“我们这是去哪儿？”我说：“我们去洗个澡。”“洗澡你不早说，在‘大华’澡堂不就行了。”我说：“不一样的。”父亲说：“有什么不一样，还能洗出花样来？”我说：“一会儿你就知道了。”

从走进“龙腾”洗浴中心的大厅开始，父亲的眼睛就不够用了，他吃惊的表情让我有一种满足感，而这种满足感正是我今天最想看到的。我要让父亲在他生日的这一天，好好地享受一下上层人士的生活。

“龙腾”洗浴中心是截然不同于“大华”澡堂的，宽敞的游泳池，种类不同的小型浴室，一流的设施，一流的装修，一流的服务。父亲说：“洗个澡还用这么大个地方吗？真是浪费死了。”我说：“你不懂。”“这需要花多少钱？”“不花钱。”“天上掉馅饼啊？”我说：“经理是我的同学，特意要我带你来的。”“那也不行，哪里有免费的？”父亲又说：“我们还是赶快走吧，在这里洗澡是要折寿的。”我没有理会父亲，即便是折寿，我也坚定了决心。

下了浴池，温暖的水流一下子就包围了父亲的身体，他瘦瘦的身体在宽大的浴池中显得更加瘦小。父亲四处张望了一下，今天洗澡的人不是很多，偌大的水池中只有五个人。

澡池中的水真清啊，清得使我不忍把身体泡进去。小时候每年夏季，父亲都会在傍晚的时候带我们去村东的水湾里洗澡，但那时的水表面是清的，下面却都是黑泥。父亲经常会趁我们不注意的时候撩我们一身的水珠，当然我们也会反击，那真是快乐的傍晚，而现在，曾经的那湾水早就干涸了，我们父子也都是面目全非。

父亲闭了眼睛，放松的样子使他看上去慈祥而安宁，他脖颈以下的皮肤呈现出一片片潮红。我想他一定是累了，真想让他一直就这样泡下去啊，不要再去搓背了，也不要有那么多的生活负担了。

其实我和弟弟带父亲到“龙腾”洗浴中心是有目的的，一来是想让父亲放松一下；二来就是由我们兄弟两个给父亲搓一次背，这么多年，真的辛苦父亲了。

当然最最重要的，是要给父亲过一个有纪念的生日，这是我现在最强烈的心愿。

父亲从澡池里站起来的时候，我和弟弟凑了过去，我们一人架了父亲的一只胳膊跨出浴池。父亲诧异地看看我们，说："你们这是干吗？"我说："给你搓一下后背。""胡来，"父亲甩了我和弟弟的手说，"我不习惯。"我讪讪地站在那里，一时不知道如何是好。还是弟弟机灵，他冲着一个搓澡工挥了一下手。父亲没再说什么，那是他所熟悉的程序，曾经别人就是那么喊他的。

看着父亲在搓澡凳上躺下来以后，我才走进了桑拿室，但是还没有蒸上几分钟，就被父亲的声音又拉了出来。

不知道是年轻的搓澡工技术掌握得不好，还是根本就不会搓，父亲说什么也不搓了，弄得年轻的搓澡工一个劲地道歉。年轻的搓澡工越是道歉，父亲越是着急，后来干脆对那个搓澡工说："你趴上去，看我怎么给你搓。"年轻的搓澡工说那怎么行？父亲说那怎么不行。说着话，父亲就把年轻的搓澡工按在了搓床上。

在氤氲的水汽中，父亲拧干了手上的毛巾，又把毛巾在手里漂亮地挽了几挽，然后弯下身去。那一刻父亲显得孔武应力，仿佛在他手下的不是人体，而是厚厚的搓板。

弟弟以为发生了什么事情，刚要冲过去，却被我一把拉住了。我说，今天是父亲的生日，他想干什么就干什么吧。

那个年轻的搓澡工咬着牙，轻轻地呻吟着，呻吟着，在我听来，仿佛就是生命的吟唱。

梅兰的心事

一

火车进入小城的时候，天还黑蒙蒙的，就着车站橘黄的灯光，梅兰拎着有些破旧的蛇皮包走出站台。蛇皮包有些沉，拎在手里，需要斜着身子才能让它离开地面。有几个拉客的男女殷勤地凑过来，梅兰连正眼都没敢看，就匆匆地跑到大街上了。

蛇皮包里的东西都是给男人铁栓带的棉衣棉裤。其实梅兰也不愿意费这个功夫，城里的商店里什么棉衣棉裤没有，但是铁栓说她做的棉衣棉裤穿着舒服，也暖和，还说棉衣棉裤上有她的味道，夜里就不那么想家了。她骂铁栓贱，没出息。铁栓说，天下的男人有几个有出息的，在老婆面前，男人还是贱点好。这话虽然有些讨好的意思，可是梅兰喜欢，如果铁栓不这样说，她倒是有想法了。

这次进城，梅兰就是为了验证自己的那个想法而来的。原来她并没有什么想法，但是自从和铁栓一起在城里打工的冬来回村后，梅兰就有些坐不住了。

冬来恐怕在外面有女人了，这是梅兰这些天一直在琢磨的事情。冬来回来的那天，她跑过去想打听点铁栓的消息，没想到正遇上冬来和他的媳妇桂枝吵架。桂枝看到梅兰，本来一直憋着的泪水忽然间就哗哗地流下来。原来冬来往家里寄的钱比原来少了，而又说不出个正当的理由，桂枝就怀疑冬来在外面有女人了。冬来自然不承认，冬来说，干活少了，钱自然就少了。但是桂枝不信，桂枝说，人家铁栓的就没少，你的怎么就少了。冬来说，人和人能比吗？有本事你嫁大款去。桂枝气得没办法，直哭，说啥也不让冬来出去打工了，否则就要离婚。

梅兰劝了桂枝半天，也没顾上打听铁栓的消息就回家了。梅兰想，这样的事情没有证据，终究只是个怀疑，吵吵闹闹，也许过几天就没事了。

回到家里的时候，偏偏电视上正播着一条关于解决农民工性问题的新闻。这下，梅兰的心里忽然就慌起来了。电视上都播了，看来冬来的事情不一定是假的。像铁栓他们，正是四十来岁的年龄，一年半载才回来一次，谁能保证他们不做出格的事情啊。

想进一次城的念头就是这时候冒出来的，梅兰抓紧时间给铁栓做了新棉衣棉裤，又把家里所有的农活都干得差不多了，这才跟公公婆婆说了。公公婆婆说，大冷的天。梅兰说，没关系的，就去几天，很快就回来的。公公婆婆说，你既然愿意去，那就去吧，孩子的事你不用操心，你最好提前给铁栓打个电话，让他去车站接你。梅兰应了，电话却没打，她心想，电话打了，铁栓就有准备了，她就是要给他来个突然袭击嘛。

跟冬来要了地址，又问清了坐几路车，在哪里下车，梅兰就偷偷地进城了。其实也不是坐不起出租车，可是梅兰觉得那不安全，她觉得最安全的就是坐公共汽车。

二

到达工地的时候，天已经蒙蒙亮了，偌大的工地上安安静静的，梅兰看到了那一排临时搭建的小平房。冬来说，铁栓他们就住在里面，几个人一个间，挺拥挤的。梅兰没有去敲门，其实她也不知道铁栓住在哪一间小平房里，再说了，男人们干了一天的活，现在也许是睡得最香的时刻，梅兰可不想轻易打搅他们的美梦。梅兰找了一个干净的台阶坐下来。开始她以为会冷，但没想到赶了这一会儿的路，身上都出汗了。

坐在那里，梅兰这才注意到眼前的工地，好大的建筑啊。铁栓曾经跟她说过，他们正在施工的是一个商业大楼，有二十多层。梅兰说，那么高，你们不害怕吗？铁栓说，开始还是有些怕的，可是一想到你和这个家，也就不怕了。那时，梅兰觉得铁栓真是一个好男人。一个顾家的男人能不是个好男人吗？这些年，铁栓挣下的钱从来都是按时交到她手里的，从来也没发生过冬来和桂枝之间的事情。梅兰觉得，钱最能体现一个男人对家的忠诚度了，一个男人哪怕有一点点私心，也能从钱上体现出来。她的铁栓似乎还没有出现过这方面的问题。

身后传来门的响声，梅兰扭头看去，一个熟悉的身影正打着哈欠从一个房门里走出来。那身影也不看看周围，找一个角落就尿起来。梅兰一直看着那个身影，她觉得自己的心就要从胸口里跳出来了。

在铁栓提上裤子的时候，梅兰已经悄悄地站在他的身后了。

梅兰拍了一下铁栓的肩头。铁栓懒洋洋地说，谁呀，这么讨厌。梅兰说，你说呢？听到女声，铁栓的倦意都跑没了。他已经知道了，是他的梅兰。转过身，两个人就那样彼此看着，从惊讶一直到惊喜，铁栓的嘴巴都闭不上了。

你怎么来了，也不事先打个电话？铁栓接过那个蛇皮包，一把攥住了梅兰的手。

我不能来吗？梅兰故意噘起嘴，人家别的男人都巴不得女人来呢，你可好。

铁栓笑了笑，好好好，算我说错了话。然后又把嘴凑到梅兰的耳边悄悄地说，真想老婆啊。

梅兰推开铁栓的嘴巴，不要口是心非啊，谁知道你想谁呢？

我能想谁？除了我老婆，我谁也不想。

贫嘴。梅兰用手指头按了一下铁栓的额头，你要是敢像冬来那样，你就永远也别回家了。

冬来怎么了？铁栓问。

梅兰说，冬来不是回家了吗？

铁栓说，嗯，他老婆说冬来的母亲摔了。

梅兰说，根本不是那么回事。

铁栓问，那是怎么回事？

也没什么，梅兰不想再说下去，便转移话题说，去你的房间看看。

铁栓说，我们还是先去吃点早点吧，他们还都没起来呢。

三

一碗老豆腐，几根油条。铁栓还想再买点其他的，却被梅兰拦住了。梅兰说，填饱肚子就行了，能省点就省点吧。铁栓说，你这么大老远地跑来，我可不想委屈了老婆。梅兰说，得了吧，你就是会说。铁栓说，什么叫会说，是真心的呢。

吃完早点，铁栓说，我今天请个假，不去工地了。梅兰说，行吗？铁栓说，有什么行不行的，我也想多陪陪你呢。后来又悄悄地说，真是想老婆呢。

梅兰的脸在那时候就红了起来。其实她也想铁栓。以前铁栓没出来打工的时候，两个人天天黏在一起，也没感觉出啥来。可自从铁栓出来，梅兰才觉得，女人真的离不开男人。不仅仅家务上的事情，夜里也想，想铁栓温暖的胸，想铁栓的肩膀，一个人没着没落的，那滋味还真不好受。现在看着铁栓馋猫的样子，梅兰知道铁栓想什么了。

找了一家生活区里家属楼改造的小旅馆。梅兰说，在你的工棚里凑合几天就行了，要不，又要花很多的钱。铁栓说，那不方便的，工地上谁有家属来，都是在这里租房子的，贵是贵了点，可是不能为了省那几个钱，就给别人带来麻烦。铁栓就这点好，有什么事，总是先想到对方，这也是梅兰喜欢铁栓的地方。

旅馆不大，但很干净。周围的环境也好，从窗户向外望去，可以看到一个小型的广场和很多的绿化树。那样的景致让梅兰发了一阵子的呆。她常常想，要是自己也住在城里该多好，那样就可以天天陪着铁栓，就不用担心这个担心那个了。

放下蛇皮包，铁栓就猴急地抱住了梅兰。铁栓呼出的气息让梅兰有一些迷醉，可她还是推开了铁栓。梅兰说，你去帮我打点水，我先洗个脸。

铁栓说，是哩是哩，看我这脑子。

洗完了脸，梅兰就好看了许多。梅兰的皮肤本来就不错，要不是天天在农村风吹日晒的，也是一个美人坯子。

铁栓说，还是我老婆好看，比城里的女人都好看。

梅兰说，你看过多少城里的女人？

铁栓说，想看多少就看多少，又不收费。

梅兰说，只是看吗？就没动过歪心眼子？

铁栓说，看你说哪里去了，咱是有贼心没贼胆，哪有抱着自己的老婆牢稳啊。

梅兰说，我可听说了，好多城里的女人都主动找男人呢？

铁栓说，那是别人，我可不敢碰那些女人。

梅兰说，真的吗？

真的。铁栓已经坐不住了，又凑上来。

梅兰说，你也洗洗吧。

铁栓说，不用了，我昨天刚洗的澡。

梅兰说，不行，那也得洗。

梅兰端了水盆，看铁栓开始无奈地脱衣服。其实梅兰并不是真的想让铁栓洗，她主要是想看看铁栓的那个，万一铁栓也像冬来那样，再得上什么病，那就麻烦了。

情况还好，虽然梅兰只是偷偷地瞥了几眼铁栓的下面，心却放进了肚子里。从表面上看，铁栓还是她原来的铁栓。

该洗的都洗了，铁栓就扑上来。梅兰说，你着什么急啊？

铁栓说，你说我着什么急？你说，你说。

铁栓还是那么有力，每一下都让梅兰迷醉，在某个瞬间，梅兰想，如果能一直和铁栓在一起该有多么美好。

四

铁栓他们都去工地了，整个临建房就安静下来。从进入那个房间开始，梅兰就有一种想逃的感觉，真是太脏太乱了。四张简易的床铺，被子都是团成一团堆在床上。那床单，还能叫床单吗？那被子，还能叫被子吗？再看其他的地方，简直没处下脚。

想想男人们就是睡在这样的屋子里拼命地挣钱，梅兰的心乱极了。真是不看不知道，一看就忘不了了。梅兰甚至为自己当初的想法有些后悔，男人嘛，总是不能看得太紧了。

昨天，该做的都做了，该玩的也都玩了，铁栓甚至带着她走遍了小城一些繁华的大街。一整天，梅兰一直都在观察着铁栓，虽然有时候铁栓也会多看几眼漂亮的女人，但梅兰觉得，那都是正常的表现。面对擦肩而过的帅哥，自己不是也有走神的时候吗？

梅兰觉得自己有些过于敏感了，她想如果桂枝也进一次城，也许就不会对冬来疑神疑鬼的了。

梅兰开始整理铁栓的床铺，本来铁栓不让她整理的，可是在小旅馆里坐一天，梅兰也坐不住，来了，不就是给男人洗洗补补，让他们有个幸福的感觉吗？

想到幸福，梅兰忽然觉得自己这次是来对了，尽管动机不那么纯，可是找点时间来看看男人，寻找一下幸福的感觉，对于女人，也是重要的。

铁栓的床铺，一看就好长时间没整理了，被子、床单都黑了不说，连下面的褥子上都是尘土，甚至褥子下面垫的稻草里都有一些细碎的黄土块。梅兰一边往下拆被套，一边心疼得要掉泪。都说民工苦，现在梅兰知道了，是真的苦。不做民工是无法体会到的。

拆完了被套，梅兰又翻开褥子，一个折叠着的东西忽然跃入了她的眼帘。梅兰擦擦眼睛，她几乎不相信自己的眼睛，那个折叠着的东西竟然是几个避孕套。

梅兰呆坐在那里，她知道，在铁栓的床铺上发现避孕套意味着什么，铁栓，果然有了花花肠子。

梅兰再也没有心思收拾铁栓的床铺了，她把避孕套小心翼翼地放进口袋里，这是证据，有了这个证据，铁栓就无法赖账了。看来自己以前的担心一点也不多余。

五

远离了那排临建小平房，梅兰的心也没有平静下来，真是怕什么来什么，梅兰扶住一棵法国梧桐，眼泪差一点掉下来。

梅兰不知道该怎么办，像桂枝那样大吵大闹一番，会有结果吗？而这样放过铁栓，又不是梅兰的性格。

漫无目的地走，梅兰这才发现，对于这个城市，自己是多么的陌生。虽然远离了那排临建平房，可是梅兰并不敢真的走远。她怕自己找不到来时的路。

在一个小巷的入口，两个陌生的男子忽然凑上来，他们年龄都不大，二三十岁的样子。他们不怀好意地看着梅兰，说，玩玩吗？

梅兰一下子就慌了，她知道遇上流氓地痞了。尽管她在电视上看过很多这样的剧情，可是让自己遇上，却还是第一回。

心里慌，脸上却极力地保持着镇静。无意中，梅兰的手又触到了口袋里的那几个避孕套，如果真的发生什么事，自己该怎么解释啊。

梅兰低了头，她想快速地离开这是非之地。可是那两个男子堵住了她的去路，其中一个的手向她的脸上摸过来。

梅兰躲开了那个男人的手，她大声地说，你们想干什么？

装什么正经，其中一个说，我就喜欢农村的女人，有味儿。

不要脸！梅兰忽然大声喊起来，耍流氓啊，救命啊！

梅兰的喊声很大，吓了那两个人一跳。

眼看着几个路人向这边走过来。那两个男子一看情况不好，就赶紧溜了。

安全了，梅兰无力地瘫坐到地上，此刻她真的好想铁栓，如果铁栓在身边的话，那两个男人敢这样吗？

姑娘，赶快走吧。一个年纪大的老人对梅兰说。

梅兰站起来，顾不上说声谢谢，就往小旅馆那里跑，直到跑得有些虚脱了，才停下来。

梅兰好想家啊，在那个小山村里，虽然生活清苦一点，可是没有这些让人烦恼的事情。

午饭没有吃，晚饭也没吃，梅兰早早就上床躺下了。

可是梅兰睡不着，冬来那样了，铁栓也那样了，现在还有老老实实过日子的男人吗？这个世界为什么变得如此不可理喻啊。

梅兰又拿出那几个避孕套，轻轻的几个小玩意儿现在像炸弹一样让梅兰触目惊心。

梅兰将那几个避孕套放在桌了显眼的位置上，她想，与其自己主动出击，不如让铁栓自己坦白好。

城市的夜晚显然要比农村嘈杂一些，那些透过窗户的灯光，似乎也在显示着城市夜色的躁动不安。

梅兰不知道铁栓是几点回来的。屋里的灯亮起来的时候，铁栓已经拿着那几个避孕套坐在她的身边了。

你都看到了？梅兰把脸扭向一边。

你听我说，铁栓显然已经明白了所发生的一切。

我不听，我不听！梅兰蜷起脚，狠狠地蹬了铁栓一下。

你别着急嘛。

天下的男人没有一个好东西！

你不要不讲理嘛！铁栓的口气也重起来。

你自己做的好事还不让别人说。

我做什么好事了？铁栓站起来，把避孕套狠狠地摔在地上。不就是几个避孕套吗？有什么了不起！

六

穿过一条长长的胡同，铁栓和梅兰就来到一条繁华的大街上。

到处都是声音，叫卖声，汽车的鸣笛声，还有一些音响里传出来的歌声。

就在那里。铁栓指了指前面，你自己过去看看。

梅兰举目望去，竟是一个生殖健康的宣传站点。几个穿白大褂的男女正在向咨询的人们解释着什么。

梅兰红着脸走过去，一个戴眼镜的姑娘马上笑容可掬冲她点点头，大姐，您好。

梅兰躲开那个姑娘询问的目光，她觉得自己的脸忽然间就热起来。不知是羞涩，还是其他。

大姐，您想咨询点什么？

梅兰回头看了看铁栓，一时竟不知道说些什么好。

大姐，有事您尽管说，我们会给您保密的。

也没什么事。正犹豫的空当，梅兰忽然发现有一个纸箱子里竟然都是避孕套，那包装和铁栓床铺底下的一模一样。

戴眼镜的姑娘似乎看出了梅兰的意图，她说，您要那个吗，可以自己拿的。

梅兰点点头，她快速地拿了两盒，然后冲戴眼镜的姑娘笑了笑，赶紧溜到了铁栓的身边。

铁栓没好气地看着梅兰说，这下你明白了吧，前些日子，我们逛街，他们硬发给我们的，我随手就放铺底下了，你要是不翻出来，我都忘记了。

真的吗？不是给自己找借口吧？

我找什么借口？铁栓激动地说，我要是做了对不起你的事，天打五雷轰！

看着铁栓认真的样子，梅兰的心一下子就软了下来。看来是真的错怪铁栓了。算你老实，谅你也没那个胆量。

你看看这么好的天气，铁栓依旧愤愤不平地说，你知道这半天少挣多少钱吗？

少挣就少挣了。梅兰挽住铁栓的胳膊，我正好想给爹娘、孩子买点东西呢，走，你陪我去。

七

激情过后，一切都平静下来。

铁栓说，早点睡吧，明天还要赶火车呢。

梅兰说，我睡不着，我就想多看看你。

铁栓说，我有什么可看的，一个又脏又臭的民工，还想乱找女人。

梅兰说，知道脏臭就行，就怕有些人不知道脏臭。你要是敢乱找女人，哼。梅兰做了一个剪刀的手势。到时候别怪我不客气。

铁栓说，可不能乱剪的，男人就靠它做男人呢。

梅兰笑了笑，我哪舍得啊。

铁栓说，冬来回来了。

他不是不回来了吗？

可能吗，冬天正是挣钱的好时候，谁不想多挣几个啊。

梅兰没再搭话，她想着冬来和桂枝妥协的结果。

我们工头今天说了，要我们加快速度，你说这大冷的天，谁不想在老婆的炕头上多躺一会儿啊。

不想干，我们就回家吧。梅兰侧过身，盯了一阵儿铁栓的脸颊。她发现，这一年，铁栓似乎老了很多，皮肤黑了不说，好像比原来更粗糙了。而那眉眼之间，已经有了陌生的痕迹。

能不干吗？铁栓叹口气，让你们过上好日子，一直是我这辈子最大的心愿，靠家里的那点收成，要等到猴年马月啊。

一股暖流悄悄地升起来，梅兰有些后悔自己那天的行为了。你说冬来外面有女人吗？

不知道。

不会吧，你们天天在一起，总会知道一些什么的。

好像没有吧。

那他往家里寄的钱怎么少了呢？

可能买彩票了吧，冬来好那个。

你不能劝劝他，家里天天就盼着这些钱呢。

人各有志，再说了，买彩票相当于捐献，是好事。

那也不能影响家庭生活吧，桂枝也不容易。

嗯。

明天就要回去了，真不想回去啊。

我也舍不得呢。

唉，梅兰叹口气。我来了几天了，怎么像昨天才来呢。黑暗中，梅兰悄悄地攥住了铁栓的手。过了很长一段时间，梅兰忽然说，铁栓，其实我也不是那种不明事理的人，想想你一个人在外面这么辛苦，我的心都难受死了。

你理解就好。

铁栓。

嗯。

那几个套我又放你床铺底下了。

还不扔了？

留着吧，也许你还能用得着。

又在考验我。

不是。

那是什么？你把我看成什么人了。

外面这么乱，我怕你一时糊涂，安全最重要。

铁栓松了梅兰的手，睡吧，明天还要赶火车呢。

你生气了？梅兰看着铁栓黑乎乎的面孔，眼泪忽然间就溢满了眼眶。

很久，梅兰还想说什么，可是耳边，却传来了铁栓均匀的呼噜声。

温暖的冬天

一

放学的时候，何大勇被班主任留了下来。

那时候天色已经接近黄昏了，整个校园里一片杂乱，到处是三三两两回家的同学。看着那些同学的背影，何大勇长长地出了口气，他已经猜到班主任把他留下来的原因了。

是因为期中考试的成绩，本来像他这样的学生，班主任是不必太在意的，可是新来的班主任太看重集体的荣誉了。他曾说，他的职责是不能落下任何一个学生。为了班主任的这句话，何大勇激动了好几天。但现在，一种负罪感深深地攫住了他的心头，他真想对班主任说声对不起。

果然，从他走进班主任的办公室开始，班主任就一直不停地询问他的情况。班主任的声音很和蔼，甚至有一种长辈的慈祥。这一切都让何大勇无法拒绝班主任的关心。

班主任说，想想看，老师的课以后还有没有需要改进的地方？

何大勇沉默不语，班主任越是这样问，他就越觉得无话可说。

班主任又说，人和人之间的差别其实是不大的，主要在理解方面，像你这样聪明的学生，再用用功，一定会赶上来的。

看着班主任关心的目光，何大勇只有拼命地点头。他说，请老师放心，我会努力的。

有什么问题尽管找我，不要不好意思啊。

知道了，老师。

这些试卷你拿回去好好看一下，说不定对你会有帮助的。

谢谢了，老师。

最后，班主任看着他欲言又止。何大勇猜到了，下面的话才是班主任找他的真正目的。

听说，你有退学的打算？班主任直视着何大勇的眼睛。

何大勇在心里苦笑了一下，他不知道该怎样回答班主任的问话。

是的，退学的打算已经在他心里考虑了很久了。其实这也不是什么大问题，别说他们这一届学生，就连今年应届的高考毕业生都有好多学生放弃了高考。还是海涛说得好，上了大学又能怎么样？还不是找不到工作。你看看我现在，一个初中毕业生，连汽车都开上了。

有时候，人和人真是没法比啊。想当年，海涛和他一个班，成绩和他相比却差远了。而现在，哎！何大勇叹口气，奋斗，奋斗，有些人不用奋斗就什么都得到了，而有些人奋斗了一生到头来不也两手空空嘛。此刻，面对班主任的问话，何大勇躲开了班主任的目光。良久，他才艰难地说，还没有考虑好。

我多少了解了你的家庭状况，像你这样的情况，更需要从文化上打翻身仗，要不……班主任看着他的表情，没有把话再说下去。

嗯，我知道的，老师。

听说你以前一直都是前几名的。

何大勇不说话。

有些困难咬咬牙就过去了，班主任继续说，没有蹚不过去的河。

何大勇点点头，这些道理不用班主任讲，他也明白。

从班主任的宿舍里出来，天已经暗了，冷风从四面八方冲过来，让何大勇打了一个寒噤。

明天又是周末了，何大勇望望遥远的天际，发觉有几颗星已经亮了。

二

回到家里的时候，母亲刚刚从煤场回来。母亲的脸色有些疲惫，干了一下午的活儿，不累才怪。

母亲说，你去帮你爸翻个身，我来做饭。

何大勇一边应着，一边放下书包。其实这些事即便母亲不说，何大勇也知道去做的，母亲一说，好像他心里没数似的。

父亲几年前跟建筑队出去盖房，不小心从脚手架上掉下来，命保住了，身体却瘫了。这两年，经过治疗和锻炼，父亲已经能够坐起来了，但大小便还需要人帮忙。每天傍晚回家，何大勇第一个要做的事情便是看一下父亲。

屋子里暗着，父亲没舍得开灯，影影绰绰中，何大勇看见了炕上父亲亮着的两只眼睛。爸爸，他喊一声，顺手打开了电灯。

父亲虽然瘫了，但屋子里并不乱。父亲的精神头还好，坐在那里，似乎在等待着何大勇的到来。

今天没加课吗？父亲说，我没事的。

没有。何大勇一边说，一边撩起父亲身上的被子，他一眼就看到父亲又尿炕了。

父亲不吭声。父亲一直是这样的，争强好胜，即便是自己不能动了，也不愿意给别人增加过多的麻烦。

何大勇抱起父亲挪动了一下位置，然后把父亲屁股下的湿布拿出来。都尿炕了还说没事？何大勇埋怨道。

整个过程，父亲一言不发。这样的时候，何大勇知道，无论自己说什么，父亲也不会计较的。

想当初，父亲刚出事的时候，家里几乎乱了套，母亲昏厥过去，爷爷奶奶惊慌失措，倒是何大勇没有那么慌乱。他一直坚持自己的观点，生活总不会一帆风顺的，既然事情来了，就要勇敢地迎上去。

有一天，他跟母亲说，我不去上学了。

母亲有些慌乱，她看着十分镇静的儿子，一时没有接话。

何大勇说，父亲已经这样了，不能让你太辛苦了。

我不辛苦，谁说我辛苦？母亲从慌乱中反应过来。

反正我不想上学了，再说了，这跟我以后的人生也没有太多必然的关系。

谁说没有关系？父亲的声音忽然炸雷一样地响起来，何大勇和母亲一时都愣住了。

你要是不去上学，我就死给你看，你这个浑小子！父亲干脆拍打起墙壁来。

何大勇看看母亲，两个人不再说话。他们都知道，炕上的那个男人是说到做到的。

在原则上，何大勇知道，父亲是不会让步的。

把父亲安顿好，母亲的饭已经做得差不多了。何大勇走过去帮母亲往灶里添添柴，火光映亮了母亲粗糙的脸颊，也让家里充满了烟火气息。

何大勇说，妈，明天我要去一趟县城，我需要二十块钱。

何大勇的声音很低，每次跟母亲要钱的时候，他都有一种心虚的感觉。这些年，父亲的病已经耗干了这个家，他实在不愿意再给母亲增加任何的负担了。

去县城有事？

我去买点复习资料。

好吧，一会儿我拿给你。

何大勇知道母亲不会拒绝的，即便是家里没钱了，母亲也会毫不犹豫地出去把钱给他借回来。

三

这几年，县城的变化太大了，每次来县城，何大勇都会有一种莫名其妙的激动。当然，这种激动除了县城的变化以外，更多的是给他一种生活的新鲜感。

在一座正在施工的大楼工地上，何大勇找到了正在巡查工期的海涛。与那些一身泥土的建筑工们相比，海涛显得干净多了。海涛正对着一个比他年长许多的民工吆喝着，看上去很生气的样子。

看见何大勇，海涛不耐烦地挥挥手，让那个民工走了。

何大勇笑了笑，刚才的一幕，海涛给他的感觉是陌生的，曾经还是学生的那个海涛，已经找不到了。

这帮人，你一天不说就不行。海涛摇摇头对他说，我带你看看吧。

少年老成。何大勇一直觉得这四个字很符合海涛现在的人生状态。以他的年龄，说出的话和做出的事，已经远远超出何大勇的想象了。

在内心里，海涛一直是何大勇羡慕的对象，别看人家学习不行，却有一个包工头的爹。一个有本事的爹，把海涛所有的一切都解决了。有时候何大勇想，即便自己考上大学，以后混得也不一定比海涛强到哪里去，人家从一开始，就站在高起点上了。

对这样的建筑工地，何大勇一点也不陌生，有一年暑假，他还跟海涛的父亲一起出来打过短工，正是那一次打短工的机会，让他有了退学的打算。

海涛的父亲曾对他说，如果你跟着我干，叔叔绝对不会让你干那些体力活的，你帮着叔叔算算账跑跑腿什么的就可以了。

海涛父亲的话一时打动了何大勇的心，可是他一想到父亲“死给你看”的狠话，就犹豫起来。海涛父亲说，你什么时候想好了就什么时候来，毕竟你是海涛的同学，叔叔随时欢迎你。

这次来县城，何大勇其实就是来探路的，如果可行的话，父亲那里的工作他会耐心地去做，毕竟这个家庭，靠母亲一个人的肩膀是单薄的。

海涛一边走，一边给何大勇介绍着工地的情况。这些年，海涛的父亲揽了不少大工程，像这样的工程并不是很大。

海涛说，我父亲说了，等你来了，我们就一个管业务，一个管后勤，我父亲可愿意你来了。

何大勇觉得海涛的话有些过了，毕竟他们还是孩子，即便真的是这样，也需要有几年时间的磨炼。

站在那些砖墙面前，何大勇忽然觉得面前的视野开阔起来。也许这并不是他最想要的前景，可是比起还要靠母亲养活他来说，已经是一个天上，一个地下了。而读书，毕竟还有那么多的未知数。也许班主任说得并不错，有些困难咬咬牙就过去了，可是咬牙也是需要一个痛苦的过程的。

想好了吗？海涛说。

嗯，差不多了，真羡慕你现在的生活。

中午别回去了，我请你吃饭。

那怎么行啊？何大勇摆摆手说。

算我先替你接风啊。

事儿还没一撇呢，不急。

那不成，听我的没错，上车。

四

吃完午饭，已经是下午了，何大勇陪着海涛喝了一点点的白酒，这是何大勇第一次喝酒，苦涩自不必说。海涛有些醉意地说，以后这样的场合多着呢，男人嘛，是离不了这些场面的。何大勇笑笑，这些场面对海涛来说已经司空见惯了，而对他，还是一个陌生的世界。

告别海涛，何大勇一个人走到县城的大街上。说实话，他并不习惯这样的场合，那样的酒菜并没有给他带来多少快乐，反而让他有了一种负罪感。毕竟，那样的酒菜，也许连父母都是没有吃过的。

本来何大勇想给父亲买一顶棉帽子的，可是现在父亲已经用不着了。他犹豫再三，还是花了十块钱给母亲买了一副棉手套。大冬天的，手套无疑是最实用的。

回去的路上，因为想着心事，在一个拐弯处，何大勇差一点和一辆三轮车撞上，他正准备道歉的时候，没想到一抬头，看到的却是班主任那张熟悉的面孔。

老师！何大勇惊讶地张大了嘴。

大勇，你没事吧？班主任跳下了三轮车，帮何大勇扶起了摔倒的自行车。

没事的，老师。何大勇疑惑地看着班主任和他的三轮车。

你怎么在这？班主任问道。

我来县城办点事。何大勇看到班主任的三轮车里还坐着两个人。老师，您这是……

送两个客人，班主任说，对了，我差点忘记告诉你了。你的困难补助的事情昨天学校已经通过了，这下你可以放心读书了吧？

补助？何大勇的脑海里瞬间停顿了一下，他一时没有明白过来。

我先走了，有事周一我们再谈。班主任登上三轮车，挥挥手走远了。

望着班主任的背影，何大勇一时心潮澎湃。他从来也没想过班主任会做三轮车夫，这样的相遇给何大勇的冲击是猛烈的。

况且班主任所说的困难补助的事情，何大勇从来没有申请过，学校原来似乎也没有这样的先例。何大勇呆呆地站了半天，也没有想出个所以然。

回到家里的时候，天色已经暗了下来。母亲还没有从煤场回来。何大勇放好自行车，就去看父亲。

父亲的屋子里依旧没有开灯，影影绰绰中，只有父亲的两只眼睛在亮着。

你回来了？

嗯。打开灯，何大勇看到了父亲质询的目光。

上午，你们班主任来家访了。

哦。何大勇的心先跳了一下，他不知道班主任都跟父亲说了些什么。

班主任说你这段时间有心事。

没有的。

还没有，你的成绩都下降了，还说没有？

真没有的。何大勇心虚地躲开父亲的目光。

我跟你班主任说了，坚决不拖你的后腿，咱们家里再困难，我和你母亲也会供你上学的。

我知道了。何大勇默默地退出来，这个冬天，好让人纠结啊。

五

因为知道了班主任的秘密，再见班主任时，何大勇不禁有些心虚。在课堂上，他尽量地躲避着班主任的目光，因为那样的目光会让何大勇难堪。

可是班主任却像什么事情也没有发生一样，有一次还专门停在何大勇的课桌旁问他听懂了没有。何大勇觉得班主任身上有很多的谜，而这些谜让何大勇费解。

班主任没有再找何大勇谈话，而何大勇也不想和班主任谈话了。这一段时间，何大勇精神恍惚，他一直处于一种焦灼的状态之中，两边都是难舍，辜负了谁对他来说，都是一种人生的选择。

有一天海涛还打电话到学校，说他父亲在天津揽到了一个大工程，几百万的业务呢，很需要像他这样有文化又知根知底的年轻人。

父亲似乎看出了他的心事，有一天叫住他说，有一件事我想告诉你，本来你们班主任是不让我告诉你的，那天他来家访，还留下了五百块钱，说啥也要留下，这样的老师，你不能辜负人家啊！

何大勇蒙在那里。他专门跑了一趟教务处，向教务处主任打听了一下困难补助的事情。教务处主任被他问得一头雾水，一直追问他从哪里知道的这样的消息。

知道了结果，何大勇多少也就明白了一些，班主任啊，你何苦呢？

再看班主任的时候，何大勇的眼神里就多了一份崇敬。

尽管这样，何大勇也没有做出自己明确的选择，毕竟海涛那里的诱惑太大了。就在何大勇还在左右摇摆的时候，却等来了一个不好的消息，海涛出车祸了。

酒驾，没有驾照，车毁人亡，责任自负。虽然这样的字眼对何大勇来说是陌生的，可是何大勇知道，一切都不可挽回了。

何大勇去看了海涛最后一眼，面对海涛父亲红肿的两眼，何大勇也掉泪了。白发人送黑发人，这样的悲剧，可能是海涛的父亲所没有想到的，尽管他很有钱，尽管他有汽车、楼房，可是儿子却永远地没了。

送完海涛回来，何大勇忽然觉得自己成熟了许多。人有时候是不能互相比的，要比，也只能跟自己比。人的命运有时候也是无法自己安排的，顺其自然也许是最好的选择。

这个期末，何大勇得到了他学生时代的第一笔困难补助，尽管不多，可是却足够温暖他整个冬天了。

李泉的睡眠

一

天还不亮，李泉就醒了。

李泉并没有立刻爬起来，而是睁着两眼呆呆地看了一会儿白乎乎的天花板。对于自己反常的睡眠，李泉很是奇怪。原来他很能睡的，定好的手机闹钟不响，他是不会睁开眼睛的。可是最近这些日子，李泉常常会这样莫名其妙地醒来，而且醒了就再也睡不着，只好干愣愣地熬到天亮。

这样的睡眠严重地影响到了老婆，所以几天前老婆就搬到儿子的屋里了。儿子在外地上大学，他那间屋子一直空着。

李泉斜靠在床头点燃了一根烟。都说借酒浇愁，其实烟也能解愁的。李泉的烟瘾一直都不大，能抽则抽，不抽也不怎么想。而现在，他总有一种想抽烟的欲望，看来人真的会随着环境的变化而变化。

其实李泉知道，他睡眠的变化来自新上任的马厂长。因为效益不好，上个月单位调整了领导班子。老厂长调走了，新厂长调来了，一切都变了模样。

虽然说企业效益的好坏与管理者有着直接的关系，可是大环境也很重要。前几年，钢铁行业还如火如荼，像上足了发条的机器，可是这几年却出人意料地走入了低谷，无论想什么方法，采取什么措施，效益依旧微乎其微，甚至已经没有利润了。说实话，李泉舍不得老厂长走。他是老厂长一手提拔起来的。从一个计算机控制工人，到办公室主任，如果没有老厂长的慧眼识珠（李泉一直这么认为），他李泉能走到今天吗？老厂长走的那一天，李泉禁不住掉泪了。老厂长安慰他说，谁当厂长都要好好干，有才华的人跟谁干都是好样的。李泉相信老厂长的话，可是这些日子，随着马厂长的改革，他已经多少有些不舒服了。

抽完烟，李泉又眯着眼睛躺了一会儿，手机的闹钟就响了。李泉不敢耽搁，赶紧爬起来，洗漱一番，然后骑上自行车去上班。

单位里静悄悄的，还没有几个人来上班。因为多年来担任办公室主任的职务，李泉总要比领导们早来那么十几分钟。现在，他依然保持着这样的习惯。对于现在的马厂长，李泉还没有摸透他的脾气，早来一会儿，总比晚来一会儿要好得多。

爬上二楼路过马厂长办公室的时候，李泉惊讶地发现，马厂长的门竟然是虚掩着的。

站在门口，李泉犹豫了一下，这么多年的办公室主任工作，让他养成了一种谨慎的处世哲学。比如面对上级，不该问的绝对不要乱打听，即便是偶尔知道了一些什么事情，也一定要守口如瓶，这一点老厂长很欣赏他。而现在，面对马厂长虚掩的房门，李泉想，进去打个招呼好呢？还是悄悄地走开？想了短暂的那么一会儿，最后还是前面的念头占了上风，问候一下总是好的。想到这里，李泉举起了手。

马厂长正斜躺在沙发上闭目养神，看见李泉进来略微地起了一下身子。李泉说，马厂长，您这么早。马厂长示意了一下说，你忙去吧，我没事。

掩上门，李泉轻轻地退出来。他忽然有一种说不上来的失落感，如果换作老厂长，肯定会热情地跟他打招呼。

回到办公室，李泉悄悄地给调度室打了电话，果然是生产上出了事故，李泉的心一下子提上来。他想，马厂长要么是晚上没走，要么就是半夜从家里赶来的。可是自己竟然一点也不知道，真是失职啊。

换好工作服，李泉拿着墩布走出来。今天是周二，按照新规定，该他值日。没换厂长之前，楼道里的卫生一直都由一个雇来的中年妇女负责，而马厂长上任之后，就辞退了那个中年妇女，由厂领导们轮流值日。李泉记得马厂长上任后的第一个会议中就有这个议题，虽然副厂长们都面无表情，可是没有一个人持反对的态度。马厂长那次说，企业困难，就只好委屈大家了。还说，第一天从他开始，并安排李泉打印了值日表。第一天李泉早早地洗了墩布，想替马厂长把楼道打扫了，可是马厂长拒绝了。马厂长说，我自己的事情我自己做，我又不老不残的。马厂长的话很噎人，可是却很起作用。那些副厂长们虽然私底下骂过娘，可是轮到值日的时候，谁也没落下。李泉想，这可能就是马厂长常挂在嘴边的"改变工作作风"吧。

二

接到电话通知，马厂长说要李泉跟他去现场转一转。

说是转一转，其实就是检查。原来老厂长在的时候，也有类似的检查，不过那时候都是提前通知的。像马厂长这样的突然袭击，李泉遇到的还不是很多。

戴了安全帽，李泉想给下面几个要好的车间主任打个电话，可是马厂长已经在楼道里咳嗽了，李泉只好放弃，他想，谁碰上问题谁就自认倒霉吧。

马厂长这几天有些感冒，咳嗽虽然不那么厉害，可是听上去依旧让人担心。大家都说马厂长这些日子瘦了，马厂长不置可否。李泉想，这么多的工作量，放在谁身上也得掉几斤肉。

随着马厂长走下楼来。外面的阳光正好，满墙的爬山虎郁郁葱葱，给整个厂区增加了不少的生机。

钢铁厂是老单位，有二十多年的厂龄了。当年崭新的设备和厂房，现在已经显得老气横秋了。从建厂开始到现在，已经换了好几任领导了。前面的领导李泉不怎么了解，可是对于老厂长，李泉却知道得很多。老厂长是个好人，虽然在某些方面有些欠缺，可是老厂长为人正直，说话不藏不掩，这也从某种程度上得罪了一些人。都说人的命天注定，以老厂长的能力，完全可以大施拳脚的，可是偏偏赶上市场低迷。当然从另一个角度看，更换领导也是很正常的，哪里有一个领导一干就是七八年的，思路都老了。

马厂长年轻，有魄力，这是李泉最大的感受。李泉记得马厂长刚来的第二天，就想看看单位的管理制度。可是等李泉把制度交给马厂长的时候，马厂长只看了一眼，就把制度扔到了办公桌上。马厂长说，我要今年的制度。这时李泉才慌了，虽然说单位的管理制度不是办公室来定，可是办公室却有牵线搭桥的职能。这两年，为了节省开支，把管理制度的更新都免了，难怪马厂长会把制度扔到办公桌上，因为那本制度还是前年的。

马厂长盯视了李泉几眼，然后说，一个单位的制度好比一个国家的法律，如果连制度都不更新了，那么这个企业怎么来管？

李泉没有吭声。他赞同马厂长的这个观点，只是由于，由于什么呢？在这个事儿上，办公室有无法推卸的责任。

这一次的制度风波如果仅仅是开始的话，那么马厂长拒绝办公室给他买饭则成了大家议论最多的事情。老厂长在的时候，领导们的早点和午餐每天都是由办公室买好送到他们的办公室，而现在马厂长竟然拒绝了。马厂长说，一个领导如果连饭菜都需要别人来买的话，那么他还能干什么？

马厂长的话虽然严厉，可也不无道理。再遇上副厂长们安排办公室买饭时，李泉都朝马厂长的办公室努努嘴，后来大家都自己去买饭了，倒是省了办公室很多工夫。

现在，李泉有一种预感，这样的突击检查，马厂长总会发现问题的。

在保全车间一处堆放物料的现场，马厂长忽然站住了脚。那是一堆很久以前就放在那里的备件了，因为风吹日晒，大部分都已经生锈了，不知道是能用的，还是报废的。马厂长说，把这里的库工找来。李泉四下看了看，根本没有一个人的影子，李泉又喊了几声，也没有回应。李泉拿出手机，想给保全车间的主任打个电话，马厂长却制止了。马厂长指了指最近的一处值班室说，我们去里面看看。

值班室里很热闹，有两个女工在跳绳，其他三个女工则在嘻嘻哈哈地看热闹。对于他们的突然来访，那几个女工似乎吓了一跳，不过其中一个女工很快反应过来，她拿出一本出入登记台账，要马厂长登记。本来李泉想拿过来登记的，可是马厂长却先他接过了登记本。马厂长签完字，笑着对那几个女工说，你们劳逸结合啊，接着跳吧。在那几个女工惊讶的眼神里，马厂长转身退了出来。

又到了其他几个地方，也都不怎么如意。除了现场卫生脏乱差，更有甚者，有几个小伙子竟然在休息室里打牌。别说马厂长了，连李泉都有些坐不住了。

一路上马厂长一言不发，脸色也越来越阴沉，李泉知道马厂长心里想些什么，便悄悄地用手机给那些车间的主任们打了一个电话。

回到办公室的时候，马厂长忽然对李泉说，听说你原来的专业是计算机控制，这么多年都忘得差不多了吧。李泉笑笑说，怎么会呢？那就好，马厂长说。

三

对于突然袭击检查出来的问题，厂领导们专门召开了一个会议。李泉本来以为马厂长会暴风骤雨，可是出乎李泉预料，马厂长只是给予了简单的批评。马厂长说，考核当然是应该的，可是根据呢？就是前年的那些管理制度吗？我们不能做没有根据的事情。马厂长的意见让大家都红了脸，尤其那些主管的副厂长，脸上更是挂满了羞愧。

可是对于那些违规职工的车间主任，马厂长却没有放过。他让李泉把他们一一找来，关上门，没鼻子没眼地训斥了一顿，而且责令他们在早晨的调度会上做检查。

这样的处罚是新鲜的，在李泉看来，暴风雨可能就要来了。

那一段时间，单位掀起了“清洁整顿”的活动，所有的厂领导都分片包干，所有的死角都要在期限内清理干净。

李泉的办公室也参加了这样的清理劳动。表面上李泉很尽力，可是在内心里，却多少有些抵触。他为老厂长鸣不平，似乎马厂长所有的动作都是冲老厂长去的，这让李泉很不舒服。

清理整顿之后，整个单位似乎变了一个样。有一天，马厂长有些得意地对李泉说，你看怎么样？

李泉说，好多了。

马厂长说，人啊都有惰性，什么不都在管理？如果再像原来那样，我们的厂子早晚得倒闭。

呵呵，李泉笑笑没有表态。他觉得马厂长高兴得有些早了。对于这样一个老单位，仅靠抓现场管理是无法从根本上扭转局面的。

你对咱们单位的管理有什么好的建议吗？马厂长突然转变了话题，这让李泉多少有些措手不及。

李泉沉默了一会儿说，建议当然是有的，只是要改变整个局面，太难了。

别急，我们一点一点来，你是单位的老人了，了解得应该比我多。

哪里啊？李泉嘴上谦虚，心里却想，了解得多就能都告诉你吗？

我们会慢慢好起来的。马厂长信心十足，一点也没注意李泉情绪上的变化。

一个厂长当然不能没有信心。这一段时间，单位的面貌虽然发生了变化，可是骂声也多了起来，当然这些李泉是不能告诉马厂长的。

你跟我来，我这里有一份资料，你帮我润色一下，马厂长说。

李泉有些受宠若惊，从马厂长上任这一个多月里，还是第一次找李泉做文字上的工作，这和以前老厂长在的时候截然不同。那时李泉天天忙碌在文山会海的资料准备当中，甚至一些副厂长们的学习心得都要由他来代笔。那时李泉虽然有苦，却难言。而现在，长时间不摆弄文字，连李泉都觉得有些生疏了。

是一份手写的草稿，上面勾勾划划，显得有些杂乱。

马厂长说，有些事我也拿不定主意，你帮我参谋一下，先不要声张。

李泉嗯了一声，心却忽然提了起来。他看清楚了，马厂长给他的是一份机构整合的计划。虽然办公室的编制还在，可既然是草稿，什么可能性都存在。

李泉忽然明白自己为什么醒得那么早了，要来的终于来了。

李泉的睡眠又陷入了恶性循环之中，弄得老婆一个劲地看他的脸色。老婆说，有什么担心的，大不了干你的老本行，人还能让尿憋死？

人当然不会让尿憋死，可是忽略了尿的存在，往往也会给身体带来毛病。李泉不想和老婆辩论，而是悄悄地给老厂长打了一个电话。老厂长说，一个领导肯定有一个领导的管理思路，这没什么大惊小怪的，办公室不是还没取消吗？他让你干什么你就干什么，实在不行就调到我们单位来。

话是这样说，可是被调整总是很狼狈的。

四

虽然李泉没有声张，可还是有几个要好的车间主任给他打电话询问机构整合的事情。李泉说，你们从哪里听到的消息？他们说，外面都传开了，大家都担心自己的位置呢。李泉说，我也不清楚，有消息了我会告诉你们的。

其实马厂长的计划已经涉及打电话的某个车间主任了。可是马厂长说过不要声张，会不会是对李泉信任的一次试探？

上次突击检查发现的问题，还没等马厂长问责那些车间主任，有些主任就提前来认错了。这让马厂长很不舒服。马厂长说，以后未经我的允许，有些事你不要随意跟他们通风报信。李泉红了脸掩饰说，我没有，可能是那些职工们跟他们领导汇报的吧。

有没有我不想做太多的追究，以后你要好自为之。

话说到这份上，李泉还能说什么呢，况且在这个问题上，他是撒了谎的。

有了上一次的教训，李泉不会不长点心眼了。

李泉很用心地整理好了那份计划。他很佩服马厂长看问题的准确性。其实在马厂长的报告中，有些问题老厂长在位的时候就想改革了，可是因为种种原因，一直拖到调走也没改革，现在却把机会留给了马厂长，李泉多少有些替老厂长抱屈。

在那份计划中，李泉明确地感觉到马厂长似乎有所保留，尤其对办公室的职能分配，有些模棱两可。李泉想，马厂长很可能想看看自己的反应，或者说，是给自己一个信号。

思前想后，李泉觉得还是先入为主好一些。

在交给马厂长整理好的计划时，李泉顺便也交了一份自己的报告。在那份报告中李泉大胆地设想了单位以后的发展方向和对目前管理的一些建议，当然在报告的最后他试探性地提出了自己的要求，那就是下到车间，干自己的老本行。

看到李泉的报告时马厂长怔了一下，他拍拍李泉的肩膀说，你对我有看法吗？

李泉摇摇头，他觉得马厂长真不简单，把主动权又踢了回来。那一刻，他多么希望马厂长把他的要求给否定了啊。但是马厂长没有，马厂长只是微笑地看着他，仿佛他是一个陌生的人。

马厂长征求他对那份计划的意见。李泉说，您想得很周到，我支持您的计划。

马厂长笑了笑说，你没说实话。

李泉说，我说的都是实话，信不信由您。

马厂长说，不能跟我说说你心里的真实想法吗？

李泉想了想说，我的报告上都说了，如果再让我说的话，我愿意在某个时候做出牺牲。

好样的。马厂长拍拍李泉的肩膀，我很欣赏你。

半个月之后，机构整合终于尘埃落定，办公室取消了，李泉去了车间。大家都觉得很意外，说马厂长够狠的，连身边的人都不给面子。

那一晚，李泉睡得很踏实，连手机的闹铃响他都没有听见。

出去闯了一回

那年秋天，我终于下决心要出去闯一闯。在此之前，母亲劝了我好几回，父亲则默默地看着我的固执，不鼓励也不阻拦。我想他们的心情应该与我是一样的，高考落榜的失落，各种冷嘲热讽的眼光，我像所有的落榜人一样遭遇了人生以来最沉重的打击。本来父母是劝我再复习一年的，可是看着他们疲惫的双肩，我摇了摇头，又摇了摇头，我不想再“三进宫”了，我想以后的岁月就由我自己来安排好了。

我找了海涛的爸爸。海涛是我初中的同学，他爸爸是我们村里的包工头，每年农闲的时候在天津一带承包土建工程，算是村里的首富了。海涛的爸爸很爽快地答应了我的请求，说让我先从小工干起，每月五百块钱。

我离家的时候，母亲一个人掉了半天的泪。她说，儿子，你要是受不了苦就早早回来，一个人在外面要多长个心眼，多注意车辆。母亲塞给我五百块钱，但我只留了两百块，剩下的三百块我悄悄地掖在了母亲的枕头下面。我不想再花父母的心血了。

那是一项盖楼的工程，在天津市的郊区。我随着认识的、不认识的伙伴们在简陋的临建房里安营扎寨。我仔细地瞅了瞅，除了青壮劳力，年纪最大的可能要数龙叔了。他和我是一个村的，因为第一次出门，我早早地就说了要跟他住一屋，同屋的还有邻村的大清。

做小工是很辛苦的，龙叔一开始就对我说，你们都是读书的料，哪里干得了这样的累活啊。我说，从现在起我就不是学生了，我要从头做起。其实话说得容易，真正干起来，我才知道远非那么容易。干砌筑工程，小工要负责运砖、搬砖，还要和好了水泥，再一车一车地运到位，没有一定的体力根本就无法完成预定的任务。第一天下来，我的手上就起了两个血泡，脚底板被磨得火烧火燎的。就这样还跟不上别人的节奏，一会儿这边喊，没砖了，一会儿那边嚷，上水泥，上水泥啊。我像一个上了发条的陀螺一样，转啊转啊，仿佛每一次呼吸都不能做到从容。我的脸上布满了泥浆，汗水流下来，冲出一道道沟壑，简直狼狈至极。大概龙叔看出了我的窘相，他说，大家悠着点啊，要保证砌筑质量。我看看他，他也正看着我，目光中是一种关心和怜爱。我说，龙叔，我撑得住，我能行。龙叔笑笑，好小子。

第一天好不容易坚持下来，我浑身像散了架一样，躺在简易的床上就不想再动一下。龙叔说，吃点东西吧。我说不想吃，大清也说，干这种活不吃东西哪行。我说，行，那就吃点。晚饭是土豆炖粉条，我一点食欲也没有，但是我强撑着吃了一个馒头，就一个人先回屋睡了，我已经顾不上那么多了。

我不知道迷迷糊糊地睡了多久，被一泡尿憋醒，于是爬起来去外面小解。夜色已深了，白日的嘈杂被安静所代替，广阔的夜空笼罩着大地，那些幸福的、或者疲惫的人都进入了梦乡。我忽然想起了父母，想起那个睡了将近二十年的土炕。现在我是多么地向往父母的怀抱啊，可是看看天空，除了孤独的身影，我找不到任何依靠。

返回屋里的时候，我忽然看见了门外的大清，我惊诧于他灯光下的身影，早该入睡的夜，而他却抱着一本书在读。

你还不累啊，我走过去悄悄地问。

大清抬头笑笑，习惯了，也就不累了。

你看的什么书啊？

闲书，大清边翻封面边说。

我看见是一本《小说月报》。你还挺高雅啊，我记得《小说月报》是一种纯文学的杂志，上高中的时候我曾不止一次地看过它。

打发点时间吧，大清说。你也爱好文学吗？

也不完全是，寻找点解脱而已。我看看大清，他的话让我怀疑他建筑工的身份，我欲言又止。

其实你也不必这么折磨自己，大清突然说，我看出来了，你很像多年前的我。

我怎么了？

你很年轻，你的世界不在这里，这两天我看出来了，其实你是不适合干这种体力活的，你应该继续读书。

不想读了。

一时之快只能后悔一辈子，很快你就会懂的。

我看看大清，在他憨厚的轮廓中，我猜想一定有很多未知的谜底。

依旧是繁重的体力劳动，依旧让自己暴晒在热辣辣的日头下面。脸黑了，褪皮了，可是我却适应了，在愈来愈高的脚手架搭起的平台上，我也可以眼也不眨地大踏步走了。

利用下雨天的间隙，我和大清乘公共汽车去了天津市最繁华的步行街劝业场。那是我第一次看见那么恢弘的街道和建筑。我紧紧地拉住大清的手，似乎怕自己一眨眼就迷失了方向。大清对那里是熟悉的，那种熟悉的程度让我对他刮目相看。不到大城市不知道自己的卑微，看不到世界的另一面不知道自己生活的闭塞，我像刘姥姥进大观园一样对什么都产生了浓厚的兴趣。我忽然发现农村那一片土地是多么的狭小，而父母所谓的世界又是多么的暗淡。

大清买了好多书籍，他买书的大方使我渐渐地喜欢上了这个人。后来我得知，大清的志向是当一名作家，这时候他已经零零星星地在报纸上发表小说诗歌了。我觉得大清是一个不平凡的人。

做小工的期间，我只给母亲打了一次电话。母亲在电话里又掉眼泪了，她说，娘想你，做梦老梦见你。还说，你爸爸说让你继续复习一年，其实也没有什么丢人的，谁还没有点挫折。我只是一味地应答，眼泪就在眼眶里含着，我怕一说话就要哭出来。

事故发生在竣工的前一夜，现在想起来还有点后怕。那天夜里下大雨了，临建房一下子成了筛子，到处都在漏雨，大家都醒了，其实也没法睡了。我想开灯，却被龙叔制止了，龙叔怕房子连电，我们就坐在黑漆漆的夜里默默地等待天明。不知道过了多久，忽然听到咔嚓一声，龙叔喊声不好，他拉起我就往外跑，可是还是晚了一步，房子塌了，我们三个人一起被压在了下面。

醒来的时候已是下午了，我发现自己浑身绑满了绷带，头脚都被固定死了，连扭头的自由也没有了。我看见了海涛他爸，一脸焦灼的样子。他说，你终于醒了。我说，我怎么了，龙叔呢，大清呢？我要见他们。你没事就行了。海涛爸长长地舒口气，一切都过去了，一切都过去了。

龙叔、大清他们也都受了伤，只有我的伤最重。

我不知道父母是什么时候赶来的，母亲的眼睛都哭肿了。我知道他们就我一个儿子，也许我的生命比他们自己还重要。父亲依旧一言不发，我知道他的脾性，越是一言不发的时候越是在想什么心事。

母亲说父亲，都怨你，儿子出来的时候你为什么不拦一下。

我说，怨我自己。

母亲说，就怨你爸，你看看他，像个闷葫芦，一天天就知道侍弄那点破地，要是家里有钱，儿子也不会出来打工。

父亲依旧一言不发。我知道他心里也是疼的，碰上这样的事情，说什么也只能是一种发泄。

那年的秋天很快就过去了，我在医院里躺了两个多月，花销了一大笔钱。海涛他爸表现得还不错，承担了所有的医疗费用，临出院的时候还派人送来了一千块钱，说是做小工的工资。这些钱我交给母亲的时候被父亲制止了，父亲说，这些钱做你复习的学费，再考不上我们就认命了，人不能和命争。

冬天的时候，我又看见了龙叔，他告诉我下周又要南下郑州了，是一个大工程。他还说，大清不干这一行了，他去一个报社打工了。

我望望天空，怅怅的，没有一丝寒冷的感觉。

陌路

要不，你们离婚吧。

这句话她虽然想了很久，可是说出来还是有些后悔，母亲毕竟快六十五岁了，在这样的年纪，谁还能承受这样的打击呢。

她偷偷地把目光向母亲瞄去，不想正碰上母亲瞄过来的目光，只是那么短短的一瞬，她们都明白了，其实这个问题，无论是母亲，还是她，都已经考虑很久了。

母亲的头发都白了，就是这两年刚刚白起来的。在父亲没有出现婚外恋之前，母亲的头发一直是家里的骄傲。原来，母亲的头发光亮润泽，六十多岁的人了也没有一根白发。而她的头发则稀疏干涩，还有些发黄，尤其这两年那些黄演变成了一种黄白，看上去让人厌恶。有时候，她跟母亲开玩笑，说自己不是亲生的，要不头发怎么会有这么大的差别。母亲笑着说，别昧着良心说话，亲生的怎么了，不是亲生的又怎么了，老娘对你不好吗？母亲的话让她无法辩驳，从小到大，母亲对她的爱都是无懈可击的。

她原来不相信精神对一个人生活的重要性，可是自从跟杨少华离婚之后，她就深切地体会到了精神的打击对一个人是具有毁灭性的。她是这样，母亲也是这样。这两年母亲的头发不仅仅白了，精神头也没有了，无论说话，还是走路，都让她有了一种胆战心惊的感觉，尤其像刚才的话，她真怕母亲一时承受不住，而轰然倒塌下来。

母亲看看她，半天没有说话。整个空间瞬时凝固下来，她听得见母亲和自己的呼吸声，她还想说些什么，可是不知道说些什么才能把刚才的话收回来。离婚，对母亲那一代的人来说，并不是一件容易接受的事情。

半晌儿，母亲才幽幽地说，这个问题其实我早就想过了，可是，你刚刚离婚，我再离婚，让别人怎么看啊？

只是短暂的沉默，她在心里就流泪了。在这样的时刻，母亲想到的不是自己，而是她。

她说，那怎么办呢，总不能一味地让着他吧。

他便是父亲。不知道从什么时候起，她已经把原来的“爸爸”换成“他”了，不是不想喊爸爸，而是喊不出了。

是从什么时候就有了这样的变化了呢？她还真没有留意过。原来的母亲和父亲，虽然说不上有多么恩爱，可大矛盾是没有的。从小，她跟母亲生活在农村，父亲一个人在外面过着单身的生活。这样的情况在那时的中国并不鲜见，两地分居似乎是那一代人固有的特色。母亲属于那种很能吃苦的女性。在那时的农村，家里没有男劳力往往会给生活带来很多意想不到的困难，可是母亲都克服过来了。给她印象最深的是母亲在大冬天浇地，因为垄沟跑水，她就双脚踩进冰冷的泥水里，那样的温度，弄不好，腿脚就冻伤了。可是母亲说，没办法，别人能吃的苦，咱也能吃。母亲的腰疼，风湿病，就是那个时候留下的印记。直到现在一逢阴雨天，母亲的两腿都微微的酸痛。但是母亲从没叫过苦，甚至一点都没有埋怨过父亲。

父亲是当兵出去的，转业后因为三线建设，就跟随大部队来到了这家钢铁企业。在她的眼里，父亲是威武英俊的。关于母亲和父亲认识的过程，她曾向母亲求证过。母亲说自己的哥哥和父亲是同学，他们的事情是在父亲回家探亲的一次同学聚会上提出来的，至于是谁先提起的，母亲说她并不知道。母亲小父亲三岁，似乎是最佳的年龄搭配了。她看过父母年轻时的一张合影，父亲是一身英武的军装，母亲长发，系着一条长长的围脖。如果不明就里的人看到那张照片，脱口而出的肯定是“才子佳人”，但实际上父亲并没有多少文化，如果不是到部队，恐怕连小学的水平都没有。

儿时她眼里的父亲是和蔼可亲的，虽然父亲一年到头回家的次数并不多，可是每次回来，给她买的礼物都是最多的。那时她最喜欢父亲拉着她的手在大街上走过。父亲的手是温暖的，当然最温暖的还是那些从四面八方射过来的羡慕的眼神。有一个在外地挣工资的父亲在那时的乡村是并不多见的。她很依赖父亲，父亲走到哪里她就跟到哪里。父亲也并不厌烦，说她是跟屁虫。她用尖尖的指甲掐父亲的手指，父亲的手指很粗糙，她掐不动，有一次就咬了一口。父亲没急，反而说我的丫头馋肉了。父亲每次离家，都是趁她睡着了，否则她会抱住父亲的大腿，谁劝也不松开。

那时候很多的孩子都羡慕她，其实她不知道，还有更多的大人羡慕母亲。隔壁的三婶每次来串门都对母亲说你烧哪炷高香了，怎么我就遇不到这样的男人？大人们的话她不懂，可是从母亲的笑容里，她还是感受到父亲给这个家庭带来的荣誉和快乐。

她没有弟弟，也没有哥哥，直到现在她都很疑惑，那时的父亲一点也没有表现出重男轻女的倾向。一个那时代的男人能做到这一点，是很不简单的。倒是母亲会时不时地叹口气说，要是有个男孩，这个家庭就美满了。那是母亲的心病，对于她来说，并不会强烈地感觉到。倒是自己在有了一个女儿之后，杨少华的态度让她强烈地感觉到了。重男轻女，在中国漫长的历史长河里，并不会因为一代人两代人的改变而改变。

十七岁的时候，她初中毕业了，因为没考上高中，就只有务农的命了。这样的归宿并不是她一个人的，农村大多数的孩子们都是这样的宿命。那时的教育条件就这样，老师教得不好，学生学得也不好，两个不好遇到一块，还有什么好说的呢。就在她垂头丧气的时候，父亲的工厂却传来了招工的信息。她跟着父亲远走高飞了，却把母亲一个人留在了农村。

她很不舍，毕竟跟母亲生活了十七年。父亲说，别急，你先去，等条件成熟了，你娘再去。

父亲所在的钢铁企业虽然挣钱不多，可是工人和农民的区别毕竟是巨大的。不用再披星戴月了，也不用再面朝黄土背朝天了，她的生活发生了巨大的变化。第一次发工资，她清楚地记得是三十九元。长那么大，她还没见过那么多的钱，装在口袋里，她的手一刻都没有离开过，好像那些钱会自己飞走似的。直到把钱交给父亲，她才长长地舒了口气。父亲说，你自己攒着吧。她说，不行。父亲说，那你留一半，爸爸给你攒一半。方案就这样定了，她拿着那十九块钱，跑去了商店。她给父亲买了一个刮胡刀，又给母亲买了一副漂亮的毛绒手套。面对崭新的刮胡刀，父亲夸她长大了。她很高兴，她觉得那一段时光是自己人生中最快乐的时光了。

原来在农村，她以为父亲天天在外面吃食堂，不会做饭什么的。可是在一起生活了，她才知道，父亲做的饭菜一点也不比母亲差。她爱睡懒觉，父亲就早早地做好饭等她起床。有时候她下班晚了，父亲还会骑上自行车去单位接她。在她眼里，父亲是那样的慈爱有加。她想要是母亲也搬来了，一家人该多么幸福。

那时父亲什么都好，唯一让她牵挂的就是父亲的周六外出。父亲有技术，按他自己的说法，是到附近的乡村挣点外快。父亲每次出门，她都把嘴噘得高高的表示抗议，她总怕父亲在山路上摔倒了，或者遇到什么野兽。

母亲搬来是在五年之后的事情了。那时候企业里解决了大批两地分居职工的户口问题，父亲也在其列。

一家人团圆了，真让人高兴啊。可是看看父母都是年近五十岁的人了，这样的团聚多少让人有些唏嘘。

母亲来了，矛盾却开始多起来了。

父亲让母亲刷牙，母亲说受不了牙膏的气味，父亲就生气。母亲嫌父亲不吃剩菜剩饭，数落他不知道节约，父亲说一个人多年的习惯不好改了。

母亲刚来，没什么活干，对于已经在地里劳累了大半辈子的人来说，无异于一种折磨。父亲对母亲的表现很不以为然。父亲说，在家里待着有什么不好，我还不想上班呢。话是这样说，其实父亲也没什么办法，因为那时根本就找不到工作，除非去给人家做保姆。母亲说，如果天天干耗着，我还不如回老家。父亲说，你在家做饭不是活儿吗？你就不能面对一下现实？

那一段时间，她觉得是母亲最难熬的阶段了。有好几次，她看见母亲一个人跑到居民楼的护坡上，看着远方的庄稼地出神。她也劝过母亲，没事就陪在母亲身边，好在母亲不是那种转不过弯来的女人，很快就适应了做家庭妇女的角色。

真正让母亲不容的是父亲的周六外出。母亲来了，按说父亲应该把更多的时间用在陪母亲上，可是每到周六，父亲依旧像原来那样要去附近的乡村挣外快。母亲说，你是真的去挣外快吗？父亲反问道，我不是挣外快是干什么！母亲说，干什么只有你自己知道，并说，下次我跟你一块去。父亲说，别没事找事了，一个女人家不方便。母亲则说，带我去当然不方便了。每逢这时她就劝母亲，并说周六周日自己可以陪母亲。

可能是为了减少母亲的牢骚，也可能是为了摆脱与母亲的争吵，没过多久，父亲还真给母亲找到了一份打扫楼道的工作。父亲说，你要是不怕丢人，就去。母亲说，这有什么丢人的，我脸皮比别人厚。母亲的话很噎人，父亲没再吭声，事儿就这么定了。

那时节，父亲买了一辆摩托车。他说，这样出去就不那么辛苦了。尽管母亲和她从安全的角度都反对，可是父亲很固执，并说就这么一个女儿，攒钱也没什么用。

父亲说攒钱，其实也没有攒下多少钱。这是母亲有一天告诉她的。开始她不相信，说即便前些年她交给父亲的工资也应该有很多了，可是母亲说根本就没有那么多。她想父亲肯定是藏私房钱了。可是让她纳闷的是父亲藏私房钱有什么用呢？

父亲把他的自行车卖给了一个老乡。那天来推车的是一个年轻的小伙子。小伙子眉清目秀，看见她们很拘谨的样子。父亲介绍说，这是他外出挣外快时一个房东的儿子。她没往心里去，可是母亲却看了那个小伙子很久。

小伙子走了之后，趁父亲不在，母亲忽然悄悄地对她说，你看那个小伙子像谁？母亲不说，她也没怎么留意，可是经母亲一说，她还真有点似曾相识的感觉。母亲说，像不像你爸爸？她惊讶地看着母亲，自己无论如何也想不到这个层面上来，母亲太多心了。她说，这怎么可能？怎么不可能？母亲反问道，世上的事情什么都有可能，我早就怀疑你父亲了。她没敢再接母亲的话，她知道接下去，只有无穷无尽的怀疑。

母亲还想跟她说什么，她借口有事离开了。她觉得父亲不会去做那样荒唐的事情，而她也不会凭空多出一个同父异母的弟弟来。

那一段时间，她恋爱了，对象是父亲一个工友的儿子。父亲说，那家人都挺实在的，我看那小伙子也不错。父亲看得并没走眼，杨少华最初给她的印象就是一个很老实的大男孩，腼腆，不爱说话，似乎不坏的样子。母亲也点头认可，亲事就这么定下来。在没生女儿之前，他们婚后的生活一直一帆风顺，公公婆婆对她也知冷知热的，给她的感觉真是找对人家了。但在生完女儿之后，所有的事情都改变了。在这之前，杨少华上面的两个哥哥家都生了女孩，所以公公婆婆包括杨少华在内都把生男孩的希望寄托她身上，可是她也没完成任务，公公婆婆的脸色就开始不好看，说话也没原来那么中听了。以她的脾气当然不会接受这样的现状，再说了生男生女关键在男方，他们凭什么给她脸色看。她还以颜色，时间一久，杨少华就不愿意了。有一次因为争吵，杨少华打了她一个耳光，她当然也不示弱，回敬了杨少华两道抓痕，并把家里砸了个乱七八糟。有第一次，就有第二次。次数多了两个人的态度就敌对起来，直到离婚的地步。

父母都劝过她，尤其母亲说，看在孩子的面上，不能轻易离婚的。她说，就这样过下去？母亲说，怎么杨少华的哥嫂没离婚？她说，那是他的两个哥哥做得好。母亲说，仅仅是做得好吗？女人，有些事总要低头的。她说，凭什么我要低头？错误又不在我。母亲说，在家庭琐事上，谁能分得清对错。她说，你那是老思想，现在的婚姻生活，想一块过就过，过不了就离，简单得很。母亲说，你是简单了，可是孩子呢？她说，孩子我自己养活。

父亲也曾委婉地劝过她。父亲说，你要慎重，要是真过不到一块，也没必要勉强自己。父亲还说，现在离婚也不像原来那样是件多么丢人的事了，自己拿主意，不后悔就行。她觉得还是父亲比母亲更了解她。但在父亲的婚外恋暴露之后，她才觉得，父亲的委婉似乎是在为自己的出轨做注脚。

婚离得很痛快，杨少华净身出户，好像，他比她更厌倦他们的婚姻。

虽然她说孩子自己养活，可是离婚之后，她才知道事情并不是一句话这么简单的。她把孩子交给了母亲，那一刻，母亲说，我真是前世欠你们的。

因为要看孩子，又要打扫楼道，母亲一时忙乱起来。为了减轻母亲的负担，她干脆搬到了父母家。

父亲天天不着家，即便不出门也是把自己关在屋子里打电话。她一直怀疑，退休之后的父亲为什么有那么多的电话？偶尔她也想悄悄地听上几次，可是父亲很敏感，每次都及时敏锐地发觉了。她什么也没有捕捉到。

父亲向她借过几次钱，说是借，其实根本就没说过还。第一次是一千元，第二次就两千了。第三次的时候她忍不住问道，你的退休金不够花吗？父亲摇摇头，退休金不是你娘拿着嘛。那一刻她有些可怜父亲，老了老了，连零花钱都没有了。

她开始劝母亲不要把钱管得太紧。母亲开始还有些糊涂，等明白她的所指时勃然大怒，说，他的退休金从来就没给过我。她困惑了，不知道父母是谁说了谎话。

父亲再跟她借钱时，她就拒绝了。她说，你老借钱，有什么事吗？父亲没直接回答她的问题，反而问道，你是我的女儿，我跟你借点钱花还不行了？她说，不是不行，我想知道你借钱干什么，你的退休金足够你花销了。这次父亲没再把借口往母亲身上推，直说到，我做生意用了。

她很认真地看了看父亲，她觉得多年来父亲的形象一下子在自己眼前模糊起来。父亲竟然在做生意，打死她也不相信。

她一直也没敢把父亲跟她借钱的事情告诉母亲，她想多一事不如少一事。

关于父亲的一些风言风语就是这时候传进她的耳朵里的。说父亲在外面有了女人，而且不是一个。开始她不信，后来听多了她就起了疑心。有一天，一个单位的同事无意中对她说，你父亲对你真不错。她有些莫名其妙，反问道，怎么不错了？那个同事说，上个礼拜天，我在县城的商场里看到你父亲买了一件女式大衣，他说给你买的。她心里咯噔了一下，不过还是稳住自己的情绪。她说，是给我买的。那个同事说，你爸爸真好。她笑了笑，却再也坐不住了。

她开始观察父亲，这一观察还真不要紧，父亲果然有了很大的变化。首先父亲很注意自己的容貌了，每次出门，胡子必刮，头发必梳，这显然是不同于以前的。而洗衣做饭什么的家务活，简直都成了母亲一个人的专利，即便是能帮忙的时候，父亲也袖手旁观了。有时候父亲外出归来，就蒙头大睡，好像多疲劳似的。她惊诧于父亲的变化，这次不是模糊，而是陌生了。有一次她委婉地提到那件大衣，开始父亲愣了一下，但马上就否认了。父亲说，你那个同事肯定是看花眼了。她没再跟那个同事核实，因为她已经都清楚了。

但她始终也想不明白，父亲为什么会变成这个样子？是她落伍了，还是这个世界变化太快了？

她决定跟母亲挑明。毕竟她眼里揉不进沙子，不管这个沙子是杨少华，还是自己的父亲。

本以为母亲会大吵大闹，可是等她把自己的怀疑跟母亲一五一十说完的时候，母亲只是淡淡地说，我早就知道了。

这下轮到她惊讶了，她说，你什么时候知道的？母亲说，我刚来的时候就感觉到了，你还记得我不愿意让他周六外出吗？他那时根本不是出去挣外快，而是在外面有女人了。啊？她睁大了眼睛，原来在平静的家庭生活下面早就有了波澜，只不过她一点都没觉察到。母亲又说，开始我还不相信，可是有一次当我把他和一个女人堵在家里的时候，我相信了。那你怎么不跟我说呢？她质疑道。说了能解决什么问题呢？母亲说，家丑不可外扬，况且我们都是这么大岁数的人了。他后来改了吗？她说。改不改你现在应该清楚，母亲说，你还记得买咱们自行车的那个小青年吗？她点点头。母亲说，他是你爸爸的儿子。什么！她把手里的东西掼在地上。是真的，都是真的，那一次他什么都跟我坦白了，他说要么这样过下去，要么离婚。

你就这样忍了？她简直不敢相信母亲这么多年的忍辱负重。

不忍又能怎么样？母亲看看她说，你看我的头发，为什么这两年忽然白了？

她背着母亲气冲冲地找到父亲，好像从那个时候起，她就不喊他爸爸了。她说，你怎么能这样？父亲低着头躲开了她咄咄逼人的目光。父亲说，那么多年的单身生活，一个人是很苦闷的，这些你们都不会懂的。她说，那你就到外面生儿子？父亲苦涩地笑了笑，也是误打误撞，实在没办法的事。是没办法吗？你看你这些年变成什么样子了？什么样子？父亲反唇相讥，我有追求自己幸福的权利。你那是幸福吗？我和母亲没给你幸福吗？父亲摇了摇头，幸福和幸福有时候是不一样的，这些你都不懂。

是我不懂，还是你不负责任？她开始哭起来，多年父亲美好的形象一下子倒塌下来，她承受不了这样的打击。

父亲不再跟她解释，也许，沉默能避免更多的风暴。

她以为和父亲摊了牌，父亲就会收敛的，可是父亲干脆一不做二不休，不回家了。他和一个年轻的女子在外面租了房子，过上了夫妻生活。

这是她不能容忍的，她去跟父亲要钱。她说，把借我的钱都还给我。父亲说，我没钱。她说，把你的退休金卡拿给我。父亲说，我不生活了吗？再说了你那个弟弟还要成家。他是谁弟弟？她打断父亲的话，你们的事情我不管！父亲说，你能不管吗？我是你爸爸，你有赡养我的义务。她说，那也要看我的爸爸是个什么样的人。那次她气愤至极，冲动之下砸烂了父亲出租屋里的玻璃。

母亲一直也没有闹，即便是在父亲拿走了家里所有的存折之后，母亲也没有一丝的慌乱。母亲说，人在做，天在看，他会后悔的。

她还是劝母亲离婚。她说这样的男人你还有什么恋头？母亲没有直接回答她，而是说，你知道前楼那个刚去世的马大娘吧？她说知道。

你知道她是怎么死的吗？她看着母亲摇摇头。

她是被老头气死的，他们前脚刚刚离婚，后脚她就走了。

这怎么可能？她睁大了困惑的眼睛。那个马大爷，她是知道的。那个老头曾是某个单位的一把手，当一把手时，身边的女人就不断。退休后好像更无所顾忌了，干脆把一个女人带回家过起了一夫二妻的生活。她很早以前就听说马大娘要跟他离婚，没想到却是这样的结局。

母亲说，我不想死，更不想被他气死，我要好好地活着，因为有你，还有孩子。

就这样便宜了他？她心有不甘。

人离了谁都能活，大不了我回老家种地去。

她看着母亲的白发和疲惫的神情，一时不知道说什么好。她觉得母亲的隐忍已经让所有的事情都平淡如水了。

活一天就少一天了，谁爱折腾谁折腾吧，不是一条路上的人，就是死了，也不会走到一起的。母亲又说，他是你父亲，你该怎样对他就怎样对他，别让人家笑话你不孝。

她大声地拒绝，说，我做不到！

她觉得父亲已经死了，即便是没死，和她，和母亲，也没有关系了。

父亲搬走后再也没有回来过，即便是偶尔在马路上相遇，也像陌生人那样，瞅一眼后各奔西东。

天下吴双

我记得，堂姐吴双是在那年的正月初八来到我家的。

在此之前，爸爸是一个人回老家过的年。因为回老家过年，爸爸和妈妈还闹得很不愉快。本来爸爸说好要一家人一起回去的，但是妈妈不同意，妈妈说回家要花很多的钱，这对于一个家庭来说得不偿失。但爸爸坚持着要回去，说我的祖父已经卧病在床多年，过一个春节就少一个春节了，他不能不回去。妈妈冷脸相对。最后的结局是爸爸一个人走的。我能理解爸爸那时的心情，每逢佳节倍思亲，尤其在春节这样的日子里，回家与父母团圆就显得更重要。

爸爸没有征询我的意见，也没有想带我一起回去的意思。他只是说，小晴，在家好好陪妈妈，爸爸过完年就回来。从爸爸的眼神里，我能看出他的失落。也许他觉得一家人回去是最好的选择，也许他曾跟祖父母写过信，说过年一家人一起回去，但结果回去的只有他一人。我说，爸爸路上注意安全。

爸爸一个人走了，随着那一声轻轻的关门声，我跑到阳台边，看着爸爸一个人背着臃肿的背包远去，才忽然觉得这个春节气氛的异样。我跑去跟妈妈说，一起回老家有什么不好？妈妈放下手里的家什，冲我瞪眼说，你小毛孩子，懂什么，写你的作业去。

我愣怔了半天，只好去写我的作业。那时候，我正面临着中考，考上一所心仪的高中是爸爸妈妈共同的心愿。

那个春节，应该是我记忆中最没有意思的一个春节了。看着别人家贴对联、买年货、穿新衣，其乐融融的样子，我总是想起爸爸，在老家那样一个寒冷的村庄里，他和祖父母一家人是不是很快乐？

就是在这样的牵挂中，爸爸回来了，在他的身后，跟着我的堂姐吴双。

堂姐的到来，不仅出乎妈妈的意料，连我也吓了一跳，当然我没有像妈妈那样脸阴得像要下雨，我表现出一种很不自然的欢迎态度。

堂姐吴双很有礼貌地跟妈妈打了招呼，又走过来拍拍我的肩膀，然后就按爸爸的要求去放行李、洗脸。

爸爸并没有理会妈妈的脸色，而是和颜悦色地跟我说着老家的见闻，看得出他很满意这次回家，并告诉我说，祖父母都很想我，让我明年春节一定要回去。

爸爸的话让我蠢蠢欲动，其实我也早就想过，等中考之后，我就要实现回老家的愿望。后来，爸爸半是征询半是安排地说，让吴双姐姐先睡在你的屋子里吧，等爸爸给她找到房子，就让她搬出去。

我睁大了双眼说，她不回老家了？

爸爸点点头，爸爸要给她找个临时工。

我环顾了一下窄窄的客厅，说，我没有意见。

爸爸拥抱了我一下，我能从爸爸的眼神里感觉到那种释然，毕竟堂姐吴双的到来，我和妈妈事先是一点也不知道的。

爸爸在我的卧室里用木板支起了一张简易的小床，使原本就拥挤的房间显得更拥挤了。

整个过程妈妈一言不发，但是我能从她的眼神里看出那种厌弃和愤怒。妈妈说，小晴，你要是写作业不安心，就到妈妈卧室里来。

我点点头，我已经觉察到父母之间的风暴似乎就要到来了。

在我的印象里，爸爸和妈妈的争吵似乎就从没有间断过，三天一小吵，五天一大吵，有时候当着我的面，有时候我不知道，但过后我会从他们小心翼翼或者谁也不理谁的态度中觉察到。妈妈不止一次地跟我说，小晴，等你考上大学，妈妈也就解放了。我不明就里，以为妈妈是盼我快快长大。爸爸也曾说过，要不是为了小晴，我就不回家了。其时，我并没有意识到他们之间的矛盾和裂痕，只觉得，他们的分歧太多。

分歧的原因大部分还是因为老家。这些年，爸爸没少往老家寄钱。在这一点上，我是支持爸爸的，我们这里的生活再差，比老家也是要好上很多倍的。记忆里，祖父母所在的村庄太穷了，以至于连吃馒头的日子都不多。但妈妈是反对爸爸的，妈妈总说别人的家里都有什么电器，别人都穿什么，而自己家，孩子都这么大了，还家徒四壁，连件像样的电器都没有。爸爸可能理亏，常年里也不见他添一件衣服，烟不抽，酒不喝，遇到单位有加班，别人不干他干，所以爸爸常常能评上单位的年终先进生产者。别人夸爸爸，他却说，又能挣钱，还能少生气，何乐而不为？

其实，我知道妈妈也没少接济外婆家，比如我的旧衣服，就全被妈妈拿去给我的表妹穿了。在这上面，爸爸和妈妈做得都不是很好。

堂姐的到来，让家里有了短暂的平静。妈妈虽然不高兴，但做饭还是比平时多加了一两道菜，爸爸看在眼里，脸上的笑容也多了起来。堂姐也很乖巧，我能从她的小心翼翼中感受到她对这个家庭暗藏矛盾的了解或感知。

说实话，我并不排斥堂姐的到来，因为在此之前，我从爸爸那里多少了解到堂姐吴双的一些情况。堂姐吴双是我们这一代人中年龄最大的女孩，虽然她没有受到祖父母像对待男丁那样的宠爱，但是她的要强还是很让人敬佩。比如她的学习，就曾让整个孙辈的男丁们黯然失色。但命运似乎专跟要强的人过不去，堂姐第一年高考落榜，第二年高考依旧落榜，第三年她想继续复习，但她的父亲、我的大伯却死活也不想让她复习了。想象着以后的人生就要跟土地打一辈子交道了，堂姐的精神就有些恍惚，天长日久，竟有些异样。那时一家人都怪大伯武断，大伯也有些后悔，但事已至此，除了长吁短叹，什么也改变不了。正是在这样的情况下，爸爸把堂姐带出了农村，说是找临时工，其实是想挽救堂姐。我能想象得到，如果爸爸不伸出援助之手，等待堂姐的该是怎样的命运。

堂姐的到来，让爸爸的态度一直低下来，我能从他看妈妈的眼神和与妈妈的说话中感觉到那种讨好，我想如果以前爸爸也是这样的姿态，他和妈妈会少吵多少架呢？为了堂姐，爸爸能做到这样，不知道内心做过多少的挣扎。

其实从堂姐走进这个家门，我就没有感觉到她精神上有什么问题，无论是说话，还是洗碗收拾屋子，她都能很快地融进来。她不仅把自己的木板床整理得干干净净，连我的床铺也收拾得利利索索。如果不说话，她就躺在自己的木板床上看书。那些书都是爸爸以前买来的旧文学类的书籍，放在书架上，好长时间都没有人动一下。但现在，那些书籍好似一下子被激活了，有时候我能从爸爸的目光里看到他对堂姐的赞赏。

我和堂姐的话开始并不是很多，毕竟差了好几岁，又没有成长过程的交集。但后来，从爸爸建议堂姐辅导一下我的功课开始，我们之间的话题忽然多了起来。论学习能力，堂姐比我强多了，比如对一些数学题的理解和解题方法，她的一些见解让我眼前忽然开朗起来。以至于我在后来的一些小考中成绩大幅度提升，还引来了老师们的猜疑。这是我从没有想到的，也是爸爸和妈妈没有想到的。这样的结局至少减轻了妈妈对堂姐到来的厌烦。

有一次下雨，堂姐接我放学回家，一路上她默默无语，晚上当我们各自躺在床上准备入睡的时候，她才说，没想到你们的学校是这样好。我疑惑地看着她，在我的世界里，学校都应该是这个样子。堂姐说，你知道我们以前的学校吗，别说暖气，连电灯都没有。高中时住校，是十多人的大通铺，夜里一个人不安静，其他人就都无法学习下去。如果我有你们这样的学习环境，我的大学梦应该是能够实现的。我摇头表示不相信。堂姐说，你会相信的。在以后的日子里，堂姐常常有意无意地表示出她对我们生活的羡慕和对自己命运不公的感叹。她常常说，为什么同是一样的人，差距却这样大？

我无法回答她的问题，因为我根本不知道她问题的答案。

春天到来的时候，爸爸在单位的食堂里终于给堂姐找到了一个临时卖饭的工作。那时候找工作很难，不是找不到，而是根本就没地方找。我想爸爸一定是费了九牛二虎之力吧。

那几天，爸爸似乎很高兴，偶尔会对我说，小晴，你看看离开农村是多么的艰难，你一定要好好读书。

我说，堂姐这样就算离开农村了？

爸爸说，不管是什么，只要不种地了，你堂姐就算安稳下来了，也除去了你大伯的一块心病。

我问，为什么这样说？

爸爸看看我，忽然摇摇头说，不说了，你还不懂。

堂姐也很高兴，有时还会哼起一首歌，好像是《甜蜜的事业》里的曲子。在她二十多年的岁月里，这是不是她最高兴的事情呢？

爸爸的单位离我们家不是很远，有一次周末，爸爸说，想不想去看看吴双？我点点头。其实从她去上班的第一天开始，我就想去食堂看看了，除了好奇，更重要的是我想看看堂姐工作的样子。我想，以她的麻利劲，肯定是能胜任的。

堂姐对我们的到来显得很热情，很显然她已经适应了食堂的工作。我惊诧于她的适应能力，毕竟她是一个高中生，对未来抱了极大的向往。堂姐吴双带着我和爸爸看了食堂的工作间、小炒间，还有卖饭的窗口。她说自己就在3号窗口卖饭，每天给那些买饭的人盛饭菜，很有成就感。

但是我不太喜欢那里，那浓郁的油烟味和油腻的地板让我有一种想要逃离的想法。当我把想法告诉爸爸的时候，他不置可否。后来爸爸说，你根本不懂得生活，工作再不好，能养活自己，已经很不容易了，别看城市这么大，想找一个落脚的地方是很难的。那时我才知道堂姐的工资是每月四十块，但食堂管饭，除去零花钱，还可以剩一部分。

第一次发工资，堂姐就给妈妈买了一条丝巾，给爸爸买了一个刮胡刀，给我则买了一些糖块。夜里，我和堂姐躺在各自的床上吃糖块，那感觉竟然很好。我说姐姐你真行，都可以挣钱了，不知道我什么时候才可以赶上你。堂姐说，姐姐跟你没法比，姐姐需要付出很多，才能赶上你们的现状。我说，怎么理解？她说，我复习了两年，都没能离开农村，而你们即便考不上大学，也能有个工作。姐姐想有个和你们一样的工作，比登天都难呢。我说，你现在不是有了一个工作？堂姐说，不一样呢，临时工和正式工有很大差别呢，正式工是铁饭碗，而临时工随时都可以被辞掉，朝夕不保呢。我说，怎样才能把临时工变成正式工呢？堂姐摇摇头，不知道，也许很难吧。

堂姐有了工作，又发了工资，应该是家里最高兴的事情了。妈妈虽然中间数次地跟爸爸使脸色，但终究没有爆发像以前那样的争吵。有一次妈妈曾对我说，我就看不惯你爸爸帮他家里人的那个德行，他什么时候能这样关心一下我们两个就好了。我不同意妈妈的观点，就替爸爸辩解道，他也不是不关心我们，只是我们的事比家里那些人的事好办一些。妈妈不听我的辩解，说，我就知道你吃里爬外，我们的事哪一件好办，是你中考好办，还是妈妈换个工作容易？他关心我们什么了？我说，中考靠成绩，你的工作好好的，为什么要换？妈妈瞪了眼珠子，好好，有骨气，我倒是要看看你的成绩。

也合该我有骨气，中考成绩竟然出乎意料的好，当我迈进心仪的重点高中的大门时，我知道，里面有堂姐吴双的功劳。

我不知道以堂姐那样的聪明，为什么考不上大学。有时候，人不相信命运，便只能相信眼泪。

爸爸很高兴，当然堂姐吴双也很高兴，她曾经趴在我耳边轻轻地说，从你的身上，我看到了自己的影子。

我说，我这么笨，哪里像你那么聪明。

堂姐说，笨和聪明也是需要外部条件的，人的命，天注定。

这时堂姐已经不在3号窗口卖饭了，她凭着自己的努力和高中学历，被他们的马科长调去做会计了，并且有了一间属于自己的办公室。

这是所有人都没有想到的事情，最高兴的当数爸爸。他说，这莫非是上天的眷顾吗？妈妈撇撇嘴，依旧把厌恶写在脸上。我说，天道酬勤。

爸爸说，小晴说得对，干什么都需要去努力，也期待一下我闺女的“天道酬勤”。

我说，别把我们扯到一块儿。

爸爸说，为什么不能扯到一块儿，不是都一样吗？

我说，能一样吗？

我搬进高中住校的时候，堂姐吴双也从家里搬到了她的办公室，本来拥挤的房间一下子空旷下来，爸爸好像有些伤感。他说，人真是个矛盾体，你们在家的时候，我天天盼着你们哪一天离开，当你们离开的时候，却又万分舍不得。堂姐说，又不是天涯海角，随时都可以回来看叔叔。爸爸摇摇头，很失落的样子。

而妈妈则长长地出口气，说，终于可以过自己的日子了。

在我去上高中的前夜，爸爸把食堂的马科长请到了家里，并亲自炒了几个菜，说要感谢一下他对堂姐的照顾。那时，我才知道是马科长帮了爸爸的忙。马科长比爸爸小几岁，一直客气地说，老乡还见外了。其实所谓的老乡不过是一种套近乎的称呼，马科长的老家和我们老家隶属于一个地区，但在两个角上，距离远着呢。

爸爸那晚喝得很高兴，一直说，马科长，要不是你当初帮我这个忙，我家吴双真不知道该怎么在这里待下去呢。马科长说，机会赶得好，再说了，吴双很不错，又是高中生，你看看食堂里那些人，有几个会算账的。爸爸呵呵地笑着，我第一次看见他对别人那么讨好。

其实我挺不喜欢马科长那个人的，从他一进门东张西望的样子，我就很不舒服，爸爸让我喊他马叔叔，我连吭都没有就躲进屋子里去了。

转天爸爸送我去上学，一路唠唠叨叨，听得我耳朵都快生茧子了。只是在他说到妈妈时，我的注意力才不得不收回来。我说，我们都不在家了，你们就不要天天那样吵吵闹闹了。你以为我喜欢吵吵闹闹，你根本不了解你妈妈，她看不得我对别人好。也不完全是，你们都收敛一下，没有什么大不了的事情。话是这样说，小晴，爸爸听你的。

高中校园的生活紧张而枯燥，以前没离开家的时候，不知道爸爸妈妈的重要性，现在才知道，在家靠父母，出门想父母。

“十一”的时候，学校放假，我急急忙忙地返回家，却没有看到爸爸。妈妈说，老家来电报，说你祖父去世了，你爸爸带着吴双回老家了。我说，你怎么不回去？妈妈摇摇头，我身体不好，不想回去。我说，这根本不是想不想回去的事情，在大是大非面前，妈妈你不能过分。可能是我的口气有点重，妈妈的脸色一下子阴下来，我的事不用你管，你上好你的学就可以了。

其实我也是应该赶回去的，想一想这时候在祖父葬礼上无助的爸爸，其情其景该是多么孤独。

几天之后，爸爸疲惫地回来了，在他的身后，除了堂姐吴双，还有她的父亲和哥哥，也就是我的大伯和堂哥，他们表情冷淡，甚至还带着一种敌意。

他们的出现很让人意外，难道也是让爸爸帮他们找工作？

这么多年，爸爸不顾妈妈的反对，不遗余力地给老家寄钱，其实有一大部分是寄给他哥哥的，其原因是爸爸在报恩。

早年，祖父家境贫寒，因为爸爸上过几年学，有那么一点点的根基，所以总想出来闯一闯，也是想给祖父减少点压力。那年恰好石家庄有一个技校招生，爸爸便偷偷摸摸地参加了考试，没想到还真考上了，但上学需要一笔费用，家里根本拿不出来，眼看着机会就要在眼前溜走，爸爸那个急啊。关键时刻，爸爸的大哥站了出来，跑出去卖了一次血，然后又把家里值钱的一床棉被卖掉了，总算凑够了爸爸的路费和学费。爸爸的命运也因此改变了。

大伯和堂哥的脸色不好看，妈妈也没给他们好脸色，从他们进屋的那一刻，妈妈便躲进了我的小屋。她呆呆地坐着，胸口慢慢地起伏，她的目光直射向窗外的杨树，好像要把杨树穿透了似的。

大伯和堂哥跟来，其实还是堂姐吴双惹的祸。这一点连爸爸也没想到，会在奔丧的过程中出现意外的事情。堂姐吴双的败露是她在祖父葬礼午饭上的呕吐，开始谁也没在意，后来还是被细心的大娘发现了端倪，一追问，堂姐因为害怕才如实招了。原来堂姐怀孕了，而男方竟然是马科长。

这真是让父亲大跌眼镜。当时他的汗就下来了，本来是做好事的，没想到却出了这么一档子事，真是无颜见哥嫂了。

当时大伯也没给爸爸好脸色，他怒气冲冲地指着爸爸，却什么也说不出来。

爸爸他们放下行李，二话没说，就一起押着堂姐去找马科长。面对着来势汹汹的几个人，马科长开始还装糊涂，直到爸爸上前扇了他两个耳光，他才捂着脸安静下来。爸爸说，我真是高看你了，姓马的，你真不是个东西，你是个彻头彻尾的浑蛋！大伯和堂哥也要上去动拳脚，但是堂姐却先冲了上去，她疯狂地撕扯了一顿马科长，然后恶狠狠地说，你要是不娶我，我就告你强奸！

堂姐的话让大伯和爸爸都大吃一惊，别说年龄差了将近二十岁，就是从情理上也接受不了啊。而且他们开始的打算只是想跟马科长要一笔钱，然后各奔东西。

在堂姐说完那句话之后，马科长马上拍胸脯子保证，一定会娶堂姐的，不过要给他离婚的时间。

这样的结局真是出乎所有人的预料。虽然爸爸和大伯都不同意堂姐的选择，但是堂姐似乎下定了决心，说，不同意她嫁给马科长，她就自杀。

在两难的选择中，大伯和爸爸终于屈服了，用大伯的话说，丢死人了。走时，大伯还丢下狠话，从此我没你这个女儿。

因为堂姐吴双，爸爸和大伯之间似乎也出现了隔阂，爸爸再给大伯寄钱的时候，大伯竟然原封不动地退了回来。每一次，爸爸都会看着退款单一个人默默地发呆。他的性情似乎大变，以前还有点笑脸，现在每天都是冷冰冰的，一句话都没有。

没等到我高考，妈妈就把她的决定抛了出来，她要和爸爸离婚。爸爸不同意，说，要离婚也可以，不过要等到小晴高考之后。但是妈妈说，我已经受够了，如果再这样下去，我会疯的。虽然我知道这样的事情对我来说，是一件很重大的事情，但我谁也没有劝说，因为我不想影响任何人的幸福。

尽管爸爸最后同意了，但是爸妈单位的人又跑来做了很多的工作，可是妈妈不为所动，甚至抛下狠话，谁要是阻拦她，她就死在谁家。女人一般不厉害，但是厉害起来就是地动山摇。堂姐是这样的，妈妈也是这样的。虽然我判给了爸爸，但是妈妈说，小晴，妈妈不会离开你的。

爸爸不知道什么时候学会了抽烟，而且迅速地苍老下去。熟悉他的人都说，老吴这一次打击太大了。

马科长没有食言，果真在磨磨叽叽中和前妻离了婚，娶了堂姐。老夫少妻，成了那时候一个不大不小的新闻。婚后没多久，堂姐就生了一个男孩。

堂姐结婚后，爸爸基本上就和她断了来往，说他不喜欢吴双，即便我提起堂姐，他也是赶紧摆手。爸爸的精神状况越来越差，他常常一个人发呆，连单位都不敢给他派活了。

但是堂姐吴双似乎并没有忘记爸爸，她常常在学校的门口等我，然后求我给爸爸带两瓶酒，或者毛衣毛裤什么的，看上去她很幸福。

我考上大学那一年，堂姐的户口也从老家迁出来了，成了非农业户口，然后单位又给她安排了正式工作，算是爸爸他们单位的正式工人了。这样的结局和她刚到我们家的时候相比，简直匪夷所思。

爸爸的抑郁症很明显了，有一次我去医院给爸爸拿药的路上，偶然遇到堂姐、马科长和他们的儿子，小家伙一蹦一跳的，看上去很可爱。

新年

母亲推门进来的时候，付东儒还躺在被窝里没有起床。因为烧着土炕，屋子里暖融融的，这让付东儒更加留恋被窝里的舒适。多少年一直在外面打拼，这样放松的时候还真不多。

母亲把酒放在桌子上，然后坐在付东儒身边的炕沿上，就那样居高临下地看着付东儒。母亲的俯视让付东儒多少有些不自在，他想爬起来，可是一想起自己被窝里光溜溜的身体，还是放弃了这样的想法。

母亲的目光定在付东儒露出来的肩膀上，俄而，用手抚了一下付东儒的头发说，我儿子也有白头发了。

付东儒没有说话，他错开母亲的目光，然后把视线落在母亲雪白的头发上，顺着那些白发，付东儒看到了母亲额头那些起起伏伏的皱纹。虽然在付东儒的心里，母亲早就是个老人了，可是这样的苍老，现在看起来却是有些触目惊心。

起来吧，早去早回。母亲站起来，在屋子里走了两步。

真不想管他们家的事情。付东儒跟了一句，尽管他知道这是废话。

去吧，不是都说好了的，他毕竟是你的舅舅。

我知道他是我的舅舅，可是他知道你是他的妹妹吗？

过去的事不提了，老皇历了。

可是我忘不掉。

去吧，早去早回，大过年的，我们只想高兴的事。母亲走出屋子，然后又退回来说，那事跟水霞说了吗？

啥事？付东儒一时没想起来。

二胎啊。

说过了。

她同意了？

还没表态。

母亲叹口气，再好好做做工作，人家隔壁老三媳妇可是怀上了。

知道了。看着母亲消失的背影，付东儒想起昨晚跟水霞的疯狂，烈火干柴，真是酒逢知己千杯少，那时候，付东儒才知道自己的强壮，当付东儒把最后一点力气都倾注到水霞身体里的时候，水霞没有反对，似乎一切水到渠成。但付东儒不能告诉母亲水霞同意了，只有水霞肚子真正大起来的时候，他才可以给母亲一个惊喜。

水霞是不是也这样想的，付东儒不得而知，人家一大早就跑去练广场舞了，据说是为了元宵节的演出。一个小村子，也组织这些活动，这倒是让常年在外打工的付东儒没有想到。

匆匆地吃了点东西，付东儒提上母亲拿来的那两瓶酒，他还想再拿点什么，比如家里现有的蛋糕或者苹果，但最后他都放弃了。在他的内心，对舅舅似乎有一种本能的抵触。

他记得，在自己小的时候，去姥姥家走亲戚，舅舅对他从来都是爱答不理的。那时候舅舅在石家庄的一家大企业上班，大概是负责销售，每次回家探亲总会带回很多付东儒见都没见过的零食。每次，那些食品就放在离付东儒不远的桌子或柜子上，付东儒看得都快流口水了，但舅舅就是不让让他，似乎是故意馋他似的。有一次，趁没人的时候，付东儒偷偷地拿了一块蛋糕，没想到正好让推门而进的舅舅看到，那一刻，付东儒羞愧死了，正不知道如何应对时，舅舅说，很好吃吧，可那不是给你吃的。付东儒忍了很久，终于还是没有忍住，哇地大声哭出来，直到姥姥听到声音跑过来，斥责了舅舅几声，又拿了蛋糕给他吃，但付东儒再也没吃，后来他把这一次的遭遇告诉了母亲，母亲的眼里很快就含了泪水。付东儒说，他为什么这样对待我们？母亲犹豫了很久才说，可能是因为咱家穷吧。但付东儒依旧不明白，他对母亲说，他不是你哥哥吗？他不是应该帮助你吗？母亲沉默良久，最后才说，等你长大了就会明白的。这样的问题一直跟随到付东儒高中毕业，直到后来他从别人嘴里了解到，父母当年的自由恋爱曾遭到舅舅的强烈反对，但母亲一意孤行，嫁给了一贫如洗的父亲。但让付东儒依旧不明白的是，那都是大人们之间的旧事了，何必还要把这样的情绪带到晚辈身上呢？但是风水轮流转，当年的舅舅肯定不会想到他也会有这一天，在大年初三眼巴巴地等着付东儒去调解家庭矛盾。

事情的缘由很简单，几个月前，已经七十五岁的舅舅忽然中风瘫痪了。舅妈去世之后，舅舅原本是一直住在石家庄的，后来因为思乡心切，就搬回了老家，一个人开伙。虽然说小矛盾不断，但基本上没有伤筋动骨，而这一次人都不能动了，所有的矛盾都呈现出来。在舅舅养老的问题上，两个儿子不再避让，而是针尖对麦芒，如果不是左邻右舍的劝解，也许早就大动干戈了。舅舅情急之下给付东儒打了一个电话，希望他能回来一趟。

接电话的时候，付东儒还在工厂里上班，放下电话，付东儒很长时间都没有回过神来。他弄不懂为什么舅舅会在无助之际想到他，况且他在外地，要解决舅舅的家事就只能回家跑一趟，虽然不是很复杂，但是请假、来回路程，也够麻烦的了。付东儒当时没有回绝舅舅，只是说，他最快找个时间回去一趟。这一等，就已经是新年了。

期间，付东儒曾给母亲打过电话，未等他把话说完，母亲已是满腔的愤怒了，母亲说，没见过这样做儿子的，只盯着老人的房子和存款，这儿子算是白养了。看来母亲并不是没有劝说过，只是碰了一鼻子灰。

闭上眼睛，付东儒又认真地想了一下舅舅给他打电话的理由，无非自己个子高一些，平时练过一点点武术，也曾有过打架的历史，也许仅仅如此。

骑摩托车走出村庄的时候，付东儒没有忘记扫一眼在村南广场上练舞的男男女女们，他想看一下水霞的舞姿，找了半天，才在一群老娘儿们中间看到了水霞那张兴奋的脸。看着水霞装模作样的认真样，付东儒的心莫名其妙地动了一下，城市在变，乡村也在变，这样的变化让付东儒喜欢。

舅舅家并不远，二十分钟的摩托车路程，但路并不好走。付东儒实在不明白，其他地方的乡村，道路都已四车道或者六车道了，而家乡却还是单行道，路窄得两车相遇都无法错车。要想富先修路，为什么这样的口号已经喊了多少年，这里的路还没有修起来？

冬天的原野一片静寂，虽然是在新年，但除了远处村庄里零零星星的鞭炮声，一切都显得那样的空旷。人们都躲在自己的小屋里，打发着散漫的时光。

舅舅原来是住在自己的老房子里的，中风之后，就在两个儿子家轮流住了，现在是住在大儿子家。说起大表哥，付东儒对他也没多少好感。少年时，大表哥就表现出一种不同于同龄人的成熟，比如别人都想好好上学，而大表哥却早早就恋爱了，没等初中毕业，就早早地辍学了，二十岁那年，把一个大他两岁姑娘的肚子搞大了，家里人虽然都不喜欢那个姑娘，但是生米煮成熟饭，也由不得大家选择了。自小，大表哥对付东儒就一直不冷不热的。有时候付东儒也想，处于不同的生活水平线上，他自然入不了大表哥的眼。每次见到大表哥，付东儒都有一种自卑，尽管这种自卑随着岁月的流逝越来越小，但是那种小时候的烙印却无法彻底消除。

听到摩托车的声音，大表哥先从屋子里迎出来，也许是在新年，也许是有求于付东儒，大表哥的脸上堆了笑，冷吧？还行，付东儒停好了摩托车，把手里的酒递给大表哥，大表哥犹豫了一下，还是接过来。

舅舅呢？

在里屋等你呢。

付东儒推门而入，屋子里没有开灯，半天，付东儒才看清了躺在床上一动不动直勾勾看着他的舅舅。屋子里的温度不是很高，付东儒感受到了一种冰冷。

坐，坐。舅舅努努嘴，眼睛里露出一丝笑意。

一年不见，舅舅明显的老了，看着须发皆白的舅舅，付东儒似乎有一种时光交错的感觉。曾经，舅舅是多么的高高在上、风流倜傥啊，而现在他年至古稀，只能用仰视的目光来看付东儒了。

付东儒走过去拉了拉舅舅的手，又给他掖掖被角说，二表哥呢？

来了，来了。话到人到，二表哥一掀门帘走了进来。

对于二表哥，付东儒还是有一些感情的，小时候二表哥常常会送付东儒一些铅笔、笔记本什么的，那样的帮助虽然说是杯水车薪，但对于那时候的付东儒却无异于雪中送炭，所以说，这么多年，付东儒一直也没有断了和二表哥的联系。

大家落座，气氛忽然显得有些尴尬。大表哥低了头，始终就没看过二表哥一眼，而二表哥则抬了头，一会儿看看付东儒，一会儿看看他的父亲，显得很随意的样子。舅舅干脆闭了眼睛，似乎一切与自己无关。

付东儒觉得这样干坐下去也没什么意思，干脆说，表哥，你们都说说吧，舅舅养老的问题。

大表哥依旧低了头，而二表哥却有些跃跃欲试。

付东儒说，事情的大致情况我母亲也跟我说了，不就是舅舅的养老金和石家庄那套房子吗？你们最好先谈谈自己的想法，看看怎么样才能公平一些。

公平，有公平吗，你问问你舅舅！大表哥忽然甩出一句话。

舅舅的眼睛睁开又闭上了。

大表哥，请你把事情说清楚。

我早就清楚了，关键是清楚的人不清楚。大表哥的话依旧硬邦邦的。

你看他就是这样。二表哥摇摇头，表示难以理解。

我怎样了，你们合起伙来蒙我，别以为我不知道。大表哥说。

谁蒙你了，别说昧良心的话。

反正有蒙我的那个人，天天养着他，还胳膊肘往外拐。大表哥已经有所指了。

舅舅睁开眼睛，怔怔地看着付东儒，流露出一种无奈和委屈的样子。

其实付东儒知道，家务事越掰越难以弄清楚，最好的办法是拿出一个折中的方案，那样更快一些。

付东儒说，你们的问题我都想过了，绝对的公平是没有的，让我去做也做不到，你们说，石家庄的房子归谁。

二表哥说，谁家有儿子归谁，反正房子不能给了外姓人，我爸爸也是这个意思。

凭什么，法律上规定人人有份，没有儿子也照样有一份。大表哥马上反对。

付东儒也不赞成二表哥的话，这话等于往别人的伤口上撒盐。

那听老人的，老人说给谁就给谁。二表哥依旧不让。

谁要房子谁就要管老人，现在就把人搬走。

东儒，把舅舅搬走。一直没有说话的舅舅忽然大声叫道，滚，都给我滚，随即拿起炕头桌子上的水杯狠狠砸向地面。随着水杯破裂的声音，屋子里一时凝固了。

二表哥看看付东儒，随即站起来，走了出去。

大表哥也没做停留，哼了一声，也走了出去。

付东儒看着怒气未消的舅舅，一时不知道该说些什么，他知道，舅舅这样的表现会换来更多的冷遇。

付东儒拿了笤帚，等扫完了那些玻璃碴，才坐在舅舅的床边，未等他说话，舅舅已经泪流满面。看着舅舅满面的泪水，付东儒一点也没心动，都说可怜之人必有可恨之处。房子的事舅舅处理得本就不对。

舅舅死死地抓住了付东儒的手，你看看他们，就知道争，争我那点破家产，有本事他妈的自己挣去。

舅，现在不能这样说话了，咱不是需要他们的照顾吗？

让他们照顾？我还不如去死。

别这样，舅，总要给儿女留点什么的。

他们再这样，我谁都不给，我捐出去，捐给社会。

舅，别赌气，先把眼前的事处理好了，你是怎么想的？

我早就想好了，舅舅今天让你来，就是想让你帮帮我，县养老院的院长不是你同学吗？你去帮我求求情，把我收下。

养老院很难进吗？

本来我去年就想去了，可是人家不收。

为什么？

人家说满员了。

哦，是这样，这事我先去问问，包在我身上。不过舅舅，你可想好了。

想好了，算舅舅求你了。

呵呵，你也有求我的时候？付东儒在心里冷冷地笑笑，他想起舅舅小时候曾给予他的耻辱，心里很不是滋味。

从舅舅屋里出来，在胡同口付东儒遇到了二表哥。二表哥拦了付东儒的摩托车说，家里吃饭去。

付东儒摇摇头，这个时候能去你家吃饭吗？大表哥该怎么想，你们都让让，别斗气了，把舅舅照顾好。

我就是看不惯他那张什么都争的嘴脸，我想过，即便他不管你舅，我就自己管，没什么大不了的。

别说大话啊，二表哥，你要是做得好，也不至于弄成现在这个样子。

啥样子，我不是说看不惯他那张嘴脸吗？就是要让他生生气。

至于嘛，都一个娘生的。

你还不知道他那个人，没见过他这样当哥的。

我还有点事，不跟你聊了。

吃了饭再走多好，我有很多话想跟你说呢。

回头我再过来。付东儒说罢骑上摩托车，在内心里，他真是小看了这哥儿俩。

离开舅舅的村庄很久，付东儒才在路边停下来，刚才憋了一泡尿，一直也没机会放出来，现在好了，虽然是在大野地里，但没有人，付东儒很放松地尿完，然后给杨明艳打了一个电话。很久，对方的电话才接通了。

很忙啊？老同学。

忙什么啊，正烦呢。

大企业家也有烦恼的事情。

别提了，有事吗？

无事不登三宝殿，你在家里，还是在养老院？

养老院。

那好，我一会儿过去，你等我。

养老院里有些冷清，除了门口的一副对联，一对红灯笼，再也看不到一点点新年的气氛。莫非那些老人都回家过年了？付东儒停好摩托车，一抬头，杨明艳已经在台阶上冲他招手了。

明艳，付东儒招招手，然后快步走过去。养老院的人呢？

都回家了。

为什么啊？

年前消防部门说我的养老院不合格，需要整改，我一气之下就关了养老院的门。

何必呢？

一言难尽。

你瘦了。

不谈这个。

在杨明艳的办公室，付东儒看着那张熟悉的面孔，忽然有些怜香惜玉。在所有的女同学中，付东儒最不看好的就是杨明艳了，没想到多年之后，杨明艳却在老家的养老事业中闯出了一片天地。现在杨明艳的名号很多，什么三八红旗手，什么优秀女企业家，什么带头人，成了县城的女名人。

那就谈正事，我来求你了。

老同学有事只管说。

我有个舅舅，去年瘫了，想来你这里打发余生。

是马东成？

你知道他？

怎么不知道？去年他就想来了，可他大儿子不同意，来这里闹了两次呢？

为什么？付东儒一脸疑问。

还不是心疼他爹那点钱。

怎么会啊？

我会骗你？

真浑蛋啊。

现在为老人着想的子女有几个？

也是，你的养老院什么时候恢复？

说不好呢，整改是肯定的。杨明艳面露难色。

手头紧？

杨明艳愣了片刻，然后点点头。

我先支援你两万。

不用。

这时候就别客套了，老同学的事，也是我们的事。

那就多谢老同学了。

从杨明艳的养老院里出来，付东儒多少有些恼怒，他没想到大表哥竟然会到养老院这里无理取闹。这时候，他才明白舅舅摔杯子的愤怒，都说养儿防老，可到头来却都养成了敌人。

付东儒不想回家，干脆把摩托车停在一边，一个人沿着县城的大街边走边看。虽然是大年初三，县城并没有多么热闹，到处冷冷清清的，让人打不起精神。在建设银行的自动取款机前，付东儒犹豫了很久，最后还是把卡插进自动取款机。那是他的私房钱，一直给父母留着养老的，没想到，现在却要提前转出其中的一部分了。为了舅舅，为了杨明艳的养老院，付东儒只能忍痛割爱了。

回到家里的时候，已经是黄昏了，未等他去母亲那里汇报，母亲已经赶过来了。母亲探寻的眼神一度让付东儒有些内疚。

事都办好了？母亲问。

啥办好了，他们根本不配合。

你舅舅怎么办？

该怎么办就怎么办。

你这孩子，说的都是啥话。

气话。

那到底是怎么回事？

我舅舅想去养老院。可养老院需要整改。

那还是去不了？

等等再去。

不行，先把你舅舅接咱这里来？

谁伺候他？你自身还难保呢，我又不在家，快打住吧。

我只是可怜他。

他以前可怜过你吗？

我都忘了。

我忘不了。

你这孩子，怎么这么不懂亲情。

正因为我懂亲情，才跑了一天。

算了，算我白说。不过去养老院倒是个很好的办法。

没有选择的选择。

以后谁都可以去吗？比如我和你爹。

付东儒看着母亲征询的目光，忽然有了火气，你怕你儿子不养你？

母亲似乎吓了一跳，一边躲闪着付东儒的目光，一边说，我只是问问，你着什么急。我们只有你这么一个孩子，你又常年不在家，我们都老了，能不想想以后的生活吗？

付东儒一时沉默，对于父母的养老，他还真没有认真地想过，他觉得母亲说的是对的，父母的养老，现在好像到了不能回避的时候了。

妈，你放心好了，你和爹肯定不会像舅舅那样，我也不会像表哥那样，我有办法的。

母亲看着付东儒，半天也没有说话。后来像想起了什么似的说，我觉得还是要个二胎好，那样养老就会多一份保障。

舅舅也两个儿子，有保障吗？

母亲低头想了半天说，分人。

孩子不用多，有一个好孩子足够。

那我们还是想要个孙子。

我知道你们的想法。因为头胎是女儿，这么多年，父母虽然没有说过什么，但是因为有国家法律在那摆着，现在国家不是允许生二胎吗？从听到消息开始，他们早就坐不住了。

知道就好，我们都老了，就想满足个心愿。

好，好，老爹老娘的心愿就是我的心愿。

看着母亲微笑着离去的背影，付东儒长长地叹了口气，这年过的，怎么都是烦恼啊，一代代人的繁衍生息，到底都是为了什么啊？

非典时期的爱情

一

严格地说，我的第一个男朋友是卢克。

之所以记忆犹新，还是因为2003年的那场非典。当时人人谈之色变，人人避之不及。为了控制病菌的肆意传播，单位也成立了临时的检查小组，负责东门来往职工的发热检查。

因为组员都是从各部门抽调过来的，所以并不是很熟悉，有的甚至根本就不认识。但大家的热情还是有的，毕竟是在一个大的严峻形势下，每个人都需要做点什么。

没想到我竟然和卢克在一组，以前我对卢克的印象并不是很好，除了他大大咧咧的个性之外，还听人说特别小心眼，什么事都爱计较。有时候道听途说真的能影响一个人的形象，每个人可能都有过这样的经历。

卢克工作很努力，大部分时间都站在那里，拿着把测温枪走来走去，即便没人通过的时候，他也很少坐下来，反倒还时不时地嘱咐我，去歇一会儿。我就坐在那里，看着大大咧咧的卢克，忽然觉得外表粗犷的卢克其实内心是很细腻的，他的手洗得很勤，咳嗽时也是背过身用手捂着嘴，小心翼翼的样子。

虽然大家都如临大敌，但有时候病菌的传播也是有选择性的，像我们这样偏僻的小山沟，病菌可能都懒得来一趟。所以从始至终，没有发现一个非典的病例。

卢克真正引起我好感的是一次拔刀相助，因为我测量的一个员工体温偏高，我不允许他进入厂区，但那个人一副满不在乎的样子，想闯进去。我极力阻拦，后来的情况就有些恶化，那个人先说自己有急事，后来又骂骂咧咧的。他这一说脏话，卢克不干了，他上去就薅起那个人的脖领子，用手指着那个人的鼻子说，你再说一句，你再说一句脏话我听听！在卢克强势的态度下，那个人竟然哑火了。即便这样卢克也没有放过那个人，而是登记在册，至于后来那个人的单位是怎么处理的，我们也没过问，只是那一次，卢克给我留下了很好的印象。

二

非典之后，单位进行了一次表彰，卢克极力推荐我，没想到大家竟然都没有意见，其实我的表现只能算中规中矩，没想到那竟然是我参加工作之后得到的第一个荣誉称号。后来我请大家吃饭，把得到的奖金都花了出去。

卢克说我很够意思。我说够意思的是大家。荣誉我自己得，利益大家共享。其实那时候我已经感觉出了卢克的用心，因为在饭桌上，有年龄大一些的老师傅们有意无意地说我们郎才女貌。我虽然没往心里去，但对于一个大龄的女青年，也的确无时无刻不在选择着自己人生的伴侣。显然卢克还没有真正地走进我的内心，只是有好感而已。

但我开始关注卢克的动向，一听到有同事谈到他，就赶紧支起耳朵。没想到他在那些同事中很吃得开，比如谁想喝酒，第一个想到的便是卢克；比如谁家干活缺一个帮手，周末去爬山，大家想到的都是他。看来卢克很有人缘。

我疑惑于这样好的一个人为什么没有女朋友呢？卢克的相貌不是很耐看，但文凭可以啊，虽然说还只是一个技术员，但谁敢保证人家以后就不能有一个重要的职务呢？那时候，选择男朋友，人们一般都会先看他是什么干部，这一点，我父母的观点就很一致，他们说，那样的男孩子才有未来，那样的女婿才让他们有面子。因了这一点，我一直也没有跟父母屈服，所以慢慢地就错过了很多条件不错的男性。

第二次和卢克的交集是单位的 QC 成果发表，单位竟然安排我和他一起去会场。在此之前，我没有过这样的经验，对那样的场合更是避之不及。单位的领导说，锻炼锻炼就可以了，什么不都是学。卢克也这样安慰我：一回生两回熟，你只是配合我，我在上面解说，你在下面翻页，只要排练几次就可以了。推辞不掉，我只好硬着头皮上。说实话，发表 QC 成果，主要任务都在台上讲解的那个人身上，口才要好，能够把握现场的气氛，有些地方还需要脱稿，的确要下一番功夫。我们提前演练了几次，感觉问题不是很大。

发表那天，卢克专门换了一身西装，给人的感觉是眼前一亮，都说人靠衣服马靠鞍，这话用在卢克身上是再恰当不过了。因为发表的顺序不错，再加上卢克临场发挥得完美，我们的 QC 成果竟然得到了一等奖。回单位后，领导一高兴，竟然奖励了我们一千元。卢克问我怎么分，我说，听他的。他说二一添作五，一人一半。虽然我觉得受之有愧，但还是接下了那五百块钱。

三

从那以后，我多少有些喜欢上了卢克，都说他小心眼，我没有看到啊，都说他爱计较，我也没有感觉到啊。当卢克托人向我表明意思的时候，我答应和他处一段时间看看。

那一段时间应该是我人生中最快乐的时光了，上班一起走，下班后卢克来接我，周末有时间一起去爬山，就在那高高的山坡上，我发现卢克的歌唱得还不错，尤其陕北民歌，竟然原汁原味。我知道他不是陕北人，他说上大学时寝室有个同学是陕北人，大家没事的时候就跟他学陕北话，竟然学得有模有样了。

卢克的优点并没有进入父母的法眼，他们都觉得卢克很有心计，并不是我说的那么美好。我没听父母的，并以单身一辈子要挟父母，最后父母没办法，只好让我自己看着办。

卢克似乎也意识到了我父母的冷淡，他开始有意地改变一些做法，比如请父母出来吃饭，比如逢年过节，给父母买一些他们喜欢的礼品。有一次，我父亲就有意无意地说，卢克这么会来事，怎么就没有混上一官半职呢？

当然这也是我和卢克的困惑，在他们部门，以卢克的资历，也算是元老级别的了，以卢克的能力，我觉得也是有的，虽然我不求上进，但并不代表我也希望卢克平庸，谁不向上看呢？

在我们相处的第二年，忽然发生了一件我没有想到的事情，在一个各方面都不如卢克的同事被提拔为卢克的上司之后，卢克彻底爆发了，他没有和我商量，和部门领导大闹一场之后辞职了。

我惊讶于卢克的鲁莽，也惊讶于他的勇气，那时候辞职还不是多么平常的事情，但对单位的震动却极大。后来卢克跟我解释，当时太气愤了，他根本咽不下那口气。一年多的相处，我知道卢克的缺点在哪里了，他不善于奉承，不善于吃喝送礼。虽然他在这方面对我父母用得不少，但他解释说，情况不一样，在单位需要能力和实力。

卢克走了，我一时也无法安静下来，大家的眼神一致看向我，仿佛在问，你什么时候走？是的，我和父母想得最多的便是这个问题。

我能走吗？我能像卢克那样一走了之吗？离开国企，去一个陌生的地方打拼，而这也是父母极力反对的。

尽管我和卢克都意识到了两种可能性，我跟他去，便一切水到渠成，而我留下来，只能走向陌路。在经过多方面的权衡之后，我选择了后者。

卢克很痛苦，在电话里他几乎有了哭音，他说，我们这么情投意合，我们这么互相喜欢，可是我没办法，我没有办法。

那一段日子，我也常常陷入一种精神恍惚之中，那时候我才知道放弃一段恋情是多么的痛苦，以至于我后来再选择男朋友时，一切以父母为主。

四

我常常想，人的命运就是这样吧，上天似乎都为你安排好了，你该是怎样的人生，根本无法改变。

多年后，因为新冠疫情，我待在家里哪里都不能去。我开始考虑那一次选择的对与错，尽管我知道一切都不可能重来。

卢克又杀回来了，这是任何人都没有想到过的事情，但现实中就这样发生了。我们单位因为经营不善，去年被一家民营企业收购了，卢克是以老总的身份出现在我们面前的，这让所有的人都大跌眼镜。

所有的同事都想到了我，甚至有一个朋友说，如果你当初不选择留下来，现在是何等的风光？我鄙夷地斜同事一眼，没有说话。

卢克来看我了，我知道会有这样的场面。一开始我极力地排斥，后来父母说，你不想自己，还不想想孩子他爸。

父母永远是这样的想法，我想最后悔的应该不是我，而是他们。

卢克比以前胖了，谈吐也截然不同，这可能与他多年管理者的身份有关。卢克并没有居高临下，而是请我们一家吃了一顿便饭，当然包括我的父母。

卢克说，有什么困难就说出来。我能有什么困难呢？再过两年我就要退休了。至于孩子的爸爸，本来以前就已经是处级干部了，如果卢克以后不拿下他的话。

分手后的两个家庭，基本都不错。卢克有一个儿子，而我也有一个儿子，他的妻子虽然我还没有见过，但我想应该不会差到哪里去。

我常常想，谁也没有前后眼，谁也不知道其他人的人生轨迹，今天的没落可能就是明天辉煌的铺垫，而明天辉煌的好日子，也可能会因为一件小事而走向没落。不以物喜，不以己悲，把所有的情绪都放进心里，走好自己的人生路才是对的。

卢克没有错，我也没有错，错的是时代的变迁，别说在时代的洪流中个人的恩怨是多么渺小，就是在连眼睛都见不到的微小的病毒面前，我们不也是惊慌失措吗？

有过那样一份纯真的感情，就足够了。

鬼手

明辉在课堂上看小说被老师发现了。

那是一座典型的北方平原上的奇脊砖瓦房学校，教室里的课桌很简陋，木质的桌面因为长年累月的使用，上面布满了划痕。教室里光线不是很好，如果是阴天，可能就要影响到角落里学生的视线。明辉早就对自己的座位有意见了，他曾经向班主任提过，可是班主任说，你个子这么高，安排你坐在前面就要挡着后面同学的视线，你还是先克服一下吧。所以明辉就一直克服下来。在那个不显眼的角落里听课，明辉的脑袋瓜老是走神。这也可能怨不得明辉，因为自从坐上那个座位，他被老师提问的机会就一下子少了，那天明辉数了数，半年的时间里，一共才被提问过两次。这让明辉很无奈，学习成绩也慢慢地降下来。

原来明辉上课也还是全神贯注的，但是这样的习惯却被一次偶然的串门破坏了。那天他去同学王禹家做作业，无意中发现了王禹爸爸的很多藏书，那些书名对明辉来说是陌生的，而在这之前，明辉除了《中学生学习报》之外几乎没有接触过其他的课外书，这一次的无意发现让明辉明白了原来这个世界上还有这么多自己未知的东西。他觉得自己的世界太小了，小到不知道还有这么多的课外读物。那天他入迷地浏览了其中的几本书，然后向王禹提出了借书的要求。

王禹说，爸爸的书我不敢乱借的。明辉说，我看完了马上就还你，神不知鬼不觉的。那天明辉给王禹说了很多的好话，后来还答应了王禹提出的无理的要求——抄作业，王禹才答应先借一本书给明辉。那天明辉别提多高兴了，他挑来挑去，哪一本都爱不释手，最后才在王禹的催促下选了其中的一本。

那是一本名字叫《鬼手》的破案小说，明辉从打开第一页开始就无法自拔了。他奇怪于书的内容，原来世界上还有这么吸引人的书籍啊，它不同于数学，也不同于语文，更不像英语那样枯燥。明辉读得津津有味，他觉得自己要是早前多读这样的书籍，自己的思路该有多么广阔啊。他可怜自己，当然更可怜自己的家庭，父母都不识字，能够供他上学已经很不错了。

明辉清楚地记得那是一个上午，天有点阴，讲台上数学老师在枯燥地说教。也许是因为光线暗淡，也许是他还在惦记着《鬼手》里的内容，明辉有点烦躁。他想，反正老师也不会注意到我，反正讲课的内容也不是很重要……找了很多的理由之后，明辉偷偷地把《鬼手》从书包里拿了出来。

教室里很安静，没有阳光的教室使所有的人看上去都有一种游离的感觉。数学老师是一个四十多岁的男老师，浓眉大眼，据说是从外地分来的中专生。数学老师的课讲得不是很精彩，他似乎也从学生们游离的面孔上感觉到了这不是一堂很精彩的课，所以当他的目光无意中看到坐在角落里显然没在注意听讲的明辉的时候，数学老师忽然有了主意。

张明辉，数学老师喊，你来回答这个的问题。教室里的确很安静，安静得使所有人都听到了数学老师的声音，可是明辉没有听到。明辉已经完全进入小说的世界了，在那个世界里，明辉被一双“鬼手”拿住了。张明辉，数学老师又喊了一声，这一声一下子把所有的目光都吸引了过来。大家看到明辉紧张地站起来，目光慌乱而不知所措，甚至连拿小说的手都没有来得及收上来。所有的目光都看向明辉，那一刻，明辉忽然感到了一种前所未有的恐慌。数学老师说，明辉，你在干什么？片刻之后，明辉说，没有干什么。真的吗？数学老师步步紧逼。逼人的目光中充满了高高在上的姿态。我没有干什么。明辉已经从数学老师的目光中感觉到了即将到来的暴风雨。如果是在平日，明辉也许早就不说话了，但是现在，那种带有明显挑战的目光一下子将明辉性格中的倔强激发了出来。明辉说，我没干什么。

你的手在下面干什么？

没干什么。

真的没干什么？

我能干什么？

那好，数学老师走下讲台，径直朝明辉走过来。

明辉知道，自己完了。

数学老师很容易地从明辉的课桌下搜到了那本《鬼手》，书上似乎还留着明辉的体温。

数学老师把书高高地举起来，哼哼，《鬼手》，一双鬼手啊。

明辉感到很无助，无论从哪一方面讲，自己彻底地失败了。在垂下头的一瞬，他没有忘记看一看同学王禹的表情——惊讶而焦灼。

书是王禹的，而被老师没收就意味着书有可能要不回来。

明辉先找的王禹。王禹说，书你必须要还我，否则我无法向爸爸交代。明辉说，你容我几天好不好，我肯定会还你，我说话是算数的。王禹说，我相信你说的话。你最好赶快向老师认个错，当初都怪你太过分了，现在全班同学都知道你说谎了。

是的，明辉说谎了，直到现在明辉还在重新设计着那天的另一个结果。如果自己不说话，或者承认错误，数学老师也许就不会走下讲台，书就不会被没收。而现在说什么都晚了，明辉陷入了一种焦躁和自责之中。正如王禹所说的，说谎意味着什么，而且是在大庭广众之下的说谎，数学老师肯定对自己有看法了，而其他的老师呢，他真不知道该怎么面对老师和同学们。

明辉在傍晚的时候敲响了数学老师的宿舍门，数学老师说完“进来”之后，明辉才有点胆怯地推开了那扇厚重的木门。数学老师故作惊讶的表情让明辉有点骑虎难下。数学老师说，是明辉啊，没回家吗？之后是长长的沉默，沉默之后是更加长的沉默。你没事就回家吧，我还要备课。数学老师翻开课本，伸了伸腰身。

屋里的气氛很难堪，明辉说，老师，对不起。

呵呵，有啥对不起的，你是学生，我是老师，你有权利不听我的课，我也有权利对听我课的学生负责。

那本书你可以还我吗？

当然了，可是已经晚了，那本书我已经交给校长了。

怎么会呢？

怎么不会呢？这件事所有的同学都知道了，校长当然也会知道的。

可是我已经向你承认错误了。

承认错误就能够挽回一切吗？你先回去吧，这事不会这么简单地结束。

可那本书不是我的，我得还人家。

那我没办法。

明辉忘记了自己是怎样从数学老师的宿舍里走出来的，乡村的晚霞给明辉一种撕裂般的疼痛。明辉知道，数学老师显然是在刁难他。在很早以前，明辉就曾经顶撞过他一回，但是那一次没有把柄在他手里，而这一次就不同了，书是借的，如果是自己的不要也就不要了。

一连几天明辉都处在一种焦虑当中，有几次娘似乎发现了他的变化，问他时他赶忙掩饰了过去。对于这种事，明辉是一点都不想让娘知道的，本来就是上课不注意听讲的过错，说出来无疑是打自己的嘴巴。

王禹在催着要《鬼手》，王禹说他爸爸已经发现他借书的事情了，如果再不要回去，爸爸就要揍他的屁股。

明辉很无奈，他其实有点不相信王禹的话，但是王禹这样说，无疑是怕书要不回来。但是现在的情况王禹的担心是对的，书他张明辉也要不回来啊。

王禹说，不行，你就托托人。

明辉说，托谁啊，我又不知道谁能说上话。

王禹说，找黄倩看看，她和数学老师是一个村的，而且她又是数学课代表，也许能要回来。

黄倩？不可能的，你也知道我和她上次闹的矛盾还没解决呢，现在怎么开口啊？

那你就自己想想办法，反正书得要回来。

明辉说，你再和你爸爸好好说说，宽我几天。

星期天的早晨，明辉向娘要了五块钱，说要去县里的新华书店买复习资料。娘说，不是前两天刚买了一次了吗？明辉说，那次是语文，这次是数学，不一样的。娘说，早去早回，路上注意点车辆。明辉说，我买了就回来。

明辉记得《鬼手》的价格大概是一块五左右，他想县城那么大的新华书店不会没有这种书的，买一本还给王禹也就算了。

但是令明辉没有想到的是，他几乎找遍了整个新华书店，也没有找到那本书。后来他让售货员给查了一下，结果更令他失望，没有，新华书店里没有这本书。完了，明辉闭上眼睛，仿佛有一种大难临头的感觉。书是必须要还的，自己说过的话是不能不算数的，尽管当初当着那么多同学的面说谎，也完全不是自己的初衷，如果不是数学老师的步步紧逼，如果数学老师也换一种方式，情况肯定不是这样的。

明辉陷入了一种无助的困境之中，他总是想，如果没有这样的事情，他的学习生活该是多么轻松啊，他决定再找一次数学老师。如果他再不给，那就再另想办法。

依旧是一个黄昏，校园里弥漫着乡村特有的炊烟的味道，大家都在忙碌着回家和做饭，明辉再次敲响了数学老师的宿舍。这次明辉显然是不想有太多的沉默，他直视着数学老师的眼睛说，我想要回我那本书。数学老师显然没有料到明辉强硬的口气，等他反应过来才淡淡地一笑，呵呵，那本书我本来已经向校长要了，可校长说他弄丢了，你看我也没有办法了。

真的吗？明辉也淡淡地一笑，如果真的是这样，那我也无话可说了，但是你要记着，书我是必须要的。明辉说完转身就走，将数学老师宿舍的门摔出很大的声响。

其实明辉已经绝望了，他已经从数学老师那带有挑衅的话语中产生了一种愤怒，那种愤怒是从脚底一点点升起来的，像野火一样。

明辉又一次意识到自己错了。他深深地自责，自己为什么要说谎呢？为什么要在课堂上看小说呢？千错万错都是自己的错。可是数学老师他为什么要这样做呢？就因为自己上课没注意听讲，就因为上一次顶撞过他一次，还有什么呢？与数学课代表黄倩的冲突无非是偷看了她数学作业本上的答案，要不就因为自己学习成绩不是前几名？明辉知道自己从一开始就低估了数学老师的动机，这点颜色数学老师已经让他看了。

星期一的早晨春光明媚，几只麻雀在教室外面的枣树上蹦蹦跳跳，一副悠然自得的模样。王禹背着书包刚走进教室，明辉就迎了上去。明辉拍拍用报纸包着的东西，说，物归原主，你看看。王禹说，你要回来了。明辉说，我说过要还的，男子汉大丈夫哪有说话不算数的。王禹笑了笑，你和数学老师和解了。明辉也笑了笑，谁还没有犯错误的时候啊。

第二节课是语文课，正当老师准备讲课的时候，校长忽然走了进来，校长说，张明辉你出来一下。

明辉怔了一下，所有人的目光都转向了他，好像都在询问，有什么事吗？

明辉看了看王禹，头也没有回地走出了教室。

一连几天，明辉都没有来上课，数学老师的课也让别的老师代替了。后来传出的消息说是数学老师被人在黑夜里打了，凶手有可能是张明辉。所有认识张明辉的人都有点不相信，说他怎么会这样做呢？那是不可能的。